hanser**blau**

»Beatrix Kramlovsky ist ein anrührender und fesselnder Mehrgenerationenroman gelungen. Dieses wirklich lesenswerte Buch lässt nicht nur Geschichte lebendig werden, sondern regt auch dazu an, mit geschärftem Blick auf die eigene Familienchronik zu schauen.« *WDR 5 Scala*

Mary versteht ihre strenge Mutter Erika nicht. Wie kann man so uninteressiert sein, so um die eigene Sicherheit bemüht? Doch Mary kennt nicht die Geschichte ihrer Mutter, die auf der Flucht vor der eigenen Vergangenheit nach dem Zweiten Weltkrieg nach Australien emigrierte. Erst als Mary gezwungen ist, für die demente Erika zu sorgen, erzählt diese von ihrer Jugend. Von der Liebe zu tiefen Wäldern, von ihren zwei Konzertflügeln, die sie bei der Auswanderung zurückließ. Und von Marys unerschrockener Großmutter Rosa, deren Mut und Lebensfreude für die ganze Familie schicksalhafte Konsequenzen hatten.

Beatrix Kramlovsky, geboren 1954 in Oberösterreich, lebt als Künstlerin und Autorin in Niederösterreich. Sie studierte Sprachen und veröffentlichte Kurzgeschichten, Gedichte und Romane und wurde mit zahlreichen Preisen und Stipendien ausgezeichnet. Neben ausgedehnten Reisen liebt Beatrix Kramlovsky die Arbeit in ihrem großen Garten. Bei hanserblau erschienen ihre Romane *Die Lichtsammlerin* (2019) und *Fanny oder Das weiße Land* (2020).

www.hanserblau.de

Beatrix Kramlovsky

DIE LICHT-SAMMLERIN

Roman

hanserblau

Dieses Buch ist reine Fiktion. Namen und Charaktere entstammen der Fantasie der Autorin, und jede Ähnlichkeit zu realen Personen, lebendig oder tot, ist zufällig. Auch die erwähnte Papierfabrik existiert nicht.

Ungekürzte Taschenbuchausgabe
1. Auflage August 2021
ISBN 978-3-446-27062-6
Veröffentlicht bei hanserblau in der Carl Hanser Verlag
GmbH & Co. KG, München

Umschlag: ZERO Werbeagentur, München
nach einem Entwurf von ZERO Werbeagentur, München
Motive: © FinePic unter Verwendung von Motiven von
Shutterstock.com, © Rekha/Arcangel Images
Autorinnenfoto: © privat
Satz im Verlag
Druck und Bindung: GGP Media GmbH, Pößneck
Printed in Germany

MIX
Papier aus verantwortungsvollen Quellen
FSC® C014496

Für Andrea und Robert,
Regina und Paul

MELBOURNE 1985

Als Mary frisch geschieden 1985 Kangaroo Island erreichte, hatte sie immer noch die Stimme ihrer Mutter im Ohr, diese Mischung aus Betroffenheit und Empörung über das Unvermögen ihrer Tochter, richtige Entscheidungen zu treffen. Aber Mary kümmerte es nicht, zumindest nicht in diesem Augenblick. Auf der Überfahrt von Cape Jervis hatte sie den sachte ansteigenden Erdbuckel vor sich gesehen, die Strände am Nordufer der Insel, Felder dahinter; nun, in Penneshaw die weißen Häuser am Hafen, die betonierte Kaimauer, bunte Boote, eine schmale Kirche. Irgendwo dahinter musste die Landenge sein, die dieses flache Anhängsel mit der eigentlichen Insel verband. Von dort würde Gertrud Melling kommen. Pelikane schrien über dem Wasser, das hinter der Steinmole ruhiger wurde und in blinkende Splitterflächen zerfiel. Mary hielt ihre vor Aufregung zappelnden Söhne an der Hand. Die Fähre drehte sanft bei, glitt der Mauer entgegen.

»Wo werden wir wohnen, Mama?«

»Ich weiß es nicht, wir werden abgeholt.«

Während der letzten Tage hatten sie diese Frage so oft gestellt und waren zufrieden, wenn Mary von der Insel erzählte, von den Stränden der Seelöwen, bunten Federwolken aus Vögeln, dem zerbrechenden Riesenfelsen an der Südküste, den Koalas und Wallabys in den geschützten Senken. Sie stellte Freiheiten in Aussicht, die ihre Söhne in Melbourne nicht gekannt hatten.

Aber jetzt, das spürte Mary, verlangten sie nach Sicherheit, einem vertrauten Rahmen, einem Ersatz für das aufgegebene Zuhause. Du wirst dich wundern, so ganz alleine, hatte Iannis nach der Scheidung gesagt. Du hast keine Ahnung, so ganz alleine, hatte ihre Mutter geklagt. Du wirst dich selbst überraschen, hatte ihr Vater behauptet.

Und dann sah Mary einen roten Pick-up auftauchen und wusste einfach, dass darin Gertrud Melling saß, die Bäuerin, deren verrückte Pläne Arbeit für mindestens ein Jahr versprachen, weit weg von allem, was Mary an ihre Niederlagen und vergeblichen Kämpfe erinnerte.

Ihr Leben lang würde sich Mary an das Bild dieser Frau mit dem dichten Zopfgeflecht erinnern, wie sie neben dem Wagen stand, Mary erspähte und die Hand winkend hob, wie sie lächelte, als sie sich zu den Buben beugte und sie begrüßte, als wären sie ehrbare Erwachsene. Wie sie sofort half, die Taschen und den Koffer auf die Ladefläche zu hieven und den Kindern anbot, neben dem freundlich hechelnden Hund, Platz zu nehmen. In Gertruds Gegenwart schien sich jede Art von Unsicherheit aufzulösen. Mary spürte in sich Ruhe wachsen, lange, oh so lange vermisst, und beantwortete die Fragen nach der Reise, während Gertrud den Pick-up aus dem Ort lenkte, der Asphalt sandigem Schottergemisch wich. Sie querten American River, passierten grüne Felder, streiften die Hauptstadt Kingscote, einen winzigen Ort, der ganz anders aussah, als Mary ihn sich vorgestellt hatte.

Der Wagen folgte einer Splittstraße Richtung Westen, fast unmerklich gewannen sie an Höhe. Zuerst sah Mary noch das Meer hinter den nördlichen, sattgrünen Wiesensäumen, dann erschien der Ozean im Süden, funkelnd unter klarem Licht, bevor der Wagen vom Silberstaub in einem Eukalyptustunnel verschluckt wurde.

In den folgenden Wochen lernte Mary die Organisation des Gutes kennen. Gertrud hatte gerade ihren ersten Weingarten angelegt; zwölf Menschen lebten ständig auf dem Hof, dazu kamen die Erntearbeiter vom Festland. Es gab drei Gästezimmer samt Bädern im Nebentrakt, die in Adelaide beworben werden sollten. Marys Söhne John und Philipp verbrachten ihre Zeit mit den Kindern der Köchin, die sie frühmorgens nach Kingscote brachte; nachmittags sammelte Mary sie wieder ein. Die Ausschreibung für ihren Job hatte aus einer Mischung aus Sekretariat, Ideenbörse und Vermarktung, Mädchen für alles bestanden, in einem geradezu originell formulierten Inserat. Ewig lange hatte Gertrud jemanden gesucht, der ihre Neugier auf die Welt teilte und gleichzeitig verzweifelt genug war, um diese Neugier, hart zupackend, auf einer unwichtigen Insel auszuleben. Gertrud hatte intuitiv gewusst, was die Zukunft bieten konnte, nachdem die Regierung die Pläne für Parndana, die Reißbrettstadt im Zentrum, aufgeben musste. Arme Veteranen, denen es nicht gelungen war, auf dem kargen Land Schafe zu züchten. Aber der Nationalpark im Westen der Insel zog Touristen an, die Strände im Norden waren leicht zugängig und ungefährlich. Es galt, rechtzeitig zu planen. Die junge Frau aus Melbourne würde ihr helfen, wo ihre eigenen Töchter versagten, wenigstens solange, bis ihre Enkelin das Studium in Adelaide abgeschlossen hatte. Mary war also nicht im Outback gelandet, wie ihre Mutter befürchtet hatte, aber der Gegensatz zu Melbourne war groß.

»Die Kinder lernen laufen bis ans Ende der Welt«, schrieb Mary ihrer Freundin Angie.

»Das ist ja nicht weit von dort«, kam es lapidar zurück.

Marys Mutter Erika schrieb lange Briefe in winziger Schrift, in denen sie aus Melbourne berichtete: von ihrer Arbeit in der Schule im definitiv letzten Jahr, das sie als Lehrerin verbringen wollte, dass Daddy die vom Arzt verordneten Spaziergänge gewissenhaft und täglich unternahm, sie allerdings den Verdacht hegte, er würde zu oft in der italienischen Bar auf der Main Street seine alten Kumpel treffen und zu viel Espresso trinken. Sie erzählte von Büchern, die sie las, und von Konzerten, die sie im Radio gehört hatte, und schickte Pakete mit Büchern und Kleidung für die Buben. Sie erwähnte Iannis nie, die Scheidung ebenfalls nicht. Mary freute sich über die mütterliche Post, und das erstaunte sie. Die Auseinandersetzungen und den Eklat, der zu Marys Flucht aus Melbourne geführt hatte, erwähnten sie nicht.

Mary antwortete immer. Nach Wochen erreichte sie der erste Brief ihres Vaters. Er überlegte, ob Marys Übersiedlung die Mutter an ihre eigene Emigration erinnerte, obwohl beides ja nicht vergleichbar wäre, ein Krieg sei natürlich keine Scheidung. Außerdem habe er Iannis getroffen, nein, nicht zufällig. Schließlich hätte er jahrelang zur Familie gehört und vermisste die Buben. Mary kletterte die Klippe hinunter, querte das Dickicht, setzte sich in den pudrigen Sand ans Wasser und fixierte den Horizont. Sie weinte. Nur wenige Meter von ihr spielte ein Seelöwe im Wasser. Mary sah ihm zu, und nach einer Weile versiegten ihre Tränen.

Gertrud sprach sie nie auf die Scheidung an. Mary lernte eine Menge von ihr. Vor allem lernte sie, keine überstürzten Entscheidungen aus Trotz zu fällen. Gertrud fand alles gut an Mary. Das war ungewohnt. Erst Jahre später erfasste Mary, wie sehr ihr Gertrud geholfen hatte, eine Erwachsene zu werden, die sich nicht ständig selbst infrage stellte.

Sie kehrte nie wieder nach Kangaroo Island zurück. Wie ihre Söhne behielt sie den Eindruck von paradiesischer Freiheit an die zwei Jahre nahe der Vivonne Bay. Sie versuchte, ihre Selbstständigkeit zu bewahren, als ihre Mutter wieder begann, Marys Hang zu auffallenden Kleidern, auffallenden Männern, auffallendem Lebensstil zu bemängeln.

»Warum kannst du nicht einfach Durchschnitt sein?«, fragte sie wie früher. »Du riskierst unnötige Verletzungen. Außerdem reden die Leute.«

»Mummy, wir leben in einer Demokratie!«

»Das kümmert die Nachbarn nicht.«

»Hör doch endlich auf, diese spießige Fassade zu pflegen!«

»Nachbarn können Hyänen sein.«

»Du bist aus Europa weg, um Kriege hinter dir zu lassen. Da kann dir doch so etwas egal sein.«

»Tote gibt's hier auch. Massenhaft.«

»Aber keine KZs!«

An diesem Punkt begann ihre Mutter regelmäßig zu weinen und brach den Streit ab mit »Du hast ja keine Ahnung!«.

»Wovon habe ich keine Ahnung?«, fragte Mary ihren Vater, obwohl sie wusste, dass er ausweichen würde. Die vielen Anekdoten aus der alten Welt, die in anderen Einwandererfamilien blühten, blieben in ihrem Elternhaus seltsam blass.

Ungefähr ein Vierteljahr, bevor ihr Vater starb, die Buben waren in den heftigen Erschütterungen der Pubertät versunken, lernte Mary Jerry kennen. Er arbeitete als Wasserspezialist im Dienste einer Minengesellschaft, und sie interviewte ihn für ein Rundfunk-Feature. Marys Mutter ahnte, dass es ihn gab. Ihre Ablehnung war fundamental, irrational, in den Augen Marys absurd, weil wieder Erikas Strategie des Schweigens aufblühte, als wäre das Leben ein Meer mit unzugänglichen Inseln, isolierten Welten, die sich allen Blicken entzogen.

EIN DILEMMA

Es hatte 2011 mit Anrufen zu seltsamen Tageszeiten begonnen, mit einer verzagten Stimme, die irritiert klang, manchmal voller Angst, und mir oft fremd erschien. Es endete ein Jahr später mit Anrufen der besten Freundin meiner Mutter, die mir klarmachte, dass ich in Europa gebraucht wurde, auf einem Kontinent, der mir nichts bedeutete.

Zu diesem Zeitpunkt arbeitete ich als Journalistin bei einem privaten Radiosender, wo ich Skripts schrieb, aber auch als Sprecherin für Features, die ich mir selbst aussuchen konnte. Es war ein großartiger Job. Ich lebte mit Jerry, den ich seit vielen Jahren liebte. Wir waren erst zusammengezogen und hatten geheiratet, nachdem ich diese Stelle 2009 angenommen hatte. Meine Mutter hatte ich lange nicht mehr gesehen. Ich weiß, wie das klingt, aber es gab Gründe dafür.

Und jetzt das: ein Hilfeschrei, als wäre plötzlich ich die Mutter und sie das bedürftige Kind.

»So läuft es«, sagte Angie ungerührt, als ich sie um Rat bat. »Da müssen wir alle durch.«

»Du meinst uns Töchter«, warf ich ein und erschrak kurz über die Säure in mir.

»Natürlich die Töchter. Kannst du dir vorstellen, unsere Brüder würden ihre Freizeit beschneiden, ihre Karrieren unterbrechen?«

»Joey ist im Norden und beglückt vermutlich Touristinnen. Außerdem hast du leicht reden, deine Mutter wohnt nur eine halbe Stunde entfernt. Meine wohnt auf der anderen Seite der Erdkugel.«

»Du wirst dich trotzdem entscheiden müssen: Entweder du holst Ricky her oder du fliegst zu ihr hin.«

»Sie hasst Australien. Immer noch.«

»Dann bleibt dir nichts anderes übrig. Sie ist deine Mutter.«

»Ich habe ein eigenes Leben.«

»Sie verliert ihres gerade.«

Ähnlich verlief das Gespräch mit meinem Boss. Er sah die Notwendigkeit, die Pflicht des Kindes, es stand für ihn außer Frage, dass ich mich um eine Langzeitversorgung vor Ort kümmern musste. Es würde doch ähnlich wie bei uns funktionieren, sagte er, Europa sei fortschrittlich. Gehörte Österreich nicht zu den reichen Ländern? Es hatte vorbildlich im Balkankrieg den Flüchtlingsstrom versorgt. Oder nicht? Außerdem gab es dort jede Menge Kunst, Kultur, Musik, Schlösser. Was für eine Chance für mich, das alles zu sehen. Wurzelpflege, sagte er. Ganz wichtig für Immigranten. Ob ich nicht den Aufenthalt für eine neue Reihe nutzen könnte. Natürlich halte er mir den Platz frei, eine so ausgezeichnete Journalistin, Rechercheurin, Stimme einer ganzen Generation hier im Südosten. Blablabla.

Es geht um Demenz, nicht um eine Wiederentdeckung, dachte ich. Wieso verstand niemand meinen Schock? Mein wunderbarer Job, mein glückliches Leben mit Jerry. Körper auf Distanz. Mir graute.

Das Verhältnis zu meiner Mutter war von Anfang an schwierig, auch wenn Daddy das selten zugab. Aber Daddy war fünfzehn Jahre tot. Mama hatte sein Grab seit der Beerdigung nie wieder besucht. Manchmal redete sie am Telefon über ihn in ihrem Österreichisch, das breiter geworden war, sich anders anhörte als in meiner Erinnerung. Wenn sie schnell sprach, verstand ich nur Bruchstücke.

Früher wollte meine Mutter immer wissen, wo ich mich gerade aufhielt. Herumtreiben in den Terrarien anderer, nannte sie das. Manchmal reiste sie in Europa, im Gepäck die Bücher, die ihr helfen sollten, das Unbekannte heranzuholen. Meine Mutter hielt wenig von mir, aber sie hielt prinzipiell vom Leben wenig, erwartete sich lieber ein opulentes Feuerwerk danach und einen Himmel voll immerwährender Sicherheit. Überraschungen traute sie nicht. Als die

Krankheit sich eingenistet hatte, kam zu ihren vielen Ängsten die Furcht vor dem Vergessen dazu.

Ich war 1955 in Melbourne zur Welt gekommen. Zu diesem Zeitpunkt hatten meine Eltern bereits zwei Jahre an der Grenze zwischen New South Wales und Victoria hinter sich. Mein Vater hatte beim Bau der Wasserkraftwerke am Murray-Fluss mitgeholfen, denn das war sein Passierschein gewesen. Mama arbeitete als Hilfslehrerin für die Kinder der deutschsprachigen Immigranten, die in Massen ins Land geholt wurden. Die australische Regierung bezahlte die Überfahrt, im Gegenzug verpflichteten sich die Neuankömmlinge, mehrere Jahre beim Aufbau öffentlicher Infrastruktur mitzuarbeiten. Es muss hart für sie gewesen sein. Wie hart, erfasste ich erst mit den Jahren. Das, was ich jedoch bald merkte: Daddy liebte seine neue Heimat uneingeschränkt, Mama weinte ihrer aufgegebenen nach.

Als ich mich endlich ankündigte, hatte mein Vater bereits einen neuen Job gefunden: In Heidelberg West in Melbourne wurden die aus Österreich importierten Fertighäuser für das olympische Dorf errichtet, Daddy hatte mit der Buchhaltung zu tun. Mama legte eine Prüfung ab, um an eine englischsprachige Volksschule zu wechseln. 1956, während der Olympischen Spiele, fühlte sie sich das erste Mal, getragen von der Begeisterung ihrer Umgebung, nicht als Fremde. Und doch wurde sie nie heimisch. Als Daddy 1996 starb, erklärte sie mir noch während des Begräbnisses, es hätte ein Ende mit der Fremde, sie würde nach Linz zurückkehren, zu den alten Freundinnen, zu den Plätzen ihrer Jugend, zu den Wurzeln, die sie nie losgelassen hätten. Seitdem hatte sie mich nie und ich sie nur einmal besucht, jede eine Ausländerin in der Heimat der anderen.

Und nun? Mamas Freundin Hanni rief wieder an. Es ginge doch nur um Wochen, so lange, bis Mamas Weigerung, in ein Heim zu gehen, keine Bedeutung mehr hätte. Vielleicht zwei, drei Monate, bis sie, vermutlich gegen ihren Willen, in einer Einrichtung untergebracht werden durfte. Ein Glück, dass Österreichs Sozialnetz das abdecken würde. Aber mir erschien diese Zeit als bleiernes Meer, mein eigentliches Leben würde sich wie eine Küste immer weiter von mir entfernen, je länger ich dortbliebe. In diesen Wochen des Zweifelns wurde ich zur Gefangenen meiner Mutter. So sehr ich ihr Leben in Zukunft vielleicht kontrollieren würde, so sehr dirigierte sie nun das meine.

Jerry explodierte. Er war dagegen, dass ich nach Europa flog.

»Deine Mutter hat sich für ein eigenes Leben entschieden, ohne uns, ohne ihre Enkelkinder. Sie war hier eine Fremde und wollte endlich nach Hause. Das konnte sie erst, als dein Vater tot war. Klar wusste sie, dass sie im Alter alleine sein würde. Trotz der Freundinnen. Sie hat es ignoriert. Dafür kannst du doch nichts.«

Aber meine Söhne bedrückte die Vorstellung, dass ihre Großmutter in einer grauen Welt herumirrte und niemand auf sie achtete. Alle rund um mich schienen derselben Meinung zu sein; Mütter hatten es verdient, nicht alleine gelassen zu werden, vor allem Kriegsmütter, die mitgeholfen hatten, dass ihre Kinder im Frieden groß werden durften. Also beugte ich mich den Erwartungen der Mehrheit. Jerry lenkte knurrend ein. Er würde die Kosten für unser winziges Haus einstweilen alleine tragen. Wir hatten alles vernünftig geplant. Und alles kam anders. Ich hätte es wissen müssen.

Ich landete im Frühsommer 2012, sollte Wochen, vielleicht Monate bleiben, um ihr zu helfen, eine neue Art von Leben für sie vorzubereiten. Ich blieb fast ein Jahr, notgedrungen. Ein ungeplantes Jahr mit einer Mutter, die ich viel zu wenig kannte, die ihrem lückenhaften Erinnern endlich Geheimnisse entrang, in einer Stadt, die mir nicht vertraut war, in einem unbekannten Land, umgeben von einer Sprache, die nicht meine Muttersprache war, mit der mich jedoch Bilder einholten, die ich längst vergessen geglaubt hatte.

An manchen Tagen saßen wir am Ufer der Donau mit Aussicht auf die Linzer Fabrikschlote und den Hafen, sahen Schiffen nach, blieben mit den Blicken an den Alpengipfeln im südlichen Dunst hängen. Mama erzählte aus ihrem Leben, von meinen Großeltern Rosa und Josef, von Nächten, deren Schrecken aufloderten, von Menschen, deren Namen ich zum ersten Mal hörte, von Episoden, die echolos verklingen mussten, weil ich nicht die richtigen Fragen stellte. Wir verbrachten Stunden auf Bänken vor dem Lentium und sahen zu, wie der Fluss gegen seine Ufer schwappte, fühlten uns, als würden wir Gemälde betrachten. Ein stetes Zermahlen von Zeit, die für sie eine Schatulle voll fixierter Bilder war.

Sie redete. Ihre Stimme war noch ein sanfter Sopran, ohne das Zittern, ohne gebrochenes Timbre wie später. Sie erzählte, wie sie mir als junge Mutter Sagen erzählt hatte, weit ausholend im Nirgendwo und das Nichts füllend mit Märchengestalten und Fabelgetier. An guten Tagen war ihre Muttersprache ein verlässliches Geländer, voller Möglichkeiten, die sie freudig nutzte für die neuerdings schrägen Einsichten. An den lichten Tagen war sie verwegen, voll pulsierendem Lachen und ohne die Angst, die ihr das Leben diktiert und mich mit Verboten zu schützen versucht hatte. Da war sie die Frau, von der mir ihre Jugendfreundin Hanni erzählte: Tochter der Heldin Rosa, die ihr Leben für andere riskiert hatte.

Sie war ein Abklatsch der Frau, die ich nie kennenlernen durfte.

Eine Fremde, die ich lieben lernte.

Eine Mutter, die sie selbst mir vorenthalten hatte.

Könnte man wichtige Plätze und Entscheidungsorte mit Seidenfäden verbinden, entstünde ein riesiges Netz mit Kokons und dicht gesponnenen Knoten über ihrem Geburtsort, sagte sie, dort, wo sie zur Schule gegangen, dort, wo sie sich mit ihren Freundinnen getroffen, dort, wo sie gearbeitet, dort, wo Daddy sie um ihre Hand gebeten, dort, weit entfernt, wo sie dann auf der südlichen Halbkugel mit ihm und ihren Kindern gelebt hatte, dort, wo er im Grab auf sie wartete, dort, wo feine Stränge das Netz verließen und hinausführten in die Ferne und Fäden wieder zurückführten in die Mitte, wo alles, was sie ausmachte und verändert hatte, herrührte. Und darüber und darunter unzählige andere Netze, die sichtbar bezeugten, wie sehr sich alle Wege kreuzten.

»Ich bin doch keine Spinne.«

»Aber du bist mein Kind.«

»Ich bin dein Kind, aber keine Spinne.«

»Eine Erde aus Lichtfäden wäre das. Würde einer lachen, ginge ein Zittern durch die Netze.«

Und nach langem Schweigen fügte sie mit einer neuen Stimme hinzu: »Ich sehne mich nach dem Licht, das uns einmal umgab.«

Danach begann ein Verstummen, das viele Wochen fraß.

Im Herbst schlug sie einen Ausflug ins Stadtzentrum vor. Die Straßenbahn brachte uns von ihrer Wohnung zur Brücke, vor der sie unbedingt aussteigen wollte, um zu Fuß hinüberzugehen.

Eine seltsame Aufgeregtheit hatte sie erfasst, und erst, als wir den Fluss schon fast überquert hatten, blieb sie stehen, starrte donauaufwärts und erzählte von einem Tag, der Jahrzehnte zurücklag.

Und ich erfuhr, wie Erika, meine Mutter, diejenige wurde, die ich kannte, von der Furcht in den Schatten gedrückt, und wie sie diejenige aufgab, die sie auch hätte sein können.

Auf Händen tragen, hatte Albert, der sie liebte, versprochen. Auf Händen getragen werden wollte sie gar nicht. Es klang unbequem und wackelig. Er hatte eine schöne Schrift, kantig, aber gut zu lesen. Einer, der in der Welt der Zahlen daheim war, logisch denkend. Seine Haare waren fast weiß, obwohl er noch jung war, fünfundzwanzig. Sein sichtbares Kainsmal aus den Kämpfen. Zähne hatte er auch verloren, Skorbut im letzten Kriegsjahr war daran schuld.

Seine Schwestern hatten für ein ordentliches Gebiss zusammengelegt. Die Schwestern waren ein Kapitel für sich. Aber an diesem Tag ließ Mama die Schwestern links liegen, erzählte sich fest im Jahr 1950, und ich behielt jedes Wort, um es meinen Kindern zu wiederholen:

Erika querte den Linzer Hauptplatz, warf den Brief an den Vater, der ihm von Alberts Antrag erzählte, bei der Post ein, ging weiter zum gerade eröffneten ersten Selbstbedienungsladen, der wie in der modernen amerikanischen Friedenswelt funktionieren sollte. Und angeblich würden auch die Kontrollen auf der Brücke bald gelockert. Wenn sie den Vater besuchen wollte, war es immer noch leichter, am Südufer der Donau aus der Stadt zu fahren und mit einer Fähre ins Mühlviertel überzusetzen. Da kannte man sie. Auf der Nordseite achteten die Russen darauf, dass sie schnell heimkam. Die Geschichte der Familie war nach allem, was vor vier, fünf Jahren passiert war, ein offenes Buch, das von den ehemaligen Mitläufern mit ihren vergifteten Köpfen ignoriert wurde, von den Besatzern und den wenigen Freunden, die überlebt hatten, unterschiedlich gelesen wurde. Und die Zwangsarbeiter, die mittlerweile daheim oder in einer neuen Heimat lebten wie die Ungarin Ilonka, trugen ihre von Rosa überstrahlte Version der Geschichte im Herzen. Ilonka wohnte zu dieser Zeit schon im Norden von Toronto und schrieb zweimal jährlich:

Manchmal träume ich von deinen Eltern, deiner Mutter mit den emsigen Händen, deinem Bett, in dem ich schlafen durfte, den Verboten zum Trotz; und alles vom Duft des Holzes erfüllt, den frischen Stämmen, den Spänen auf den Brettern. Und ich weiß, dass die Wälder hier mich mit ihrer Grenzenlosigkeit erschlügen, wären da nicht der Geruch, die Erinnerungen an deinen Vater Josef, an deine Mutter Rosa, ihr offenes Herz, das vom Wald rund ums Dorf beschützt wurde.

Wir bauen uns ein eigenes Zuhause auf, hatte Albert bei seinem Antrag gesagt. Das war im April 1950 während einer Radtour ins Salzkammergut, gemeinsam mit ihren zwei Freundinnen, die dafür aus der englischen Zone extra angereist kamen. Albert irritierte nicht, dass sie mit von der Partie waren: ein Mann, von Schwestern erzogen. Die Freundinnen fanden das vielversprechend für die Zukunft. Erika war nicht sicher. Der Krieg hatte sie alle auf grausame Art verwundet. Der Liebe wollte sie nicht mehr trauen. Sie hatte nur mit Abschieden zu tun. Abschiede waren ein Vorgeschmack auf die Hölle.

Erikas Vater behauptete, Menschen bestünden aus mehreren Lagen. Je mehr passierte, desto mehr Schichten. Die Liebe wäre dazu da, etwas von diesen Schichten abzutragen, das Schöne zu fördern, aus den Halden einen gemeinsamen Berg zu errichten. Er sagte es immer noch, obwohl er im Steinbruch seiner Ehe alleine kauerte, mit Erinnerungen, die erschlugen anstatt zu trösten.

Als Erika Wochen nach der Katastrophe, Wochen nach dem Begräbnis 1946 zurück ins Haus gekommen war, knochendürr vom gerade überstandenen Typhus, hatte sie das väterliche Notlager im Wohnzimmer weggeräumt und ihn zu dem verwaisten Doppelbett geführt. Du musst lernen, es in Rosas Geruch auszuhalten, hatte sie gesagt. Du kannst dich nicht aus eurem Leben aussperren, schon gar nicht, wenn ich ab Herbst in Wien bin. Keine Rede von ihrem jüngeren Bruder. Der Vater würde Walter nicht im Stich lassen.

Als sie dann im Herbst in die von allen Alliierten besetzte Hauptstadt ging, zerrissen von Trauer und Aufregung über ihr neues Leben, schenkte ihr der Vater das Briefpapier, das er vor langer Zeit für Rosa hatte anfertigen lassen, als sie noch ungefährdet Kontakte in viele Länder pflegte. Unzählige feine, cremefarbene Bögen mit rosa Rändern, rosa Büttenkuverts. Die handgemachte rosenfarbene Schachtel war noch zur Hälfte voll. Auf dem Deckel eingeprägt die Initialen der Mutter mit klaren Lettern im Bauhaus-Stil, den sie Schnörkeln vorgezogen hatte.

Erika hatte dem Vater monatlich geschrieben, von der Universität erzählt, den Schuttbergen, dem Schwarzmarkt, den ersten Seidenstrümpfen ihres Lebens, dem Orgelspiel, mit dem sie regelmäßig ein paar extra Münzen verdiente. Ein Leben mit eisern auf die Zukunft gerichtetem Blick. Von Janos' Tod hatte sie ihm widerstrebend mündlich berichtet, einmal in den Ferien, als der Vater sie mit in den Wald genommen hatte. Die Bäume sind Heiler, hatte er gesagt. Und er hatte sich gefreut, als sie die Stelle in Linz angenommen hatte. Näher bei ihm. Näher im Vertrauten.

Nun begann ihr neues Lebenskapitel, dachte Erika, während sie sich bei den Regalen im neuen Laden bediente, beobachtete, wie man sich nur für Wurst und Fleisch anstellte, die eigene verbeulte Milchkanne von einem Verkäufer in Weiß mit blau gestreifter Schürze an der großen Pumpe füllen ließ und alles andere selbst auswählen konnte, weil es eine Auswahl gab. Es erfüllte sie mit Staunen. Davon musste sie im nächsten Brief erzählen, jetzt würde sich der Vater über die anstehende Heirat freuen.

Obwohl sie nicht daheim Hochzeit feiern wollte. Nicht in der kleinen Kirche, die sie seit dem Gottesdienst für ihre Mutter nicht mehr besucht hatte, nicht auf dem Amt, wo die russische Fahne hing, trotz des freundlichen Offiziers, der ihr Erzählungen von Tschechow geschenkt hatte. Am liebsten wäre ihr ein Ort ohne Soldaten gewesen, ein Land ohne Besatzung, eine Stadt ohne Geister.

Albert wollte alles hinter sich lassen. Das konnte sie noch nicht, auch wenn sie es sich brennend wünschte. Albert tat, als läge ihm die Welt zu Füßen, dieser geschundene Planet mit seinen Knochenfeldern. Er sah, was werden konnte. Sie sah, was war. Die Stadt war immer noch in eine amerikanische und russische Hälfte geteilt. Jeden Tag unterrichtete sie Kinder, die sich an die Flieger, das Geräusch sich nähernder Bomben erinnerten, die Angst vor den Soldaten auf der Donaubrücke hatten. Jeden Tag konnte sie vom obersten Stockwerk der Schule, deren Dach nun gerichtet war, zum Strom zwischen den Ruinen blicken. Ein Grab, das die Geister zu vieler Toter mit sich schleppte.

Sie hatte Albert wenig von ihrer Mutter Rosa erzählt. Nichts von ihrer Verwegenheit, ihrem Mut, dem Lachen, das einem Raum die Trauerwinkel nahm. Hatte nichts erzählt von den jungen Zwangsarbeiterinnen, die sie zu sich ins Haus holte, obwohl es nicht erlaubt war, dem Unterricht, den sie ihnen bot, den Kleidern, die sie ihnen nähte, den verbotenen Büchern.

Erika hatte nichts erzählt von den zwei Männern im Wald.

Sie hatte Albert nicht vom Abschied erzählt, als ehemalige Gefangene, Helfer und Opfer einander wieder und wieder umarmten in diesem großen, nun so leeren Haus, weil die Ungarn schon in die Auffanglager gebracht worden waren. Ilonkas Matratze war weggeräumt. Janos mit seinen Pianistenhänden arbeitete nicht mehr bei Vater im Büro, sondern war nach Budapest heimgekehrt, um beim Aufbau seiner Heimat mitzuhelfen.

Dann verließen auch die Amerikaner das Tal vor den anrückenden Russen. Geordnete Übergabe hieß das. Rosa stand in ihrem plötzlich stillen Haus und traute der gespenstischen Ruhe im Dorf nicht. »Die Lichtsammlerin« hatten die Zwangsarbeiter sie genannt.

Erika hatte Albert nichts von Janos erzählt. Nie. Sie war früh zu einem Abziehbild ihrer selbst verkommen, die mit einem Lächeln versteckte, was niemand wissen sollte, keine Freundin und der Vater schon gar nicht. Es kostete so viel Kraft.

Die Realität, dachte Erika, hat die Mutter nie wahrgenommen, sie hat sie ignoriert und herausgefordert. Sie hat getan, als könnte sie alle Finsternis unbeschadet bekämpfen, eine verrückte Romantikerin. Vielleicht hätte sie einen sinnlosen Tod noch verschmerzen können, wenn ihr Janos geblieben wäre. Erika brach, selbst Jahrzehnte später, ein Leben später auf der Nibelungenbrücke, wieder die Stimme, ihre Hände flatterten über dem Brückengeländer, als sie versuchte, mir das erste Mal diese Reise nach Budapest zu schildern, diesen Weg durch eine ihr unbekannte Stadt mit Uniformierten, die nichts mit den Russen in ihrem Dorf gemein hatten. Es war eine Reise zu Menschen, deren Angst sie roch.

An jenem Tag kehrten wir auf der Brücke um, und ich brachte sie nach Hause, in die Wohnung, in der die Schatten überhandnahmen.

Sie redete nie wieder von Janos. Manchmal sprach sie von der Lichtsammlerin, und ich wusste oft nicht, ob sie ihre Mutter Rosa meinte, die Hoffnung für so viele war, oder vom Fluss, der über ihren Lichtern wachte.

Ich hütete sie mitsamt ihren vergrabenen Erinnerungen und hoffte auf weitere Enthüllungen, um sie besser zu verstehen, der Mutter, die sie auf dem neuen Kontinent dann wurde, näherzukommen. Ich wollte wissen, warum sie meine toten Brüder so bedingungslos geliebt und sie trotzdem, wie mich, hinter sich gelassen hatte. Ich wollte wissen, warum sie Daddy so wenig erzählt hatte, warum sie meinen Söhnen, ihren Enkeln, so wenig über ihre österreichischen Wurzeln nahegebracht hatte.

In meiner Kindheit fehlten Großeltern, wie sie bei vielen Einwanderern fehlten. Ich konnte mich an die vier Fotos erinnern, die Eltern Daddys, die Eltern Mamas. Daddy erzählte manchmal von ihnen, von seinen Schwestern. Mama selten. Manchmal sprach sie von Rosa. Von ihr allein gab es mehr Fotos, sie zeigten meine Großmutter als elegante junge Frau, als selbstbewusste Frau, den Blick immer geradeaus. Eine Frau, die das Alter nicht kennenlernte. Eine Heldin angeblich. Manchmal forderte sie mich auf, eine Karte an meinen Großvater Josef zu schreiben, von dem ich nur wusste, dass er Förster war und in einem früheren Leben in einer Fabrik gearbeitet hatte, in einem Büro mit Blick auf einen Ziegelturm, Hallen und einen dunklen Bach, der die Mühle antrieb. Als er starb, hörte sie auf, auch über ihn zu reden.

Das war etwas, das uns von den meisten Einwandererfamilien unterschied. Daddy konnte über seine Schwestern Hunderte Anekdoten zum Besten geben, er verstreute sie zu allen passenden und unpassenden Momenten. Er beschönigte nichts. Zu einem Zeitpunkt, als man in Österreich noch den familiären Nazischmutz unter den Teppich kehrte, verschlang er Bücher über den Weltkrieg und die Jahre davor, um zu verstehen, warum es so gekommen war, warum die freundlichen Frauen seiner Familie zu Hetzerinnen und aktiven Mitläuferinnen mutierten, warum sie seinen Horror nicht verstanden und es ihm übel nahmen, als er bereits 1946 Mitglied der Roten wurde, ein Sozialist aus einer Familie von Händlern und Gewerbetreibenden. Mit meinem Großvater muss Daddy später, nach der Hochzeit, viel geredet haben, denn an manches, das Mama nun preisgab, konnte ich mich erinnern, Details, die Daddy mir zu einem frühen Zeitpunkt erzählt haben musste, als es mir noch nicht so viel bedeutete wie jetzt.

Wusste Mama davon? Und was an Rosa hatte sie so unversöhnlich wütend gemacht, dass sie mir, ihrer eigenen Tochter, misstraute, jedes Mal, wenn eine meiner Antworten, eine meiner Reaktionen an die Art meiner Großmutter erinnerte?

Familien scheinen ihre Toten nicht loszuwerden, selbst wenn sie sich das sehnlich wünschen. Ich habe nur Bilder von Großmüttern, papierene Gesichter, die mit ihren Blicken einen längst zu Staub zerfallenen Fotografen fixieren, Großeltern, deren Stimmen ich nicht kenne, deren Geruch mich nicht an Backorgien oder Familiengelage erinnert, so wie das bei meinen Freunden der Fall war. Aufgewachsen mit Kindern aus anderen Migrantengruppen, daheim in provisorisch errichteten Lagern und Siedlungen, die später zu beständigen Orten wurden, umgeben von Ausländern, die behaupteten, Inländer zu sein, konnte ich bald den unbändigen Wunsch Daddys nachvollziehen, anerkannter Teil dieses jungen Staates zu sein. Es war leicht damals. Überall in der Ersten Welt hatte der Aufschwung begonnen, und überall fehlten die Gefallenen. So viele Lücken, die es zu schließen galt.

Wie gerne hätte ich meine Großmutter kennengelernt. Wie gerne hätte ich früher schon den Schmerz verstanden, den die Erinnerung an sie in meiner Mutter auslöste. Für sie hätte sich nichts geändert. Für mich hätte das Licht meines Kontinents Europa nicht so ausblenden können. Denn ich bade in diesem Glanz Australiens, so wie sich vermutlich viele Menschen in Europas altem Strahlen geborgen fühlen. Und Rosa, wie ich nun erfuhr, stellte für viele Menschen eine Quelle dar, die Wärme und Schutz versprach.

Meine Großmutter muss eine Art Heimat gewesen sein. Und sie muss zugleich eine Zerstörerin gewesen sein, voller Liebe, voller Zuversicht, voller Mut. Aus winzigen Bausteinen fügte meine Mutter Erika ein Bild zusammen, soweit es ihre Krankheit zuließ, solange sie den Verfall begrenzen konnte.

Als sie die Sprache endgültig verlor, gewöhnte sie sich an, Lichtstellen aufzusuchen, und stand bewegungslos lange Zeit dort, eine lächelnde Skulptur mit verschlossenen Geschichten.

MELBOURNE 1968

Dieser Samstag begann so perfekt. Mary wachte zeitig auf und hörte zu, wie draußen die Vögel sangen, hin und wieder ein Auto die Straße entlangfuhr, Fahrradreifen sich in den Sandkies drückten. Im Haus bewegte sich nichts. Mary liebte das Haus, trotz der dünnen Wände, der lauten Klospülung, dem Rattern in den Rohren, wenn Mama das Spülwasser ausschüttete und der dicke Schaum gurgelnd verschwand. Sie dachte an die Holzbaracke, in der sie vorher gelebt hatten, eine staubige Hütte am Rand einer Arbeitersiedlung mit einem Abtritt draußen im Hof, den sie mit zwei anderen Familien teilten. Jetzt freute sie sich jeden Morgen auf das Badezimmer mit dem glänzenden Ölanstrich in Hellblau, in dem es ein Keramikklosett mit weißer Plastikbrille gab, eine Duschtasse aus Kunststoff mit Glaswand und einer Glastür, die Daddy extra in einem Alurahmen eingepasst hatte. Dazu gab es ein Waschbecken mit Handtuchhaltern und ein Spiegelschränkchen. Alles weiß und hellblau und makellos sauber. Heißwasser aus dem Hahn, der aussah wie eine eiserne Blume, bunte Zahnputzbecher auf einem Holzregal aufgereiht, Mamas Parfüm, das sie nicht anrühren durfte, weil es so sündhaft teuer war. Ein Verbot, an das sie sich selten hielt. Auf dem Boden lag ein flauschiger runder Wollteppich, den Mama gehäkelt hatte und der sich meist feucht, aber weich anfühlte. Das winzige Fenster hatte ein Fliegengitter, und die Tür konnte man versperren, um ungestört zu sein. Nur der kleine Bruder durfte das noch nicht. Mary fand, es war ein wunderbares Bad.

Sie hörte im Zimmer der Eltern das Bett knarren, eine Tür öffnete sich. Vermutlich war es Daddy, der als Erster aufstand. Jetzt würde er im Bad verschwinden, sich rasieren, das Gebiss putzen und in seinem Mund verankern, breit sein Spiegelbild angrinsen und mit der Zunge gegen die Gaumenplatte drücken. Dann würde er die weißen Haare kämmen, akkurat den Seitenscheitel ziehen, ein wenig Rasierwasser auf den Handtellern verteilen und die Wangen beklatschen. Dann würde er ins Schlafzimmer zurückkehren, sich anziehen und vors Haus treten und vom dürren Rasen die Zeitung aufheben, die der Bote in der Morgendämmerung dort hingeworfen hatte. Währenddessen würde Mama ins Bad gehen und summen, wie sie immer summte, wenn sie nicht den Unterricht vorbereitete oder las oder Mary für das Leben fit machte. Und sobald sie fertig war, würde das Bad auf Mary warten mit einer Duftmischung aus Irish Moss, Veilchenseife und L'Air du Temps. Nichts konnte einen Tag verführerischer beginnen lassen.

Joey, den Mama beharrlich Josef nannte, schlief noch, als Mary ihr Kleiderbündel packte und an seinem Bett vorbei ins Bad schlich. Joey war süß, lästig und absolut uninteressant als Spielgefährte; ein Kindergartenbruder hatte nichts für eine Dreizehnjährige zu bieten. Nur das Drama seiner Geburt hatte eine Zeit lang als Gesprächsstoff bei den Freundinnen für Furore gesorgt, hatte Mama doch einen zweiten Jungen geboren, Minuten nach Joey. Und der war anscheinend sofort gestorben. Mary hatte ihn nie zu Gesicht bekommen, es überhaupt erst Tage später erfahren, als sich Daddy verplappert hatte.

»Du und dein Mundwerk«, hatte Mama geschluchzt, und dass es kein Thema für Mary wäre, kein Thema für irgendwen, kein Thema jetzt und in Zukunft, weil niemand über Peter sprechen sollte, sonst bräche ihr noch das Herz, wieder einmal.

Mamas Herz stellte sich Mary als einen von Sprüngen und Rissen überzogenen roten Klumpen vor, nicht zu vergleichen mit den glatten und von Strahlen umrahmten Herzen Jesu in den Kirchen; ein beschädigtes Organ, auf dem, wie Mama manchmal ärgerlich rief, jeder in diesem Haus herumtrampelte, Joey ausgenommen.

Mary war bei der Geburt der Zwillinge neun Jahre alt gewesen. Ein toter Bruder, mit dem sie keine Gefühle verbanden, war ein viel zu aufregendes Thema, um es nicht mit ihren besten Freundinnen zu bereden. Abgesehen davon schienen die Nachbarn sowieso mehr darüber zu wissen als sie. Nur den Namen kannte niemand, daher behielt sie ihn für sich. Das tote Baby war ein Geheimnis, von dem viele wussten, über das jedoch nicht gesprochen werden durfte. Bei Simon, der ein Jahr später auf die Welt kam, war das anders gewesen. Oh, so ein süßes Baby, keines, das Nächte durchbrüllte, eines, das immer zu lächeln schien. Joey war ein lustiger Bruder, aber Simon war ein Engelchen. Zu gut für diese Welt, sagten manche Nachbarinnen, nachdem er eines Tages vom Mittagsschlaf nicht aufgewacht war. Von Simon redeten sie alle noch, obwohl Mama dabei feuchte Augen bekam. Joey soll seinen Bruder nicht vergessen, sagte sie manchmal, und Mary wunderte sich, warum Peter verschwiegen werden sollte.

Sie spürte den Schmerz. Seit Kurzem hatte sie selbst jeden Monat den krampfenden Bauch und das Blut zwischen den Beinen. Und sie hörte immer wieder von Frauen, die die Erinnerung an tote Kinder pflegten. An besonders finsteren Tagen hatte Mary den Eindruck, über jeder Siedlung schwebten diese zu früh Geborenen, diese zu früh Gestorbenen, und das Lachen der spielenden Geschwister stieg zu ihnen empor und umhüllte sie.

Mary schüttelte sich. Sie wusch sich, bediente sich sparsam bei Mamas Parfüm, band ihre Haare zusammen und knüpfte über den Gummi, der den Pferdeschwanz zusammenhielt, eine rote Seidenschleife, die wunderbar zu dem gepunkteten langärmeligen Kleid mit dem Tellerrock passte.

»So schön heute?«, fragte ihre Mutter, als sie in der Küche auftauchte.

Mary lächelte breit und setzte sich an den Tisch. Daddy tauchte hinter der Zeitung auf, betrachtete sie kurz und versank wieder in den Tagesneuigkeiten.

»Ist das nicht ein wenig übertrieben?« Mama band Pyjamajoey die Serviette um und hievte ihn auf seinen Stuhl.

»Nein.«

»Triffst du dich mit deinen Freundinnen?«

»Ja.«

»Was habt ihr vor? Du bist zu fein angezogen, um drüben auf dem Spielplatz zu sitzen.«

»Wir fahren zu dritt ins Zentrum.«

»Das ist zu weit.« Mama nahm ihre Brille ab und rieb die roten Druckstellen an ihrer Nase.

Wieder musste Mary an das Schwarz-Weiß-Foto denken, das ihr Daddy einmal gezeigt hatte, er hatte es in dem Jahr nach der Hochzeit gemacht: ihre Mutter in einem angeblich dunkelroten Kleid mit schwarzem Spitzenjäckchen, die Haare noch schulterlang und offen, mit geschminkten Lippen und Augen, die nicht von spiegelnden Gläsern versteckt wurden. Sie war auf dem Fußboden gesessen, den weiten Rock ausgebreitet wie eine offene Malvenblüte, und blickte hoch, direkt in die Kamera, lächelnd. Daddy hatte über das Foto gestrichen, bevor er es Mary in die Hand drückte. Mary hatte die Frau auf dem Bild angeschaut; natürlich war es ihre Mutter oder zumindest eine jüngere Version, ohne Falten und graue Schläfen. Einfach schön. Die Brille war in ihrem Schoß gelegen, griffbereit. Mary hatte das Gesicht ihrer Mutter noch nie so ungeschützt, so nackt und so glücklich gesehen. Jetzt wurde ihr plötzlich klar, dass sie viel zu wenig über diese Frau wusste, die sie umsorgte, die rote Hände hatte von den Jahren, in denen sie in kaltem Wasser Wäsche gewaschen hatte, die eine geachtete Lehrerin war und von ihrem Vater so abgöttisch geliebt wurde.

»Ist es nicht«, sagte Mary, »ich nehme mir ein Sandwich mit, und spätestens abends bin ich rechtzeitig zum Essen wieder daheim.«

»Albert, sag was. Eine Dreizehnjährige ist zu jung, um sich mit anderen Dreizehnjährigen in der Stadt herumzutreiben.«

»Angies großer Bruder geht mit«, warf Mary ein.

»Scott ist siebzehn und wird die Augen woanders haben. Was wollt ihr in der City, was es hier nicht auch gibt? Außerdem hast du kein Geld, und ich gebe dir auch keines. Und der Rock ist viel zu luftig, das ist lächerlich bei diesem Wetter. Du musst zumindest die dicke Jacke anziehen, es ist kalt.«

»Ich weiß, ich bin ja nicht blöd.«

Nordwind, trocken und nach verbrannter Erde riechend. Mary schaute aus dem Fenster. Im Zentrum würde es stille Ecken geben, im Schutz der Mauern würde sie vielleicht ihr hübsches Kleid zeigen können. Aber natürlich würde sie den Mantel brauchen.

»Also, wie du redest! Nein, du kannst nicht mit Scott gehen.«

»Warum nicht?«

»Er ist zu alt. Ich frage mich sowieso, was er mit euch kleinen Mädchen am Hut hat.«

»Mama!«

»Das ist seltsam. Albert, sag auch was.«

Albert brummte, und Mary wusste, er hatte überhaupt nicht zugehört. »Aber Angie ist seine Schwester«, widersprach sie gereizt. »Warum soll er nicht mit ihr und ihren Freundinnen ausgehen wollen? Noch dazu vormittags!«

»Ich höre so Sachen über ihn.«

»Wieso ist es dir so wichtig, was andere sagen? Warum glaubst du mir nicht? Scott redet mit mir über Bücher. Und er erklärt mir Dinge.«

»Dinge?«

»Na ja, wie die Sachen zusammenhängen. Geschichte und so. Politik ...«

»Politik? Ein Siebzehnjähriger einer Dreizehnjährigen? Für wie blöd hältst du mich eigentlich, Maria?«

Mary starrte ihre Mutter an, senkte schließlich den Blick. Es war immer dasselbe.

»Ich mag es nicht, wenn du ohne uns unterwegs bist. Schon gar nicht in diesen dunklen Straßen voller Einwanderer und Unglücklicher, die Arbeit suchen.«

»Ihr seid auch Einwanderer. Bloß ich nicht. Ich bin hier geboren, wie Joey. Wieso hast du bei allem, das ich tue, Angst?«

»Albert, sag endlich etwas.« Die Mutter stand auf und verschwand mit Joey im Bad.

»Du bist zu jung«, sagte Daddy hinter der Zeitung.

»Bin ich nicht. Außerdem ist Melbourne sicher, während Mama in meinem Alter einen Krieg erlebt hat. Nichts, was mir hier geschieht, kann so schlimm sein wie das, wovon sie nicht redet. Und du im Übrigen auch nicht.«

Die Zeitung senkte sich. »Also gut. Aber du bleibst bei den anderen Mädchen. Ihr trennt euch nicht.«

»Ich liebe Melbourne.«

»Ich weiß.«

»Ich bin Australierin. Ist es das, was Mama an mir stört? Dass ich alles hier so liebe?«

»Nichts stört sie an dir. Es kann sie gar nicht stören, weil du unsere Tochter bist und einfach perfekt.«

»Merkst du es nicht? Ist es, weil ich daheim so oft Englisch rede? Ist es das? Sie mag etwas an mir nicht.«

Daddy sah sie ausdruckslos an und verschwand hinter der Zeitung. »Das bildest du dir nur ein.«

Mary bog die Zeitung herunter, sodass sie sein Gesicht sehen konnte und er gezwungen war, sie anzuschauen: »Du weißt, dass das nicht stimmt. Sie liebt dich und sie liebt Joey. Aber bei mir ist es Liebe auf einem Hinkebein. Und nun red es nicht schön.«

Sie war ins Deutsche gewechselt, einfach so, wie es ihr immer wieder passierte, wenn sie mit Daddy alleine war. Ihm war es egal, ob sie Fehler machte, er antwortete auf alles, was sie sagte, in seinem Oberösterreichisch, in dem sich in den letzten Jahren ganze englische Sätze breitmachten, ein Mischmasch aus Silben und Melodien wie bei den meisten anderen Einwanderern auch. Nur Mama separierte sorgsam ihre Sprachwelten.

»Und jetzt«, fügte Mary hinzu, »jetzt verrate ich dir, dass ich mit Angie und Melanie in die Stadt fahre und mir den Aufmarsch der Studenten anschauen werde.«

»Das ist mir aber gar nicht recht.«

»Wir werden Eis essen und hoffen, dass es zu Pöbeleien kommt und Scott politische Sachen schreit und die Polizei zu tun kriegt.«

Sie ließ die Zeitung los und verließ das Zimmer, ohne auf eine Antwort zu warten. Nie hätte sie ihrem Vater verraten, was sie oft nachts hörte, wenn die Eltern dachten, sie schliefe schon längst. Dieses verzweifelte Flüstern, das weiter trug, als ihnen bewusst war: Sie ist wie ihre Großmutter. Und Daddys beruhigendes Gemurmel, auf das wieder Mama antwortete: Sie wird bezahlen dafür. Und die, die sie lieben, bezahlen dann mit.

Draußen auf der frisch asphaltierten Straße wartete Melanie, wie immer in Latzjeans, die an den Beinen ausgefranst waren, um die Hüften eine zitronengelbe Strickjacke gebunden, den grauen Sweater unterm Arm eingeklemmt. Sie trug die Haare offen, dünne lange Fransen, die ihre abstehenden Ohren nicht ganz verbargen. Wenn Melanie lachte, und das tat sie oft, sah man den dunklen Zahn, den sie sich vor zwei Jahren bei einem Radunfall fast ausgeschlagen hatte. Melanies Eltern kamen aus derselben Barackensiedlung wie Erika und Albert. Einwanderer aus dem Allgäu, genauso jung, und, wie Albert, von einer ermüdenden Begeisterungsfähigkeit für ihr neues Heimatland. Melanie und Mary waren gemeinsam eingeschult worden, hatten ihre Liebe fürs Englische entdeckt und vermieden es zunehmend, bei den Liederabenden des deutschen Clubs anwesend zu sein. Je australischer sich Melanies Mutter Gertrud fühlte, desto kühler wurde das nie wirklich herzliche Verhältnis zwischen ihr und Marys Mutter. Erika fand es sowieso lächerlich, wie ehemals Deutschsprachige nun ihren Namen mit englischem R rollten und aus dem kantenklaren Rikki, wie sie daheim gerufen worden war, ein Rrrickiiieee formten.

Die Mädchen gingen die Crabapple Grove entlang und bogen ein in die Sweet Valley Road. Die Namen der Straßen hatten überhaupt nichts mit der tatsächlichen Bepflanzung oder ihrem Charakter zu tun. Jeder fragte sich, warum niemand sie einfach »Eukalyptusdickicht« oder »Kaninchenloch« nannte. Hier wohnten nicht nur Deutsche, Österreicher und Tschechen. Es gab Siedler aus Polen, Bulgarien, Norwegen und Albanien, eine lustige Mischung, wie die Mädchen fanden. Briten, Italiener und Griechen hingegen schienen sich aneinander zu klammern und ihre Wohnstraßen von fremden Einflüssen frei halten zu wollen. Ein Flickenteppich aus winzigen europäischen Sprachinseln breitete sich langsam gegen Norden hin aus. Felder verschwanden, die Rasterlinien von Schotterstraßen wurden nachträglich asphaltiert, sobald alle geplanten Bungalows standen und die Main Road der neuen Dörfer mit ihren Geschäften schon längst geteert war. Manchmal hieß die Hauptstraße High Street, und dann wusste man, dass Briten in der Umgebung wohnten. Schulen wurden gebaut, Malls wurden zu Zentren für die Weiler der Umgebung, dazwischen hockten die Baracken und Hallen neuer Fabriken. Fast unmerklich wurde dem Land ein neues Kleid verpasst. Und immer gab es innerhalb kürzester Zeit in jedem Dorf eine Ecke, an der sich die Verlierer trafen, einen Supermarktparkplatz, wo Ureinwohner saßen und Bier tranken, fein säuberlich getrennt von den weißen Alkoholikern. Eltern zogen ihre Kinder an den Händen vorbei und taten, als sähen sie nichts.

In der Sweet Valley Road wohnte Angie gleich neben der Busstation. Angies Familie kam aus Schottland, eine der wenigen Familien hier, die nicht mit einer neuen Sprache kämpfen mussten, auch wenn ihr Vater von fast keinem Australier besser verstanden wurde als die anderen Einwanderer. Aber er schrieb ein geschliffenes, etwas altmodisches Englisch und hatte kein Problem, auch schwierige Inhalte in Verträgen und Konstruktionsplänen zu verstehen. Daher hatte er gleich in einem Büro begonnen, und sein Verdienst war bereits fast doppelt so hoch wie der von Melanies Vater und spürbar höher als der Alberts. Das wussten alle Kinder, und die Hierarchie ihrer Spielgruppen spiegelte wider, in welchem Verhältnis die Eltern zueinander standen und wessen Job höher angesehen war. Mary punktete ein wenig mit ihrer Mutter, die immerhin Lehrerin war. Mary wusste, was man über ihre Mutter redete wegen Erikas Heimweh und Eigenbrötelei. Und es zerriss sie manchmal zwischen Unmut und Loyalität.

Angies Bruder Scott öffnete die Tür. Er war ein bulliger Typ, dessen Aussehen jeden täuschte, der ihn nicht näher kannte. Seine Schimpftiraden waren wüst und legendär, ihm ging der Ruf voraus, mit den Fäusten nicht allzu zimperlich zu sein, obwohl er jeden verbal fertigmachen konnte. Viele machten daher einen Bogen um ihn und fragten sich insgeheim, wann die Polizei einmal bei den MacPhersons vorfahren würde.

Mary fand Scott großartig. Ein bisschen seltsam vielleicht, aber wunderbar undurchschaubar. Und man respektierte ihn. Der wird seinen Weg machen, hieß es unter den Eltern. Sei nicht so grob wie er, aber du könntest dir schon was abschauen, rieten sie ihren Söhnen.

Da war bereits allen bekannt, dass Scott die Victoria University besuchen würde, die Universität, die als Technische Schule erst fünfzig Jahre zuvor mitten im Ersten Weltkrieg gegründet worden war und die seit wenigen Jahren auch Mädchen aufnahm. Es war eine

Universität, die stolz war auf ihre Studenten aus Immigrantenfamilien. Scotts Eltern hätten daheim in Edinburgh nie davon zu träumen gewagt, dass ihre Kinder den Sprung in eine höhere soziale Klasse schaffen würden.

»Ich hasse es, dass er so klug ist«, hatte sich Angie einmal beschwert. »Es macht mein Leben schwerer, weil ich mich nicht nur dumm fühle, sondern alle daheim merken, dass ich es auch bin.«

Mary fand Angie nicht dumm. Überhaupt nicht. Aber ihr war klar, dass Eltern unterschiedlichen Richtlinien folgten.

Scott blickte über die Mädchen hinweg die Straße hinauf und hinunter.

»Los«, sagte er plötzlich, als hätten sie seine Zeit verschwendet. Hinter ihm tauchte Angie auf, mit hochtoupiertem Haar, als wäre sie schon mindestens sechzehn. Der Bus erschien am anderen Ende der Sweet Valley Road. Sie fielen in Trab wie freigelassene Ponys.

Hinter Heidelberg West mussten sie umsteigen. Mary knöpfte ihren Mantel zu, Melanie hatte sich schon längst in ihrem Sweater verkrochen. Der Himmel war von staubigem Blau, die Südwinde mit dem erlösenden Regen ließen immer noch auf sich warten. Dieses Jahr dauerte es länger als sonst. Solange es trocken und einigermaßen wolkenfrei war, schien Mary der Ozean näher zu sein. Sie liebte das Bleigrau des antarktischen Meeres, die mächtigen Wellenberge. Manchmal glaubte sie, das Eis riechen zu können, das sich weit hinter dem Horizont auftürmte. Selbst im brütenden Sommer, wenn sie sonntags zum Strand fuhren, war das Wasser belebend frisch, ein Sprühen und Funkeln.

Und jetzt stand der Winter vor der Tür. Kaum würden die wochenlang düsteren Wolkenbarrieren über der Stadt hängen, würde Mama mit ihrem Lamento beginnen. Marys Heimat schnitt dabei immer schlecht ab. Nichts konnte dann den silberflirrenden Aubäumen an der Donau gleichen, den Schwalbenpfeilen über den Kräuterwiesen, den im Sonnenlicht brütenden Granitblöcken, alles schöner, selbst im europäischen Winter, als dieses graue australische Kälteloch ohne Schnee, ohne tanzende Eiskristalle, das wilde Eismeer, diese auf den Kopf gestellte Abfolge der Jahreszeiten. Und dann erst Weihnachten im Sommer!

Gerade verließ die Straßenbahn Carlton, schwenkte nach North Melbourne ein, näherte sich den Hallen am Central Market, die angeblich restauriert werden sollten. Manchmal machten sich die Eltern den Spaß, samstags mit den Kindern hierherzufahren und zu schauen, was es alles gab. Es erinnerte sie an Europa, an den Naschmarkt in Wien, sagten sie unisono, und diese Ausflüge ließen sie lächeln und jung aussehen. Ob andere Eltern auch ihre Heimwehorte hatten? Ob alle Einwanderer an Heimweh litten, jeder seine eigene Version von Schmerz pflegte?

In Sichtweite der St.-Patrick's-Kathedrale verließen sie die Straßenbahn. Außerhalb des alten Stadtkerns reihte sich eine Baustelle an die andere. Jedes Mal, wenn Mary hierherkam, sah vieles wieder anders aus. Ihre Stadt, dachte sie, war dabei, sich selbst neu zu erfinden. Zwar waren die Fassaden der Kolonialbauten verdreckt, und in den Seitengassen häufte sich der Müll, aber überall vor den riesigen Baugruben standen Plakatwände und zeigten die Zukunft: Irgendwann einmal würde Melbourne genauso modern wie andere Metropolen sein, genauso blendend. Wenn auch ohne die Tumulte in Europa.

Mary kannte die Bilder von Paris aus dem Fernsehen, von den Studentenunruhen, die ihre Eltern nicht kommentieren wollten. Sie hatte von den Demonstrationen in Berlin gehört; alle Einwandererfamilien bekamen auch Berichte aus der alten Heimat, verglichen die Neuigkeiten untereinander. Sie trugen ihre Geschichten mit sich herum, in unsichtbaren Rucksäcken, deren Inhalt sie voreinander ausbreiteten. Sobald sich Einwanderer trafen, ging es kurz um die Dinge, die sich für sie in Australien zum Guten oder zum Schlechten veränderten. Danach schoben sich die alten Heimaten in ihre Blickfelder, und ihr Ton bekam etwas seltsam Sehnsüchtiges. Dabei waren sie doch alle freiwillig ausgewandert! Wenigstens die meisten. Und sie betonten so gerne, wie gut es ihnen nun ging, viel besser als daheim. Nur bei wenigen klang es echt. Wenige, wie Daddy, sahen ungern zurück, beteiligten sich nicht an den Mythenbildungen.

Die Mädchen interessierten sich selten für die alten Geschichten, dafür umso mehr für die Bands und Musiker, die endlich den Weg aus den USA und Europa auch nach Australien fanden. Wie gern wäre Mary dabei gewesen, als The Who und Small Faces vom Flughafen in Melbourne mit Polizeieskorte abgeholt worden waren, weil sich der Pilot so über ihr Betragen aufgeregt hatte. Natürlich hätte sie nie zu einem ihrer Konzerte gehen dürfen, hätte auch gar nicht das Geld dafür gehabt, aber die jungen Wilden Europas kamen immerhin auch so langsam her!

Bei Angie daheim hatte sie die Musik gehört, die ihre Eltern nicht wirklich mochten, zwar nicht verboten, nie würden sie einen Sender einschalten, der Popmusik brachte. Scott hingegen besaß sogar einen eigenen Plattenspieler in seinem winzigen Verschlag unter der Dachschräge und hatte nichts dagegen, wenn Angie ihre Freundin einlud. Dann lehnte Mary im Türrahmen, während Angie ihre Finger über die Plattenhüllen gleiten ließ und manchmal miträllerte, obwohl ihr Bruder sich dann so laut beschwerte, dass Mary nichts mehr vom Text mitbekam. Scott saß mit glänzendem Gesicht und schweißnassem Shirt an seinem Schreibtisch und genoss die Bewunderung.

Mary himmelte Scott so sehr an, dass sie auch zuhörte, wenn er über Themen sprach, die ihr nichts bedeuteten. Deshalb wusste sie nun Bescheid über die Demonstration, zu der sie fuhren. Die ungeklärten Fragen rund um die Eigentumsverhältnisse der Aborigines waren wieder aufgeflammt. Diesmal unterstützten auffallend viele junge Weiße die Forderungen. Der revolutionäre Geist, der Woodstock getragen hatte, der den Vietnamkrieg Amerikas infrage stellte, der das Establishment der Eltern als Feindbild ansah, hatte auf Australien übergegriffen. Mary kannte keine Ureinwohner. Sie kannte auch keinen einzigen echten Australier. Selbst die Lehrerinnen kamen aus Einwandererfamilien, die mit Schiffen in der Zwischenkriegszeit gelandet waren. Für Mary war das Land eigentlich bevölkert von Menschen aus Europa.

Land Rights for Aborigines! stand auf Transparenten. Burschen, junge Männer mit Brillen, Haaren, die sich über den Krägen kräuselten, acht, zehn in einer Reihe, marschierten an ihr vorbei. Einer schob sein Rad, einer hielt einen handbemalten Karton.

»Wer sind die Vestys?«, fragte Mary Scott.

»Die Investoren, die Minengesellschaften. Sie wollen die Gebiete der Gurindjis nicht hergeben. Zu viel Profit.«

Jetzt liefen Studentinnen skandierend vorbei.

»Wir wollen weitergehen, Schaufenster anschauen und was Heißes trinken«, schrie ihr Melanie ins Ohr. Mary schüttelte den Kopf. Die Menge pulsierte wie ein mächtiges Tier, glich den endlosen chinesischen Drachen, die zum Neujahrsfest durch das größte und älteste chinesische Viertel tanzten. Ein Windstoß wirbelte Staub auf. Während Mary sich noch die tränenden Augen rieb, packte Scott sie am Arm und zog sie hinein, mitten in die Menschenschlange, die sich sanft um sie herum schloss.

Wie laut es war, wie fröhlich trotz der ernsten Gesichter. Die meisten Studentinnen trugen ihr Haar offen, nicht geflochten und hochgebunden wie Mary. Außerdem trugen sie Jeans und geblümte Blusen unter den halb offenen Lederjacken und dicken Schals aus grober Schafwolle. Sie sahen aus, als wären sie direkt aus Kalifornien, wie aus den Nachrichten über Hippies, die ihre Mutter so beunruhigten.

Mary schämte sich plötzlich für ihr hübsches Sonntagskleid und war froh über den Mantel. Scott hielt ihre Hand in seiner Faust fest umschlossen, schrie ihr nur kurz zu:

»Wir gehen dorthin, wo Mick Rangiari sprechen wird. Du musst ihn hören.«

Mary hatte keine Ahnung, wer das war. Es war einfach zu schön, dass Scott sich um sie kümmerte. Und erst, als die ersten Tropfen fielen und sie erstaunt hochblickte, erkannte sie, dass der Wind gedreht hatte.

Jahre später würde Mary sich daran erinnern, dass sie an diesem Tag erfasste, wie man sich für fremde Menschen einsetzen konnte, dass gefühlte Gemeinsamkeit unerwartete Kraft verlieh. Die Begeisterung der anderen trug sie hinweg, das laute Skandieren der Forderungen setzte sich als rhythmisches Stampfen, als Welle durch die vielen Körper, den Riesenleib fort. Schweigen senkte sich über die Masse, als weit, weit vorn Mick Rangiari ans Mikrofon trat, und seine Worte, seine fast gesungenen Sätze über sie hereinbrachen. Sie sah schmale Hüften, Beine in Jeans, Anoraks und Dufflecoats und karierte Schals um sich. Sie sah weiße Haut und Haare, die ihr Vater als schlampig geschnitten einstufen würde. Sie sah den Nieselregen auf die vielen Menschen fallen, die sich nicht im Geringsten darum scherten. Sie hörte diese Stimme, die über ihnen schwebte und alles einhüllte mit ihrer Klage um das gestohlene Land.

Dabei konnte sie Mick Rangiari gar nicht sehen. Sie stellte sich vor, dass er aussah wie die wenigen Ureinwohner, die sie an den Rückwänden eines Supermarktes beobachtet hatte, schweigende Körper mit schweren Händen im Schoß, neben sich Flaschen und den Blick im Unsichtbaren verloren. Sie stellte sich vor, dass Mick älter war, vielleicht sogar älter als ihr Vater. Dass er Schwielen hatte und ein Hemd mit offenem Kragen unter seiner Jacke. Sie stellte sich vor, dass er ebenso im Regen stand, dass von seinem Kraushaar, grau natürlich, das Wasser abperlte, sodass es wie eine buschige Krone schimmerte. Sie fand selbst seine laute, fordernde Stimme angenehm. Ob er sehr dunkel war? Ob er nach Eukalyptus und Muskat roch?

Scott beugte sich zu ihr. »Verstehst du jetzt, warum wir hier sein müssen?«

Sie verstand es nicht, aber sie nickte, weil er immer noch ihre Hand hielt, als wäre es das Selbstverständlichste der Welt. Hatten die Firmen, die all ihren Vätern und manchmal auch den Müttern Arbeit gaben, das Land tatsächlich gestohlen? Wie war das mit den Einwanderern, die kamen, weil ihre Heimat verwüstet war oder leer oder bitterarm? Waren sie nun automatisch im Unrecht, obwohl sie der Einladung der australischen Regierung gefolgt waren? Wenn man arbeiten musste, um sich und seine Familie ernähren zu können, und der Arbeitgeber war unmoralisch, war dann sein Arbeiter genauso schuldig?

Scott brüllte etwas und riss seine Linke hoch. Er strahlte, und Mary fand, keiner der anderen Studenten glich ihm, und wieder überwältigte sie, dass er sie ernst nahm, obwohl sie nicht älter als seine Schwester, nicht genauso klug wie er war.

Und gleichzeitig wurde ihr peinlich bewusst, wie kalt ihr war und dass sie dringend eine Toilette brauchte. Das Problem der Aborigenes und die Frage nach Schuld zerbröselten unter den schmerzenden Stichen, die ihre Beine nervös zucken ließen.

»Wird es dir zu lange?«, fragte Scott, und sie hörte seinen Widerwillen.

»Bleib du hier, geh nicht weg, damit ich dich wiederfinde. Ich muss schnell aufs Klo.«

Er nickte kurz und wandte sich wieder nach vorn. Seine Hand löste sich von ihren Fingern, Scott trat einen halben Schritt zurück, damit sie sich zum Rand der Menge durchdrängen konnte.

Mary versuchte, sich Gesichter, Hauben, Jacken einzuprägen. Ihr graute plötzlich davor, alleine den weiten Rückweg antreten zu müssen. Endlich erreichte sie die Hausmauer am Rande des Platzes und fand ein Pub in der Nähe. Ein Mann kam gerade mit einer Bierflasche heraus, hielt ihr die Tür auf. Drinnen war es verraucht, dämmrig, an manchen Tischen saßen Leute, ein Glatzkopf lehnte an der Bar und las in einer Zeitung. Zögernd ging Mary an ihm vorbei, passierte den offenen Zugang zur Küche. Es dampfte, und Töpfe schepperten, als der Wirt auftauchte und Mary an der Schulter festhielt.

»Wo sind deine Eltern?«

»Draußen. Darf ich bitte die Toilette benutzen?« Sie spürte, wie sie errötete.

»Diese blöden Demos! Und was fällt Eltern ein, ihre Kinder mitzunehmen. Lauter Aufwiegler da draußen, linkes Gesindel«, murrte der Mann und ließ Mary nicht los.

»Bitte«, sie hörte ihre Stimme zittern.

»Da hinten, und wehe, du versaust mir was.« Er gab ihr einen leichten Stoß, sodass sie den Gang weiter stolperte, auf eine mattweiße Tür zu. »Ladies« stand in verschlungenen Buchstaben darauf, das S blätterte bereits.

Mary drückte die Klinke hinunter zu einem grün gekachelten Vorraum mit abgeschlagenem Waschbecken; die nächste Tür stand offen, sie schob Mantel und Kleid hoch, zog mit zusammengebissenen Lippen die Aborttür hinter sich zu, die keinen Riegel besaß, zerrte das Höschen hinunter und ließ sich mit erleichtertem Seufzen auf die Holzbrille fallen.

Auf einmal ging die Tür vor ihr auf. Mary hörte, wie unter ihr der Urin in hartem Strahl gegen das Porzellanbecken plätscherte, und starrte in das Gesicht des Wirtes, der sie von oben herab musterte, während ein schiefes Grinsen seinen Mund verzog.

»Ich hab dir gesagt, du sollst nichts versauen.« Er sprach leise, und das machte Mary mehr Angst, als wenn er gebrüllt hätte.

»Ich bin gleich fertig. Ich habe nichts daneben …«

»Was hab ich dir gesagt?«

»Ich spüle gleich, und alles wird sauber sein«, stotterte sie mit hochroten Wangen.

Endlich war das Geräusch unter ihr verstummt. Nirgendwo war

Papier, um sich abzuwischen. Ihre Hände krallten sich um Kleidersaum und Höschen. Sie war sicher, dass der Mann nur ihre Knie sehen konnte, wenn überhaupt. Und versteifte sich bei dem Gedanken, er könnte nach ihr greifen.

Er starrte sie immer noch an, während er an seinem Gürtel nestelte. Sie begann zu weinen. Und dann hörte sie das Rufen. Der Wirt horchte auf. Und gab sie frei.

Kaum war er verschwunden, richtete sie ihr Kleid und den Mantel, zog an der Spülung, rannte den Gang entlang, an der Küche, an dem Mann mit der Zeitung vorbei, zur Türe hin. Hinter sich hörte sie ein seltsames Lachen und wusste, dass es der Wirt war, und sie drängte sich vom Gehsteig sofort auf die Straße zwischen die Demonstrierenden, presste sich an fremde Körper, als könnte sie damit etwas wegwischen.

»Aber, aber.« Mary hob ihr Gesicht.

»Du weinst ja«, sagte eine junge Frau. »Was ist los?«

Mary schaute weg.

»Hast du dich verlaufen?«

Mary brachte keinen Ton heraus.

»Sie gehört zu mir.« Mary erkannte Scotts Stimme. Sie drehte ihr Gesicht weg.

»Ein bisschen jung, dein Gemüse«, sagte die Frau und kicherte.

»Sie ist meine Schwester«, behauptete Scott und zog sie mit sich. »Meine Güte, Mary, sind deine Finger kalt. Wir sollten zurück. Ich wette, die zwei anderen sind schon längst daheim. Und der Regen wird auch immer stärker.«

Wenigstens sieht er nicht gleich, dass ich weine, dachte Mary, während Scott sie zum anderen Straßenrand bugsierte. Langsam löste sich die Demonstration auf. Die glanzvolle Stimmung war verschwunden, Schirme wurden aufgespannt, die Menschen redeten nicht mehr miteinander.

In der Straßenbahn standen sie dicht gedrängt und schweigend.

Sie würde nie jemandem erzählen können, was passiert war. Oder auch nicht geschehen war. Nur der Zufall hatte sie gerettet. Du bist immer so vertrauensselig, so dumm, warf ihr Mummy oft vor. Ständig bringst du dich in schwierige Situationen. Als ob ich gegen eine Wand reden würde, als ob du nicht über genügend Hirn verfügst, um selbst zu erkennen, was offensichtlich ist. Wenn du schon zu blöd bist, dann glaub mir wenigstens.

Hätte ihr jemand geholfen, wenn sie zu schreien angefangen hätte? Was hatte er wirklich von ihr gewollt? Wussten Männer, was andere Männer taten? Wusste Scott davon?

»Das war eine wirklich großartige Demo«, sagte Scott. »Du wirst sehen, in den nächsten Jahren wird sich einiges in diesem Land ändern, und dann kannst du sagen, dass du mit dabei warst. Jede einzelne Stimme gegen das Böse zählt.«

Mary fühlte sich sehr müde und hätte gerne seine Hand wieder gehalten. Aber er redete und redete, durchdrungen von der eigenen Bedeutung. Irgendwann einmal würde sie nachdenken über die Ureinwohner und mit Daddy darüber sprechen wollen. Irgendwann einmal würde sie Mama fragen, ob es auch in Europa Vertreibungen gab. Aber jetzt hätte sie am liebsten die Erinnerung an dieses eine Männergesicht gelöscht, die leise Stimme, die Hände am Gürtel. Und gleichzeitig wurde ihr klar, dass das nicht passieren würde und dass sie dieses Geheimnis vielleicht nie mehr loswerden würde.

Als sie völlig durchnässt die Haustür öffnete, war es ihre Mutter, die sie ohne ein Wort ins Badezimmer brachte, unter die heiße Dusche stellte und ihr trockene Kleider herauslegte.

»Das hat sie notwendig gehabt, bei diesem Wetter spazieren zu gehen«, hörte Mary sie später im Wohnzimmer sagen. »Wenn sie nicht krank wird, hat sie noch Glück gehabt.«

»Mary hat immer Glück«, erwiderte ihr Vater mit der Nuschelstimme, die verriet, dass er nicht wirklich zugehört hatte.

Mary erkannte erstaunt, dass sie es ihm übel nahm und die banalen Handgriffe ihrer Mutter als Trost empfand. Sie hatte ihr Suppe aufgewärmt und hingestellt, und als Mary sich setzte, streichelte die Mutter ihr kurz über ihr trocken gerubbeltes Haar.

»Irgendwann einmal wirst du mir erzählen, was du alles erlebt hast«, sagte Mama, bevor sie ins Wohnzimmer zurückging.

Mary nickte nur und hob den Löffel mit Suppe an ihren Mund. Natürlich würde sie ihr nichts erzählen. Niemandem. Nie.

WIE DIE GESCHICHTE BEGANN

Rosa hieß eigentlich Hermine. Ihre Mutter wollte unbedingt eine Hermione. Aber der Mann im Amt verweigerte das: »Zu viel Shakespeare und zu wenig Grillparzer!«

So wurde Hermine Rosa Ganzbergen einfach Herma genannt, das fünfte Mädchen en suite von damals sechs Kindern, geboren am 20. November 1904. Insgesamt wurden es zwölf, vier Buben, acht Mädchen. Drei Säuglinge starben früh. Der älteste Bruder, Johann, fiel schon im Großen Krieg als Neunzehnjähriger in den letzten Scharmützeln. Den jüngsten, Michael, erledigte die Ostfront ein Vierteljahrhundert später. Der von allen geliebte und schillerndste Bruder, Oskar, ein Schauspieler, reiste in die Türkei in den Dreißigerjahren. Er schickte Fotos, Briefe, kleine Geschenke, bis er aufbrach in den Irak, wo sich seine Spur verlor. Der einzige überlebende Sohn, Matthäus, wurde ein erfolgreicher Kaufmann in Salzburg, erfreute sich an der Wiederaufnahme der Festspiele, ärgerte sich über die Auswirkungen der Hippiezeit, schrieb erboste Briefe über die österreichische Innenpolitik an die Verwandtschaft und starb friedlich als alter Mann in seinem Bett.

Die Mädchen verschlug der Krieg in alle Richtungen. Die älteste Tochter, Adele, wurde von einer verirrten Kugel während der Unruhen 1934 in Wien getroffen. Karoline überlebte das erste Kindbett nicht. Josefine geriet in Italien zwischen die Fronten, aber das Schicksal meinte es gut mit ihr. Die jüngste, Marie Theres, verschwand nach dem Krieg hinter dem Eisernen Vorhang, der Liebe zu einem

Tschechen wegen. Aber als Herma, ein Jahr nach Karoline geboren, aufwuchs, war sie noch von sieben Geschwistern umgeben, lebte in einem luftigen Ziegelhaus am Rande eines Dorfes, so behütet, wie es nur ging, von einer Mutter mit Humor und Weitblick erzogen, die allen ihren Töchtern eine Ausbildung verschaffte.

Herma war ein fröhliches Mädchen mit dicken Stoppellocken, langen Gliedmaßen, die ihr in der Kindheit etwas Storchenartiges verliehen, später jedoch zur ihrer überzeugenden Eleganz beitrugen. Adele, vier Jahre älter, kommandierte sie gerne herum. Enger war Herma mit der freundlich hilfsbereiten Karoline verbunden, die sie alle Lina nannten und deren Naivität die Geschwister zu Streichen herausforderte. Jahrelang spielte Herma mit Lina, die ihr bereitwillig in ihre Märchenwelten und Zauberlandschaften folgte, Erfindungen für bare Münze nahm, bis weit in die Schulzeit davon überzeugt, dass Herma tatsächlich Drachenfeuer riechen und es von Hausfeuern unterscheiden konnte, wusste, wie man Silber in wertloses Katzensilber verwandelte und wie Leckerbissen aus der Vorratskammer in ihre Rucksäcke gelangten, ohne dass sich Herma auch nur in der Nähe der verschlossenen Tür herumtrieb.

Herma war Linas angebetete Heldin, und die Jüngere revanchierte sich, indem sie die Schwester auf dem Schulhof und Heimweg beschützte. Sie schreckte weder vor Raufereien mit den Brüdern und ihren Freunden zurück noch vor wilden Streitgesprächen, wenn es darum ging, Lina zu ihrem Recht zu verhelfen. Ein verkappter Junge, stellten die Eltern fest. Später, als Herma zu einer anmutigen Jugendlichen wurde, entwickelte sie einen beachtlichen Dickschädel. Man würde es schwer haben mit ihr, meinten Lehrer und Verwandte. Sie würde es schwer haben mit der Welt, dachten ihre Eltern. Ein Mädchen, das sich nicht unterordnen wollte, ein Kind, das den Mund nicht halten konnte. Das versprach Schwierigkeiten.

Doch der Krieg, die anfängliche Euphorie, die ernüchternden

Ängste beschäftigten alle Erwachsenen so sehr, dass Hermas Aufmüpfigkeit unterging. Plötzlich gab es so viele Sorgen, wahrhafte Tragödien. In der Kleinstadt mit bäuerlichem Umfeld verschwanden die Männer, übernahmen Frauen neue Aufgaben. Die Eigensinnigkeit einer Jugendlichen wuchs ungehindert, genährt von politischen Diskussionen, die der vom Frontdienst freigestellte Vater mit einem sozialistischen Freund führte, dessen von Kindheit an gelähmtes Bein ihn vor dem Feld bewahrte. Herma verstand vieles an diesen Streitgesprächen nicht, vor allem wunderte sie die Vehemenz, mit der ihr Vater, ein Kaisertreuer, die Ansichten seines Freundes anderen gegenüber verteidigte. Sie lernte früh, alles zu hinterfragen.

Als Lina mit vierzehn zu entfernten Verwandten nach Passau geschickt wurde, gerade, als der Krieg alles zuhause änderte, fiel Herma in ein tiefes Loch. Lina hatte stundenlang die schwesterlichen Monologe ertragen, obwohl beiden klar war, dass sie Hermas Assoziationen kaum folgen konnte. Lina putzte Gemüse, umhäkelte Decken, strickte Socken, während Herma vor ihr auf und ab ging, krude Ideengebirge aufbaute, nach Zusammenhängen suchte, Fragen stellte, auf die Lina nie eine hilfreiche Antwort wusste. Manchmal fragte die Ältere zurück: »Hast du schon deine Strümpfe gewaschen? Hast du die Kleinen gesehen? Willst du deine Zöpfe anders flechten? Hat die Mamá gerufen?« Alle Geschwister betonten das Wort Mama auf der zweiten Silbe, duzten ihre Eltern, was von der Umgebung als ungewöhnlich angesehen wurde, und erst, als sie selbst erwachsen waren, sprachen sie diese als Mutter und Vater an. Herma liebte ihre Schwester für die Hingabe, mit der sie zuhörte. Den Verlust Linas betrachtete sie als ihr persönliches Kriegsopfer. Als die ersten Nachrichten vom Hunger im Westen Deutschlands durchsickerten, wuchs auch die irrationale Angst um die Schwester.

Mittlerweile kehrten immer mehr Männer entstellt oder verändert aus den Kämpfen zurück. Kinder lernten zu vergessen, wie ihre Väter vorher ausgesehen hatten. Man hörte von neuen Waffen. Ihre

Namen verbreiteten Angst. Viele Verwundete scheuten das Entsetzen der anderen, begruben sich in Wohnungen der Mütter, der Frauen.

Die Front. Für Herma war das ein unendlich langer, unbestellter Acker, nasskalte Erde, die in schweren Klumpen an den Beinen hing. Im Sommer wurde sie in ihrer Vorstellung zu knochentrockenem zerrissenem Lehm, aus dem vergessene Gliedmaßen längst Toter ragten, während neue Soldaten versuchten, fremde Männer am Betreten des nackten Erdstreifens zu hindern. Säbel, Granaten, Bajonette, Querfeuer und Senfgas, das schlimmste Wort von allen, fanden ihren Weg in die Sprache der Kinder.

Immer öfter schreckten Herma und ihre kleinen Geschwister aus wüsten Träumen hoch. Als der Älteste, Johann, im Herbst 1917 einrückte, schrien sie alle und klammerten sich aneinander fest, während die Eltern den Sohn zur Kaserne begleiteten und danach auf Knien vor dem Herrgottswinkel lagen und schluchzend beteten. Herma konnte sich noch Jahre später an die Wut erinnern, mit der sie den verzerrten Holzleib auf dem Kreuz angestarrt hatte, wild hoffend, er würde die Kämpfe augenblicklich beenden oder wenigstens alle Generäle mit einem Blitz treffen. Im Februar 1918 wurde ihnen das Telegramm zugestellt. Johann lag irgendwo am Balkan verscharrt, Mutter und Vater redeten tagelang nur das Notwendigste. Herma schrieb Lina einen Brief, der vor Zorn und Bitterkeit triefte. Wie einsam sich ihre Schwester in Bayern gefühlt haben musste, wurde ihr erst viel später klar. Eine rüde beendete Kindheit, ein Schnitt, von dem sich alle lange Zeit nicht erholten.

Lina hatte in Passau eine Lehre als Hutmacherin begonnen, wurde wegen ihrer Freundlichkeit und der glockenhellen Stimme abgeworben und verdiente sich ihr Brot als Telefonfräulein. Ihre einfachen Briefe erzählten von einem geregelten Leben in einer Stadt, in der sie wenig Anschluss fand. Sie litt weniger Hunger als die Geschwister daheim. Die Verwandten waren gut zu ihr.

Nach der Niederlage blieb sie in Deutschland, zog jedoch weiter nach Regensburg, wo sie in einem Amt arbeitete, immer noch als Telefonfräulein. Vieles war zerstört, Hunger hatten alle. Das brachte Lina nicht aus der Fassung. Die einzigen Aufregungen verdankte sie einem Chef, der hin und wieder die Nerven verlor, und den Feiern, die der kleine Kirchenchor organisierte. Linas Sopran, selbst in Höhen treffsicher und klar, verhalf zu Auftritten und stärkte ihr flatterndes Selbstbewusstsein. Langsam wurde sie der fernen Schwester immer fremder. Herma nahm es nicht übel, aber sie fühlte sich doch im Stich gelassen.

Herma war der Besuch eines Lyceums für Höhere Töchter ermöglicht worden. Sie hatte eine auffallende Sprachbegabung, geschickte Hände und spielte besser als der Durchschnitt Klavier. Ein jahrelanges Studium konnten die Eltern nicht finanzieren, dafür hatten sie zu viele Kinder, aber sie achteten auf vorhandene Talente und Neigungen. Alle Geschwister verklärten später ihre Kindheit; in Briefen, die sie schrieben, wurden die Sommer als luftige Lichträume geschildert. Erst als sie als Erwachsene den Zweiten Weltkrieg erlebten, ging ihnen auf, dass das Überleben während der Hungerjahre nur aufgrund von Mutters Gemüsegarten und ihrer Charakterstärke möglich geworden war.

Herma wurde 1922 nach Wien geschickt, wie vier Jahre zuvor ihre älteste Schwester Adele, die als Schreibkraft in einer Firma arbeitete und aufgrund ihres Zahlenverständnisses besonderes Vertrauen genoss. Bis zu ihrer Hochzeit mit dem Chef beherbergte Adele Herma bei sich, suchte dann eine resolute, saubere Zimmerwirtin für ihre Schwester und schrieb jeden Monat einen knapp gehaltenen Bericht über Hermas Fortkommen an ihre Eltern. Herma ahnte davon nichts.

Herma war glücklich in Wien. Sie besuchte Sprachkurse, Englisch, Französisch, Italienisch, verdiente ein Taschengeld bei einem Kürschner, Egon Melnikow, der sie ausbildete und sie bald aus der

Werkstatt immer wieder ins Geschäft holte, damit sie ausländische Kundinnen bei der Wahl ihrer Einkäufe beriet. Hermas Figur, ihre Haarpracht und ihr leichter Gang brachten ihn auf die Idee, sie als Vorführmodell zu engagieren. Da sie die Oper und das Theater liebte, verfiel er darauf, sie mit edlen Abendcapes dorthin zu schicken, zahlte Karten im Parterre, bläute ihr ein, spät zu erscheinen, um die Blicke aller bereits Sitzenden auf sich zu ziehen, und in den Pausen zu flanieren, während sein vertrockneter, aber elegant auftretender Bruder Anton als ihr Begleiter die Aufgabe hatte, eventuelle Fragen anderer Besucher verkaufsfördernd zu beantworten.

Die Sorge der Eltern, Herma könnte in Künstlerkreise von fragwürdiger Moral geraten, zerschlug sich schnell. Die beiden Herren achteten auf das prächtige Küken, und Adele hatte lange nur Erfreuliches über ihre Schwester zu schreiben. Dreimal im Jahr fuhren die Schwestern mit der Bahn heim, später in Begleitung von Adeles Mann Karl. Zu Weihnachten kamen alle Geschwister ins Elternhaus. Lina brachte einen schüchternen flachsblonden deutschen Ehemann mit runden Schultern mit, den sie trotz seines schweren Hinkens (ein Granatsplitter hatte sein Bein fast zerrissen), seines genuschelten Dialekts und seiner Vorliebe für eingelegte Heringe heiß liebte. Herma entdeckte irritiert, dass sie sich fast nichts mit Lina zu reden wusste.

Jeder Weihnachtsabend begann mit einem Besuch auf dem Friedhof, wo sie die Gräber ihrer Geschwister mit Kerzen und golden bemalten Zapfen schmückten: Johann, der Gefallene, der große Bruder ihrer Kindheit, Maria und Amalia, die starben, bevor die anderen auf die Welt gekommen waren, und Anna, der bleiche Säugling, der nur wenige Wochen in der Krippe gelegen war, eine zarte Schwesternpuppe, mit der sie nicht hatten spielen dürfen.

Wie mutig die Mutter doch gewesen war, sich weiteren Schwangerschaften auszusetzen und den Vater nicht abzuweisen. Diese Überlegungen stellten sich Herma erst nicht mehr, als sie ihren zukünftigen Mann kennenlernte und Hals über Kopf in die Liebe stürzte.

Der Maschinenbauer und Förster Josef Brettschneider war ein Mann mit großmütigem Herzen, starrköpfigem Sinn und einer wilden Hingabe an die Oper. Er entstammte kleinem Milieu, hatte sich jedoch an der Technischen Hochschule in Wien inskribiert, war im letzten Kriegsjahr eingezogen worden, kam äußerlich unverletzt 1918 zurück. Sein Studium beendete er nicht, es fehlte ihm an Geld. Aber er fand einen Posten in einer Papierfabrik und behielt ihn im zögernden Aufwärtswind der Wirtschaft und später in den schlimmen Jahren. Herma sah er in der Wiener Oper, beobachtete sie mehrmals, wie sie die Abendcapes vorführte, wagte nicht, sie oder den eleganten Herrn an ihrer Seite, den er für ihren Vater hielt, anzusprechen.

Die Liebe sickerte nicht, sie überfiel Herma ohne Vorwarnung am 3. April 1926, denn Josef entsprach nicht ihren Vorstellungen vom bürgerlichen Prinzen. Er trug genagelte, abgenutzte, aber saubere Schuhe, sein Anzug war fleckenlos, aber nicht neu. Seine Hände waren von Narben übersät. Sein Blick war geradeheraus, grüngrau unter brünetten Brauen, die wie sacht geschwungene Nestränder auf der Stirn klebten. Er betrat das Foyer der Oper in der Pause; sie nahm ihn wahr, obwohl er keiner der eleganten Herren war, auch nicht wie einer der Studenten wirkte. Vermutlich von den Stehplätzen, dachte sie, und er schien noch gefangen von der Aufführung, in der Musik schwebend, vorwärts geschoben von den anderen Besuchern, aber im Kopf ganz woanders. Sie lächelte, weil sie sich an ihre ersten Male in diesem Haus erinnerte, an die Überwältigung, der sie sich hingerissen ausgeliefert hatte. Sie lächelte immer noch, als er zu sich fand, sie sah.

Und er lächelte zurück, so froh, weil sie ihn ansah, so glücklich, weil ihr Lächeln nicht verschwand. Er nahm allen Mut zusammen, steuerte auf sie zu, verbeugte sich: »Brettschneider, Josef. Gestatten. Ist das nicht eine großartige Aufführung?«

Er starrte sie an, mit diesem Lächeln, das er nicht kontrollieren konnte oder wollte, das aus ihm herausschwappte und sein Gesicht in die verzogenen Züge eines harmlosen Narren verwandelte.

»Eine wunderbare Inszenierung. Ich war ja schon in der ersten Vorstellung im Jänner, wollte aber unbedingt noch einmal …«, begann Herma.

»Ein so moderner Klangteppich, wie manchmal in der Früh im Wald, wenn alles erwacht. Obwohl es ja nichts damit zu tun hat, in dieser Oper, meine ich, nur Stadt und Revolution und Gewalt und Tod …«

»Und Liebe!«

»Ja. Liebe. Frau Lehmann singt so, dass man weiß, sie kennt die Liebe. Und die Liebe offenbart ihr Wesen jedem, der richtig zuhört.«

»Die arme Maddalena.«

»Es geht wohl schlecht aus?«

»Ja. Die Politik. Und in einer neueren Oper ist es wohl anders fast nicht möglich.«

»Ich möchte nicht zur Zeit der Französischen Revolution gelebt haben.«

»Aber eine Figur wie Andrea Chénier …«

»Er ist erfunden …«

»Und rührt doch so sehr …«

»Herma, dein Champagner«, tönte es da plötzlich hinter Josef, und der verknöcherte Anton Melnikow überreichte Herma die Glasflöte, bevor er sich an den verstummten Mann wandte.

»Zobel feinster Qualität, aus einem umgearbeiteten Automobilistenmantel. Sie sehen, wie schön das Cape fällt. Eine Qualität erster Klasse.«

»Ich arbeite als Vorführdame«, erklärte Herma.

»Zobel gibt es doch gar nicht mehr.« Das Lächeln auf Josefs Gesicht löste sich auf.

»Sehr richtig, der Herr. Deshalb umgearbeitet. Die Sowjets haben ja Jagd und Ausfuhr nicht nur beschränkt, sondern unmöglich gemacht.« Der Pelzhändler ließ seinen Blick über Josefs Staffierung wandern und wandte sich fragend an seine junge Begleiterin.

»Wir reden über die Oper, Herr Melnikow, über Lotte Lehmann und die Inszenierung, nicht über Mode.«

Indigniert wandte er sich ab.

»Ist er jetzt böse? Haben Sie Schwierigkeiten?«, flüsterte Josef.

»Nein. Er versteht es bloß nicht, weil er ein Besessener ist. Zobel und sein Wasser und ...«

»Wasser?«

»So nennt man die Färbung, die Eigenschaft des Fells, in verschiedenen Schattierungen zu leuchten. Je dunkler und einheitlicher, desto teurer, weil es dann wie stehendes, tiefes Wasser wirkt.«

»Sie wissen viel darüber.«

»Oh nein, ich verstehe nur, Pelze richtig zu tragen.«

Das Lächeln kehrte zurück. »Könnten wir, darf ich Sie einladen, einmal ohne Vorführung, ich meine, einfach in eine Konditorei, allerdings wohne ich nicht in Wien, aber ich, ich würde jederzeit kommen ...«

Herma sah ihm zu, wie er die Wörter in die richtige Reihenfolge zu setzen versuchte, wie sie sich verhedderten zwischen seinen Lippen, und wie er tatsächlich errötete. Sie kramte in ihrer schmalen Handtasche, ohne ihn aus den Augen zu lassen, voller Entzücken über diesen Mann, von dem sie nichts wusste und der ihr trotzdem weder Unsicherheit noch Zweifel verursachte. Sie schrieb den Namen eines Kaffeehauses auf ein Zettelchen, eine Uhrzeit.

»Morgen«, sagte sie, während Melnikow an ihrem Cape zupfte. »Ich werde da sein.«

»Morgen«, erwiderte Josef und nickte, während er sich schon fragte, wie er einen zusätzlichen Tag ohne Vorankündigung von der Arbeit wegbleiben konnte. Erst als sie zwischen den anderen eleganten Menschen verschwunden war, fiel ihm auf, dass er ihren Namen nicht wusste, dass er gar nichts über sie wusste, außer dass sie Lotte Lehmann liebte und die Gabe hatte, Pelze wunderschön tragen zu können.

Es genügt, dachte er, als er wieder im dunklen Zuschauerraum in der Oper versank und das Bühnenbild Clemens Holzmeisters zu einem Hintergrund verschwamm, vor dem die unglückliche Maddalena sang und plötzlich für ihn immer mehr die Züge der Unbekannten annahm. Es genügt, denn ich werde sie wiedersehen, dachte er, selbst wenn ich dafür gekündigt werde. Ich werde sie wiedersehen.

Genau das erzählte er Herma im ersten Brief, den er ihr nach dem Rendezvous im Café schrieb. Er benutzte das beste Papier, das »seine« Fabrik herstellte und auf das er, auch wegen der feinen Textur, so stolz war. Er schrieb jede Woche. Nie Karten, damit Hermas Wirtin nicht mitlas. Natürlich konnte er nicht so oft nach Wien, wie sie beide wollten. Dann schrieb er in kürzeren Abständen. Herma beantwortete jede Post.

Adele bemerkte die Veränderung in ihrer Schwester, führte sie richtigerweise auf eine männliche Bekanntschaft zurück, wurde aber mit ausweichenden Sätzen abgespeist.

Herma versank in der Liebe wie in einem pazifischen Teich und brauchte keine Luft zum Atmen mehr. Schrieb sie Josef. Und Josef nannte sie seine Damaszenerrose, eine Schönheit, der weder Wüstensand noch Meereswind etwas anhaben konnten, eine Königin, die sein Herz in eine paradiesische Oase verwandelte. Es wurden Zaubermonate, weil die Lichtmomente der wenigen Treffen die langen Trennungen erhellten.

Im Spätsommer erzählte sie ihrer Mutter von ihm. Nicht viel. Eigentlich wollte sie ihr über die Trauer hinweghelfen, die die Familie immer noch im Würgegriff hielt, denn ihre Schwester Lina war genau vor einem Jahr in ihrem ersten Kindbett gestorben.

»So viele Kinder«, hatte die Mutter zu Herma gesagt. »So viele Hoffnungen, die ich begraben musste. Es spielt keine Rolle, wie lange sie dich begleiten. Der Schmerz ist der gleiche. Wenn sie älter werden, hast du mehr Erinnerungen, die trösten können.«

»Ich vermisse Lina auch«, murmelte Herma und schob alle Erinnerungen an die Schwester beiseite, damit sie die Fassung nicht verlor, die Mutter in ihrem zögernden Reden nicht unterbrach.

»Bei meinen toten Säuglingen denk ich mir oft, was hätte aus ihnen werden können, was hätten sie der Welt geschenkt. Sie bleiben Rätsel, Besucher, wie Frühlingsblumen im späten Frost. Sie vergingen, bevor ich wusste, was ich an ihnen verlor. Dass mir die Lina im Fieber gestorben ist und das Würmchen gleich mit ihr, das empfinde ich als persönliche Beleidigung. Der Himmel straft ungerecht, da mag der Pfarrer sagen, was er will.«

»Aber Mutter!«

Die Mutter hatte sie einfach umarmt und ihr ins Ohr geflüstert: »Schau, dass du stark bleibst, gesund, um deine Kraft weitergeben zu können, wenn es einmal so weit ist. Und lass dir von einem modernen Arzt helfen, dass es nicht zu viele Kinder werden. Die Liebe laugt dich auf vielerlei Art aus, schleichend und mit Trostpflastern, die dich unvorsichtig werden lassen.«

»Die Liebe kenn ich schon, Mutter.«

»Das glaubst du bloß, die stellt sich dir im besten Falle gerade vor.«

»Der Josef ...«

»Ist es eine moderne Beziehung, wie es in den Städten üblich ist?«

»Nein. Nein!«

»Sei nicht so konsterniert. Die Liebe hält sich nicht an Normen. Und das Leben hat sich seit dem Krieg verändert. Zu viele Tote, zu viele Frauen, zu wenig gesunde junge Männer.«

»Aber der Krieg ist doch schon Jahre her.«

»Und die Schatten bluten immer noch.«

»Ich weiß, der Johann ...«

»Es geht nicht nur um deinen Bruder. Wir alle haben die Verluste in den Knochen, im Hirn, im Herz. Schau dich um. Die Oper und dein Pelzhändler haben nichts mit der Welt zu tun, in der die meisten leben. Es gibt Hunger, es gibt schlecht bezahlte Arbeit.«

»Es ist nicht mehr so schlimm, wir essen Paprikahuhn, und du machst Biskuitdalken.«

»Weil wir Hendln haben. Aber schau in die abgeschiedenen Walddörfer, in die armen Bezirke in den Städten, obwohl ich nicht will, dass du dorthin gehst. Könntest dir Typhus holen oder Läus.«

»Mutter! Erfindungen werden gemacht, sogar Salzburg hat jetzt schon einen eigenen Flughafen! Es ist Geld da für so vieles, alles sieht schöner aus, glänzender.«

»Talmi!«

»Denk nicht so schwarz. Ich hab dir grad erzählt, dass für mich das Leben so leuchtet. Trotz unseres Johanns, trotz der Lina.«

»Und gut ist es. Hat dieser Josef eine sichere Stellung?«

»Es klingt danach.«

»Würde er dich arbeiten lassen, später als Ehefrau?«

»Darüber haben wir nicht gesprochen. So weit sind wir noch nicht.«

»Überleg' es. Alles verändert sich. Du bist so wissbegierig, so selbstständig, hast deinen eigenen Kopf. Ist dir klar, dass deine kleinen Schwestern, vielleicht sogar du, das Ende dieses Jahrtausends erleben könnten? Einen Flug zu den Sternen, Leben in Wolkentürmen oder unter Wasser? Alles kann für dich möglich sein, wovon ich nicht zu träumen wagte.«

»Ja? Glaubst du das?«

»Ich habe gesehen, wie Kaiserreiche verschwunden sind und Flugzeuge am Himmel erschienen. In China schnüren sie den Mädchen die Füße nicht mehr ab, obwohl sie es Jahrhunderte taten. In fast allen wichtigen Ländern können Frauen studieren und erreichen, was früher nur ihre Väter und Brüder werden konnten. Ja, ich glaube, du solltest dich wappnen für Visionen und Märchen, die wirklich werden. Und dir einen Mann suchen, der das aushält und eine Königin erträgt, auch wenn er nur ihr Knappe sein darf. Fürchte dich nicht. Und lass dir keine Furcht einreden.«

»Hast du geahnt, wie das Leben mit Vater werden würde?«

»Nein.«

»Und?«

»Wir hatten die gleichen Träume. Und mittlerweile wünschen wir uns dasselbe. Das nenne ich Glück.«

»Und wenn so etwas wie das mit Lina passiert?«

»Als uns das dritte Mal eine Tochter starb, habe ich geglaubt, verflucht zu sein. Oder etwas getan zu haben, wofür ich Strafe verdiente. Obwohl es schon Adele und Lina und dich gab. Ich habe geweint, ich konnte die Trauer nicht für mich behalten. Euer Vater hat sich zu mir gesetzt und mit mir geweint. Es war das erste Mal. Es war eine neue Nähe. Sie hat geholfen, sie hilft noch immer. Diese Nähe trägt uns über Wasser und Moor. Ich habe zwölf Kinder geboren. Vier mussten wir begraben, vom fünften steht nur der Name auf dem Stein, weil seine Knochen am Balkan liegen. Daran darf ich gar nicht denken. Dass er alleine war, umgeben von verängstigten, explodierenden Männern. Lina hatte wenigstens ihren Mann, eine Hebamme, einen Arzt bei sich und bekam nicht mehr mit, wie auch ihr Kind verlöschte. Lina war umgeben von Liebe und Fürsorge, auch wenn ich zu spät zu ihr kam. Aber ich konnte helfen, sie vor dem Begräbnis zu waschen und herzurichten. Sie sollte euch allen als die liebe Schönheit in Erinnerung bleiben, die sie war.«

»Wie hast du das ausgehalten?«

»Weil der Vater draußen in der Küche saß und ihren Mann, den er eigentlich nicht schätzte, dazu brachte, mit ihm zu weinen.«

»Worauf soll ich also achten?«

»Dass du mit diesem Josef träumen kannst. Und dass er seine Stärke nicht benutzt, um dir die deine zu beschneiden.«

Als Herma nach Wien zurückkehrte, nahm sie sich vor, so schnell wie möglich herauszufinden, welche Art Mann ihr Josef war. Allerdings begann die Wirtschaftslage, auch seiner Firma zuzusetzen. Offensichtlich musste er sein Geld zusammenhalten, Opernbesuche und Wienfahrten wurden seltener. Dafür schrieb er, und seine weit geschwungenen Bögen wurden mit den Wochen kleiner, um mit der niedrigsten Frankierung längere Botschaften auf den Weg schicken zu können. Die junge Liebe erhielt papierene Form.

Zu Weihnachten, als Herma mit Adele und ihrem Mann Karl heimfuhr, machten sie Halt in Linz. Es wurde ein seltsames Treffen. Fast ein halbes Jahr hatte sie ihn weder gesehen noch gehört, und nun standen Schwester und Schwager neben ihnen wie vermummte Zinnsoldaten, Adele dickbäuchig mit dem nächsten Kind, während der kleine Sohn sich schüchtern am Hosenbein seines Vaters festklammerte. Zwar schlug Adele einen getrennten Spaziergang vor, bestimmte jedoch gleich ein Kaffeehaus an der Mozartkreuzung als Treffpunkt, bevor die Fahrt fortgesetzt würde. Herma und Josef blieb eine knappe Stunde ohne beobachtende Blicke und alles registrierende Ohren.

Die Leichtigkeit ihrer vorsommerlichen Gespräche wollte sich nicht einstellen, die Intimität ihrer Briefe schien einem anderen gegolten zu haben. Minutenlang überlegte Herma, während ihre behandschuhte Hand in seiner Hand im wollenen Fäustling lag, wie sie sich lösen, ihre Finger vom Leder befreien konnte, ohne ihn zu irritieren. Denn ihr Wunsch, Haut an Haut zu spüren, wurde übermächtig. Eine Stunde hatten sie bloß! Und sie vertat sie mit dummen Überlegungen.

Er erzählte vom Wald in den Schneeschleiern. Das wusste sie schon: Wenn er sein Försterleben hervorkehrte, dann ging es in der Fabrik nicht gut voran. Er würde Weihnachten mit seinem verheirateten Bruder feiern, die Eltern waren schon lange tot, ausgelöscht von der Spanischen Grippe. Herma stellte sich sein Zimmer in der

Arbeitersiedlung vor, die nur aus besseren Baracken bestand. Früher hatte er Geige gespielt, aber seit der Arbeit an den Maschinen waren die Finger dafür unbrauchbar geworden, und er hatte sich Trompete beigebracht. Das war auch nützlicher für die kleine Dorfkapelle, die zu Hochzeiten, Begräbnissen, Messen und Festen aufspielte. Was verband sie, die Städterin, mit ihm? Was war es, was sie zu ihm hinzog? Was wusste sie denn wirklich von seinem Leben, das sie wohl erwartete, wenn sie ihn nicht aufgeben wollte?

Der Besitzer der Fabrik wohnte in einem gut gemauerten Haus mit Blick auf das schmale Flusstal, das Dorf rund um die winzige gotische Kirche, das nun nicht mehr nur aus wenigen Katen und Bauernhäusern bestand, sondern auch aus den Arbeiterquartieren, dem Männerhaus und den zwei lang gestreckten Bauten, in denen Familien hausten, die das als Aufstieg betrachteten – weg aus den feuchten Pächterhütten, die sie früher mit ihren Ziegen geteilt hatten. Die Holzfäller waren zum Teil zweite und dritte Söhne der Bauern, die nie mit eigenem Boden rechnen konnten und deren Zukunft nur in der Fabrik lag, egal, ob es sich um die Papierfabrik vor Ort oder die Schwerindustrie in Linz handelte.

Herma wusste noch immer nicht genau, was Josef eigentlich in dieser Fabrik tat und warum er in einem Zimmer mit anderen Männern wohnte, wenn er doch mehr als ein Vorarbeiter war, ein Ingenieur, einer, der zumeist an einem Schreibtisch saß. Wie konnte er seine Liebe für die Oper an solch einem Platz pflegen! Er unterbrach seine waldgrüne Suada:

»Aber du, meine Rose, erzähl. Gehst du im neuen Jahr wieder ins Theater oder ins Große Haus?«

Herma zögerte: »Den Melnikows geht es nicht gut. Die Reichen haben genügend Pelze, die Neureichen kaufen bei anderen Kürschnern ein. Die meiste Arbeit in den Werkstätten besteht aus Änderungen. Das bringt nicht viel. In der letzten Zeit konnten sie mir nicht einmal mein kleines Gehalt für die ausländische Korrespondenz auszahlen. Sie reden davon, die Aufführungen ganz sein zu lassen. Selbst das Weihnachtsgeschäft hat wenig gebracht. Ich gehe jetzt öfter auf die Stehplätze. Alleine oder mit einer Kollegin aus dem Büro.«

»Büro?«

»Ich helfe in einem Institut als Fremdsprachensekretärin aus.«

»Und wie kommst du über die Runden?«

»Ich gebe zwei kleinen Mädchen Pianostunden. Noch mache ich mir keine Sorgen.«

»Im Frühling, bevor der letzte Schnee geschmolzen ist, werde ich wieder in Wien sein, ich verspreche es dir. Und wenn es Probleme mit deinen Anstellungen gibt, schweige nicht. Sag es mir. Ich helfe, ohne dass du dich verpflichtet fühlen musst.«

»Vielleicht will ich das sogar«, murmelte Herma und zog aus ihrer Tasche ein Päckchen. »Weihnachten, lieber Josef, Weihnachten feiere ich sicher ganz anders als du, in meinem großen Familienkreis. Ich wollte, ich könnte dich einfach mitnehmen. Wirst du im nächsten Jahr meinen Eltern die Aufwartung machen?«

Er blieb stehen, wandte sich ihr zu. Auf seiner Hutkrempe lag bereits ein feiner Schneesaum, seine Nase leuchtete rot vor Kälte, auf den Wangen sah sie die verräterischen Spuren früherer Erfrierungen. Voll plötzlichem Überschwang warf sie ihm die Arme um den Hals, das Päckchen immer noch in der Hand. Und spürte begeistert, wie fest er sie hielt, wie wenig es ihn kümmerte, dass die Menschen ihnen ausweichen mussten, dass es sich vielleicht nicht schickte, in der Öffentlichkeit zu zeigen, wie sie füreinander empfanden.

Selbst später, als sie Adele und Karl gegenübersaßen in dampfender Luft, im Klappern der Tassen und Gläser, als diese vorsichtig abtastenden Stotterdialoge ihre gemeinsame Zeit beschnitten, konnte Herma das Strahlen ihres eigenen Glücks im Widerschein des seinen sehen. In ihrer tiefen Handtasche verbarg sie sein Päckchen, das sie erst nachts, alleine in ihrem Bett öffnen würde. Als er sie zum Abschied küsste, kümmerte sie sich nicht um Adele, hielt seinen Kopf zwischen ihren Händen, hingerissen von der Bewunderung in seinem Blick, hingerissen auch von der Trockenheit seiner spröden Lippen, die sie weicher, sommerwarm in Erinnerung hatte.

»Ich liebe dich«, flüsterte er, und es hörte sich so viel überzeugender an als in seinen Briefen. Noch während sie ihm winkte und er in der Menge am Bahnhof verschwand, schmerzte schon die Gewissheit, ihn nun für viele Wochen nicht mehr zu sehen.

»Ich werde keinen anderen Menschen je so lieben wie ihn«, erklärte sie Adele.

»Kennst du ihn denn schon so gut?«

»Nein. Aber ich weiß, wie er ist.«

»Keiner weiß, wie der andere ist«, ließ sich Karl vernehmen.

Herma rümpfte die Nase und beschloss, sich Josef von niemandem ausreden zu lassen.

Im Frühling sah sie ihn wieder. Im Sommer folgte sie ihm in sein Hotelzimmer und schlug alle Vorsicht in den Wind. Nichts konnte besser sein als das, was sie genossen. Unmöglich konnte irgendjemand noch derartige Zärtlichkeit und Wildheit zugleich erleben. Als wäre die Fähigkeit zu lieben nur ihnen beiden geschenkt worden, und der Rest der Welt würde sich bloß im Abklatsch ihrer Liebe sonnen, so kam es Herma vor. Dass er sie immer öfter Rosa nannte, verstärkte diesen Eindruck noch. Sie wurde durch ihn zu einer anderen, als sie für ihre Familie, ihre bis dahin Liebsten, war.

Selbst die Aussicht, in das öde Kaff am dunklen Talgrund ziehen zu müssen, erschreckte sie nicht. Josef würde sie in allem unterstützen, ihr keine Zügel anlegen. Josef war ein Liebender, wie sie ihn aus der Oper oder ihren Büchern nicht kannte: dem Dramatischen privat abgeneigt, still vertrauend auf das Gute. Dass seine Menschenkenntnis ihn vor Schlimmem bewahren würde, ahnte Herma damals noch nicht. Aber dass er der einzig Richtige für sie sein würde, das wusste sie.

Die Heirat fand im Herbst 1927 daheim statt, zuerst in der Kirche, und dann folgte das Festessen beim Wirt im Garten unter den Nussbäumen, deren Blätter bereits gelbe Spitzen und Ränder zeigten. Nachbarn und Freunde feierten mit, Kinder schliefen auf Decken ein, es wurde getanzt, später wanderte man hinein in den großen Saal. Wie vor dem Krieg, strahlten die alten Leute. Niemand sprach über die neuen Unsicherheiten, Heimwehr und Schutzwehr und die Risse, die sich quer durch die Gesellschaft auftaten. Es wurde ein Fest für alle Geschwister, die aus Wien und Salzburg anreisten.

Während dieses Hochzeitswochenendes voller wiederentdeckter Freude bemerkte die Familie, dass Josef seine Herma Rosa nannte. Rosa war der Angelpunkt seiner Welt, der Mensch, um den sein Denken kreiste. Seine Anbetung rührte Brüder und Schwestern, seine Liebe gewann ihm die Zuneigung aller. Und es dauerte nur wenige Jahre, bis alle Herma »Rosa« nannten. Selbst Oskar, der in Istanbul lebte, schrieb Briefe an seine Schwester Rosa, als wäre Herma ausgelöscht, als hätte Josefs Bild von Rosa sich sachte wie Seidenpapier auf die Herma ihrer Kindheit und Jugend gelegt. Erst sehr spät fanden ihre eigenen Kinder heraus, dass Rosa eigentlich Herma hieß und als Hermione erwünscht worden war.

Mit einer Nähmaschine, einem Bechstein-Flügel, großen Reisekoffern voller Modellkleider und mehreren Kisten moderner Literatur zog Herma erwartungsvoll ins versteckte Seitental der Donau. Da stand der Rohbau, den der Fabrikant für das junge Paar hatte errichten lassen, schon auf der grünen Hangwiese. Erika, Rikki genannt, kam sechs Monate später im Linzer Spital auf die Welt.

Das Edelbankert!, riefen ihr die Kinder der Häuslleut oft nach, solange kein Erwachsener in der Nähe war.

In den ersten zwei Jahren fuhren Rosa und Josef noch einige Male nach Wien. Das Kind blieb bei den Großeltern. Die Reise erlebten sie als Abenteuer, voller Erwartung, weil sie eine der neuen Inszenierungen Otto Premingers in der Josefstadt sehen würden oder in der

Staatsoper das unerhört moderne Stück Johnny spielt auf. Es gab sogar Hetzartikel dagegen, skandalös nannten es die einen, wegweisend und umwerfend die anderen.

»Der Neger als Held«, sagte Josef auf der Rückfahrt, »und das in diesen schrägen Melodien.«

»Othello ist auch ein Neger.«

»Aber einer, dem Shakespeare die mörderische Eifersucht umgehängt hat. Während der Johnny so ist wie wir, bloß spielt er besser Trompete und Saxofon, als ich es jemals können werde.«

Rosa musste lachen. Da fuhr sie mit ihrem so sanften Mann zurück in das Hinterwäldlertal, und beide hatten sie den Kopf voll mit Kreneks Melodien und der Ferne des Atlantiks. Ferne, die sie nur häppchenweise vorgesetzt bekam und nach der sie sich schon wenige Wochen nach der Hochzeit sehnte. Das würde sie allerdings Josef nie gestehen. Er war einfach zu lieb. Nie, nie wollte sie ihm Kummer bereiten.

Als sie schon in den Postbus umgestiegen waren und sich dem Städtchen der Eltern langsam näherten, um Erika abzuholen, wirbelten immer noch die bunten Bühnenbilder durch ihren Kopf. Später, daheim im Dorf, legten sich die Erinnerungen vor den dunklen Wald, die Lichtungen, die den Blick auf Kartoffelfelder und Höfe mit riesigen Steinen im verwitternden Mauerputz preisgaben. Parallele Leben, dachte Rosa, die einander nicht berühren. Und dass sie wie ein Findling war, diese Granitbrocken im Hochwald und Moor. Genauso wie Josef. Was für ein Glück, dachte sie, dass wir uns gefunden haben.

ERIKAS WALDHEIMAT

Der Vater hatte ihr verboten, weiter als bis zum Wehr zu gehen. Da standen die ersten feuchten Häuser. Entweder die Frauen dort hingen gerade Wäsche auf, oder sie gruben in ihren Krautbeeten. Wenn Rikki nicht aufpasste, schrie ihr eines der verrotzten Kinder Gemeinheiten hinterher, die Rikki nur am Ton als solche erkannte. Die Wörter hatten einen eigenen Klang, und keines von ihnen durfte sie daheim verwenden. Die Bauernkinder auf der Anhöhe und den breiten Buckeln rund um den Markt waren auch nicht viel besser. Sie verhöhnten Arbeiterkinder wie Häuslleute, weil sie nur eine Ziege besaßen. Über Rikki rissen sie ebenfalls Witze, die sie dummerweise oft verstand, weil die Bauernkinder es darauf anlegten. Eine Zeit lang bewarfen sie Rikki mit frischen Pferdeäpfeln, bis einmal ein Bauer dazukam und den Ersten, den er erwischte, ungestüm verdrosch.

In der Schule war es für sie angenehmer, weil keiner vor dem Lehrer aufmuckte und weil Rikki Aufgaben lösen konnte, ohne dafür lernen zu müssen. Alles flog ihr so leicht zu, das Auswendiglernen, der rechnerische Durchblick; sie war den Kindern wenigstens in dieser Hinsicht haushoch überlegen. Es gab andere, Buben und Mädchen, denen Rikki zum ersten Mal begegnete, die ebenso still waren wie sie, die weder zu der Bande der Arbeitersprösslinge noch zu den wenigen Bauern und Häuslleuten gehörten. Sie wohnten bei ihren Großeltern, während die Eltern, froh über die Arbeit, in den Fabriken in Linz schufteten und zu Fremden wurden für ihre eigenen Kinder, die sie nur selten sahen. Arme Gschrappen nannte sie der Vater. Manchmal, wenn die Winter besonders lange das Tal in eine Eiswanne verwandelten, redete er mit dem Fabrikanten und ließ Extrabündel Brennholz und Heu verteilen.

Fünf Angestellte saßen in den zwei geheizten Büroräumen der Fabrik; dann gab es noch ein Sekretariat, in dem Grete Zunder, eine resolute unverheiratete Frau, werkte und, wie der Vater oft sagte, einen besseren Überblick hatte als der Direktor.

Die Fabrik war verbotenes Gelände, die Holzlager durften nicht betreten werden, die Arbeitersiedlung mied Rikki von sich aus. Da blieben nur der aufgestaute Bach, die steilen, dicht bewaldeten Hänge, die Steige hinauf auf die Höhen mit ihren windigen Lichtungen, den Höfen, denen man sofort ansah, ob sie zu kargen Böden oder einigermaßen ertragreichen Feldern gehörten. Viele Kinder hatten einen weiten Schulweg, noch etwas, das Rikki von ihnen unterschied, die alleine die Straße an der Fabrik entlang hinunter zur Kirche trabte, neben der sich das schmächtige Schulgebäude befand. Der raue Ton Rikki gegenüber änderte sich nicht, auch wenn manche Eltern ihre Söhne mit ordentlichen Ohrfeigen dazu anhielten. Gar zu gern hätte Rikki gewusst, was ein Bankert war, ein edles noch dazu. Dass es nichts Gutes bedeuten sollte, war ihr klar.

Rikki mochte den Lehrer. Sie mochte auch die Hilfslehrerin, die erst vor einem Jahr ins Dorf gekommen war und die Kleinen im Zaum hielt. Sie waren zweiunddreißig Kinder in einer Klasse, sechs bis zehn Jahre alt. Im Winter roch der große Raum nach trocknender Wolle, Ofenholz, nassen Schuhen und ungewaschenen Füßen. Egal, wie sehr sie husteten oder den Rotz in die Ärmel schmierten, solange sie nicht hoch fieberten, wurden die Kinder in die Schule geschickt. Nicht jedes Zuhause konnte tagsüber durchgeheizt werden. Und mittags brachte ein Knecht von der Fabrikantenvilla einen Kessel mit Brotsuppe oder Graupeneintopf.

Im Winter hielt der Lehrer Nachmittagsunterricht, um aufzuholen, was im Herbst wegen der Erdäpfelernte versäumt worden war. Um vier, wenn der blecherne Klang der Kirchenglocke die volle

Stunde verkündete, entließ er die Schüler. So kamen sie gerade noch bei Licht nach Hause, selbst diejenigen, die den finsteren Westhang hinaufmarschieren mussten, schafften es ohne Laterne heim.

Rikki hatte einmal, in der ersten Klasse, ein Mädchen in ihrem Alter begleitet. Sie hatte sehen wollen, wie die Marie lebte. Schön war das, in einer Gruppe von Gleichaltrigen durch den Wald zu stapfen, sie redeten sogar freundlich mit ihr und warfen ihr Schneebälle zu. Im Bauernhof hatte Marie ihr die verrauchte Küche gezeigt, in der die Hühner herumliefen, das Zimmer, in dem die Betten der Kinder standen, dicht an dicht zwischen Kasten und Truhen. Die Tür zur Stube war versperrt. Eine steile Holzstiege führte hinauf zu den Kammern, von denen eine den Eltern, eine zwei unverheirateten Tanten gehörte. Der Großvater schlief auf der Ofenbank. Rikki war fasziniert von der Höhlenartigkeit, der dumpfen Dunkelheit. Bei ihr daheim gab es in jedem Raum elektrisches Licht, weil die Stromleitung aus der Fabrik an ihrem Haus vorbei zur Fabrikantenvilla führte. Marie zeigte ihr auch den Stall, tätschelte stolz die zwei Kühe, das Schwein im abgetrennten Koben, die sechs Schafe. Die Glöckchen an ihren Hälsen bimmelten fein wie verwehende Flötenklänge.

Die Erwachsenen reagierten kurz angebunden. Marie musste sich an den Tisch setzen, eine der Tanten erklärte sich murrend bereit, Rikki zurück ins Tal hinunterzubringen. Niemand bot dem Kind etwas zu trinken an. Nichts war wie bei ihr daheim, schon gar nicht, wenn Besuch kam. Rikki schien für Maries Familie ein Ärgernis zu sein.

Die Tante zog Wollhandschuhe und einen Mantel an, entzündete die Kerze in der Laterne, hielt sie seitlich am Griff, sodass das Licht nicht blendete, während sie die verschneite Schneise hinunterstolperten. Rikki rannte, rutschte, flog nieder. Aber die Frau blieb nicht stehen. Sie trug schwere Männerstiefel, deren Schäfte mit Lederriemen eng um die Waden geschnürt waren. Ihr feuchter Rocksaum klatschte bei jedem Schritt gegen die Beine.

»Kumm!«, schrie sie, ohne den Kopf zu wenden und sich zu überzeugen, dass Rikki wieder aufstand. Das nächste Mal sprach sie erst wieder mit Rikkis Mutter an der Haustür.

»I bring's Madl«, an ihrem Ton merkte das Kind wieder, welche Zumutung dieser Weg und ihr Besuch oben am Hof gewesen waren.

Sie ging nie mehr mit, wenn eines der Mädchen sie mitnehmen wollte. Aber Marie begleitete sie hin und wieder nach Hause und spielte mit Rikkis Puppe Lokki und den Kleidern, die ihre Mutter aus Resten genäht hatte. Manchmal bettelte Marie auch darum, im Salon die Glasvitrinen anzuschauen, andächtig stand sie vor den Geschirr- und Gläsersammlungen, bis Rikki sie wieder in ihr eigenes Zimmer zog.

Nun, im vierten Jahr, stand der Schulwechsel bevor. Der Lehrer hatte einmal angedeutet, dass sie wohl weggehen würde. Rikki hatte es nicht ernst genommen, die Eltern hätten doch längst schon etwas gesagt. Zwei oder drei Buben würden im Norden in die Oberschule des Kreismarktes gehen, noch ein paar Jahre anhängen, bis sie alt genug waren für eine Lehre. Ein, zwei Mädchen würden ebenfalls dort eine Art Haushaltsschule absolvieren. Marie hoffte, dass die Eltern ihr das ebenfalls erlauben würden. Von den letzten Jahrgängen war nur ein Knabe ins Stift nach Linz gekommen, lernte Latein und Altgriechisch und würde studieren, vielleicht sogar Priester werden, hieß es. Rikki hatte ihn einmal im Sommer gesehen, als er vor der Kate seiner Eltern auf einer Bank in der Sonne saß und las. Ein versponnener Junge mit kantigen Schultern und Storchenbeinen, der einer anderen Spezies angehörte, trotz seiner armen Herkunft nichts mit den Arbeitersöhnen zu tun hatte, die ihn so gründlich schnitten, wie sie Rikki nicht mehr wahrnahmen.

Alle zwei, drei Monate nahmen die Eltern Rikki mit nach Linz, wenn sie Besorgungen machten und die Mutter manchmal ihre Schwestern traf, die sich gerade in Oberösterreich aufhielten. Sie konnte sich sogar noch an die Zeit erinnern, als die Tante Adele mit ihren zwei Kindern aus Wien nicht nur zu Besuch nach Linz, sondern zu ihnen ins Dorf gekommen war. Das war vor dem schlimmen Jahr gewesen, als die Menschen in vielen Städten aufeinander zu schießen begonnen hatten.

Rikki hatte nichts davon mitbekommen, bei ihnen im Dorf schossen nur die Jäger. Aber die Eltern hatten sich gesorgt, und eines Tages hatte die Mutter gar nicht mehr aufgehört zu weinen. Kurz danach waren sie alle zu den Großeltern gefahren und hatten dort die gesamte Familie getroffen, Tanten, Onkel, sogar den wunderbaren Onkel Oskar. Alle hatten ihre Kinder mit, nur Tante Adele fehlte. Dafür stand Onkel Karl mit roter Nase herum, schnäuzte sich permanent und ließ seine Kinder nicht aus den Augen. Es war Rikkis erstes Begräbnis gewesen, und in ihrer Erinnerung war es ein luftiger Tag, an dem alle in den dunklen Gewändern schwitzten, die Kinder nicht laut sein durften. Hinter dem Sarg und dem Priester gingen sie bis zu diesem Loch in der Erde, wie ein schwarzer fetter Wurm, der sich auf sein Zuhause hinbewegte. Danach hatte Mama Rikki oft mitgenommen zu den Großeltern. Es hatte ewig gedauert, bis Rikki verstand, dass Tante Adele nie mehr wiederkommen würde, dass sie in dem Sarg gelegen war. Monate hatte sie sich damit beschäftigt, sich auszumalen, wie das sein musste, so als Tote zwischen den Holzbrettern, und welcher Teil eigentlich in den Himmel aufstieg und dort singend herumflog wie ein Vogel.

Die Treffen mit den Tanten in den Jahren danach wurden etwas seltener, wohl auch, weil Mama einen dicken Bauch bekam, aus dem später Walter herausfiel.

Rikki liebte diese Nachmittage im Café, wenn die Tanten aus ihren angeschwollenen Taschen kleine Päckchen hervorzauberten, von ihrem Leben in Städten erzählten, wo man sich auf Tschechisch oder Italienisch unterhielt, und dem Mädchen Bilder von Männern zeigte, die ihre neuen Onkel und leider meist unabkömmlich von der Arbeit waren. Es war eine elegante Frauenwelt, in der ihre Mutter sich anders bewegte als daheim, in der sie Kostüme und Mäntel trug, die

Tuscheln und Aufsehen hervorriefen. Wie eine Herzogin, dachte Rikki mehr als einmal, und sie verstand, warum der Vater, wenn er besonders zärtlich sein wollte, von der Mutter als seiner Zauberfee sprach, die Honiglicht über das Haus ergoss und Netze aus Träumen auswarf, die jederzeit wahr werden konnten.

Rikki wusste, dass der Ton zwischen ihren Eltern in nichts dem anderer Paare entsprach. Selbst in der Villa, wo die Eltern gern gesehene Gäste waren, redeten der Fabrikant Felix Pumhösl und seine Frau Hilde nicht so miteinander. Einmal hatte die Mutter versucht, ihrer Tochter zu erklären, dass Liebe immer auch mindestens eine Geschichte beinhalte. Wie eine Märchensammlung voller Geheimnisse, voller Lachen, voller Dunkel, voller Schabernack und Gewalt, von allem etwas. Und dass die Mischung bestimmte, in welcher Sprache Mann und Frau miteinander redeten oder vielleicht das Reden irgendwann einmal ganz unterließen.

Rikki stellte sich Dächer vor, die über Geschichten brüteten, Dörfer voller brodelnder Märchen, Städte, in deren Wohnhäusern Figuren ineinanderflossen und in den Nächten neue Heldensagen erstanden. Es war daher nicht verwunderlich, dass auch die Felsenhänge, der dichte Waldsaum für sie von Wesen bevölkert waren, die ihr keine Angst einflößten. Rikki war bis zur Geburt ihres Bruders Walter ein Kind unter Erwachsenen gewesen, isoliert von den anderen Kindern, aber nicht einsam, weil die Mutter ihre Märchenvisionen ernst nahm und der Vater, in seiner Freizeit Förster, Wälder ohnehin als beseelte Räume empfand.

Noch war Walter ein Krabbelkind, das Rikki als bewegliche Puppe benutzte und das sie nicht mit zu den Bächen, schon gar nicht hinunter zur Donau nehmen durfte. Aber als ältere Schwester erfüllte sie plötzlich eine neue Rolle und sie spürte das Gewicht einer Verpflichtung, die sie zuerst mit Stolz, später, im Krieg, mit Ängsten ertrug.

Als die Frühjahrssonne 1937 den Schnee auch aus den Schrunden und Spalten wegbrannte, der Bach sich in einen reißenden Drachen mit weißen Schaumwirbeln und Gischtfetzen verwandelte, riefen die Eltern Rikki in den Salon. Rosa hatte Kaffee für die Erwachsenen und Kakao für die Tochter vorbereitet, das Hausmädchen Elfi, ein gutmütiger Trampel, den Rosa aus den Klauen ihres ständig besoffenen Vaters befreit hatte, kümmerte sich um den kleinen Walter.

»Wir müssen eine Schule für dich finden«, eröffnete Josef das Gespräch.

»Du willst doch noch mehr lernen, nicht wahr?«, setzte Rosa nach.

Rikki nickte und nahm noch einen Schluck. Er schmeckte nach Weihnachten. Vermutlich hatte die Mutter wieder ein winziges Stück von einer Zimtstange in die Milch gegeben. Natürlich wollte Rikki weiter in die Schule gehen, aber wo? Würde der Lehrer sie nachmittags unterrichten? Ohne die anderen Kinder?

»Wir haben uns in Linz umgesehen. Und finden, dass das Gymnasium der Ursulinen passen würde. Sie haben ein modernes Gebäude in ihren Klostergarten setzen lassen, über fünfhundert Mädchen leben und lernen da, das Internat hat helle Räume, und heuer werden sie ihren ersten Jahrgang zur Reifeprüfung schicken. Stell dir das vor! Du könntest da auch lernen, einmal die Matura machen. Und studieren! Noch dazu ist es nicht weit weg, du darfst jedes Wochenende heimkommen.«

»Ich schlafe dort?«

»Ja. Nicht alleine, sondern mit anderen Mädchen zusammen. Das wird eine Umstellung sein. Du bist ja ein eigenes Zimmer gewohnt. Aber du wirst es so viel fröhlicher haben als hier. Und die Schwestern haben einen exzellenten Ruf als Lehrerinnen.«

»Ich bin nur am Wochenende hier?«

»Wir wissen, das ist eine erschreckende Vorstellung. Aber hier hast du keinerlei Möglichkeiten. Du musst in die Stadt. Und Linz hat dir doch immer gefallen.«

»Kommt ihr mich besuchen?«

»Wenn ich dort bin, komme ich vorbei. Wann immer ich die Tanten treffe, werde ich darauf achten, dass ich dich nachmittags mitnehmen kann, ich verspreche es«, sagte die Mutter und legte Rikki ein Nusskipferl auf den Teller.

»Du wirst alles lernen, was dich interessiert. Und noch viel mehr. Du wirst in einem Labor chemische Versuche machen, in einem Zeichensaal lernen, wie Blüten, Tiere und Menschen darzustellen sind, ihr werdet Theater spielen, du wirst Sprachen lernen, du kannst weiterhin Klavierunterricht bekommen, es gibt eine eigene Hausbibliothek ...«

»Sie haben eine Bücherei?«

»Ja, und einen Garten. Der ist jetzt kleiner, wegen des Umbaus der Schule, aber du wirst nachmittags im Grünen sein können.«

»Ich schlafe in einem Raum mit anderen?«

»Ja. Und du wirst Freundinnen haben.«

Eine Freundin? Tatsächlich? Die Angst vor der Fremde begann sich zu verflüchtigen wie Sommernebel, der nach Gewittern aufsteigt und sich, noch bevor er die höchsten Wipfel einhüllt, im Licht ertränkt. Die Eltern sahen wohl das Strahlen in ihren Augen, denn sie lächelten plötzlich beide um die Wette.

»Ich kann dir Bilder zeigen«, sagte der Vater. »In der Zeitung haben sie vom Umbau Fotos gebracht. Und wenn wir dich anmelden, fährst du natürlich mit. Du wirst die Schwester Oberin kennenlernen, das Haus, auch das Internat. Du wirst alles sehen und nicht ins Ungewisse entlassen. Nach dem Sommer wirst du von uns nach Linz gebracht. Und wenn dir etwas nicht passt, dann sagst du es uns. Sofort. Wir kümmern uns darum.«

Rikki strahlte. Eine Freundin! Alles andere verblasste vor dieser Aussicht.

Aber dann kam der Tag, an dem die Buben in der großen Pause wieder mit ihren Rempeleien begannen. Draußen regnete es, sie mussten im Klassenraum bleiben, wetzten unruhig hin und her, ärgerten die Kleinen, schossen mit Papierkugeln. Die Mädchen verzogen sich in ein Eck, die Hilfslehrerin schimpfte, es wurde immer lauter, der Lehrer kehrte zurück, schnappte einen Knaben am Ohr, ein Kind wurde umgestoßen, ein anderes fing an zu plärren, irgendjemand schleuderte seinen Bleistift quer über die Köpfe durch den Raum.

Vermutlich hörten alle den Schrei.

Es wurde leiser, die ersten drehten sich um zu Rikki. Dann schrien alle, während der Lehrer den Buben losließ und rannte und die Hilfslehrerin gellend rief: »Greif nicht hin, greif nicht hin!«

Der Bleistift war rechts im inneren Augenwinkel gelandet und wippte noch sachte neben Rikkis Nase auf und ab.

»Schau geradeaus.« Die Hilfslehrerin war direkt vor Rikki auf die Knie gesunken. »Schau mich an. Nicht nach rechts, nicht nach links. Manfred, du musst hinüber in die Firma. Sie sollen im Spital anrufen und uns sagen, wie wir das Kind für die Fahrt richten sollen.«

Den aufgeregten Schülern wurde erst Stunden später klar, dass die zwei Erwachsenen einander geduzt hatten, vor ihnen. Und dass der Lehrer der Hilfslehrerin sofort gehorchte.

Rikki starrte angestrengt das Gesicht vor ihr an. Nun brannten bereits beide Augen, weil sie versuchte, jedes Blinzeln zu unterdrücken. Schlieren tauchten auf, wie manchmal abends, wenn sie sehr müde war, oder morgens, bevor sie die Augen ordentlich gewaschen hatte. Kinder tuschelten, und sie wusste, dass sich etwas veränderte, dass die anderen etwas in ihr sahen, dass ihnen Angst machte. Die Schlieren wurden rot. Das Gesicht vor ihr wurde rot. Der Raum verdunkelte sich, zumindest auf der rechten Seite. Wie verwirrend, dass das Licht sich auf einen Platz zurückzog, als wüchse neben ihr ein großer Baum empor, dessen Stamm die Sonne verdeckte.

Die Lehrerin hielt immer noch ihre Hände fest, auf eine sehr fürsorgliche Art, ihre Daumen streichelten über Rikkis Handrücken, und sie murmelte dabei vor sich hin »Es wird schon gut, es wird schon gut, es wird schon gut.«

Dann war plötzlich der Vater da.

»Schließe beide Augen, Erika. Ich habe mit einem Arzt von der Klinik gesprochen. Ich werde dir den Stift herausziehen, ganz gerade. Wir werden deinen Kopf festhalten, und ich werde das Ding wegnehmen. Ich werde ganz vorsichtig sein, als wärst du ein frisch geschlüpftes Küken. Dann werde ich dir ein kühles Tuch über die Augen legen und festbinden. Und dann bringe ich dich nach Linz. Mama wird neben dir sitzen. Also bitte, mach die Augen einfach so weit zu, wie es geht, ohne dass du zwinzeln musst oder dich anstrengst oder Falten machst.«

Er hatte sie noch nie Erika genannt. Aber er war nicht zurückgeschreckt, er sah sie ruhig an, so wie er manchmal im Wald auf dem Hochsitz neben ihr auf die Lichtung schaute und leise erklärte, was sie hörten, was sie sahen. Folgsam senkte sie die Lider. Jemand umgriff von hinten ihren Kopf. Dann brandete ein neuer Schmerz auf, sie roch den Vater, etwas Kühles senkte sich, es wurde dunkel.

Sie kam in einer anderen Welt wieder zu sich.

Es dauerte Wochen, bis sie mit dem Verband quer übers Gesicht in das Dorf zurückkehrte. Es dauerte bis tief in den Sommer hinein, bis feststand, dass sie ihr rechtes Auge behalten würde, dass sie jedoch eine starke Brille benötigte. Wenn sie sich im Spiegel betrachtete, sah ihr Gesicht nicht anders aus als früher. Alle Rötungen waren verschwunden, die graugrüne Iris beider Augen war klar. Manchmal bildete sie sich ein, dass die Farben auf der lädierten Seite blasser waren.

Die Brille mochte sie nicht. Sie drückte auf der schmalen Nase, sie rutschte, reizte die Haut hinter den Ohren. Sooft sie konnte, ließ sie die Brille daheim auf dem Tisch liegen. Und stolperte über die vertrauten Wege und Hänge, stieß sich an Möbeln und Ecken, verstand nicht, dass ihr fast das gesamte räumliche Sehen abhandengekommen war.

»Wenigstens hast du den Sternschweif noch gut gesehen«, versuchte Marie zu trösten.

Ja, damals im November waren Dorfbewohner abends in die Dunkelheit gelaufen, als sie plötzlich zerriss und ein Meteor in Grün und Blau taghell leuchtend das schwarze Firmament durchschnitt. Flammenzungen loderten, glühende Funken spritzten. Ein Spektakel war das gewesen! Angeblich hatte es nur Sekunden gedauert. In Rikkis Gedächtnis war es als funkelnde Nacht eingebrannt, ein Zeichen für kommende Wunder, auch wenn der Pfarrer von einem besonderen Einläuten des Advents gesprochen und der Lehrer von berstenden Gestirnen und kosmischen Nebeln geschwärmt hatte.

Damals hatte sie alles klar gesehen, selbst Mondlicht war ausreichend für Wanderungen mit dem Vater gewesen. Jetzt ging ohne Brille gar nichts mehr gut. Und mit war es lästig und demütigend.

Es war ein Sommer der Abschiede. Die Mutter zeigte ihr, wie man Stoppellocken mit festen Papierstreifen zustande brachte, wie man mit Bändern die langen Haare hübsch bändigte, wie man auf dem Hinterkopf Zöpfe flocht und Knoten feststeckte, die stundenlang hielten. Sie zeigte ihr, wie man mit Seife und Bürste Flecken aus Blusen entfernte, sie zeigte ihr, wie man ein Leporello faltete, sodass die Familienfotos, die sie ihr mitgab, auch auf kleinstem Raum Platz hatten.

»Jeden Abend, Rikki«, versicherte sie ihr, »schau ich um Punkt acht zum Mond. Im September wird er vielleicht noch nicht gut zu sehen sein. Und vielleicht musst du erst ein Fenster suchen, das auf der richtigen Seite liegt, damit du ihn sehen kannst. Aber ich werde hinaufschauen. Sei dir sicher. Und ich werde an dich denken und ein Gebet schicken. Und egal, ob du den Mond siehst oder nicht, du weißt, dass ich im Herzen bei dir bin, dass ich dich zudecke in Gedanken und vielleicht mit dir singe oder dir erzähle, was untertags war. Ich werde deine Kaninchen füttern und deine Katze streicheln. Ich werde deine Mama sein, auch wenn ich nicht auf deinem Bett sitze und dir die Haare aus der Stirn streiche. Und ich werde dir schreiben. Jeden Sonntagabend, wenn du schon längst wieder in der Schule bist. Dann bekommst du in der Mitte der Woche meinen Brief, und das ist wie ein kleiner Besuch.«

Und dann zog sie Lokki, einer echten Schildkrötpuppe mit aufgemalten blauen Augen, eleganter Nase und zierlichen roten Lippen, ein Kleid an, das sie aus einer zu kurz gewordenen Bluse ihrer Tochter geschneidert und mit Blümchen bestickt hatte, und setzte sie auf den Stapel Wäsche, der für die Abfahrt schon bereitlag.

Der Vater nahm Rikki am letzten Samstag, bevor sie nach Linz fuhren, mit in den Wald. Sie gingen gemeinsam an dem langen Gebäude der Fabrik entlang, und kein Junge wagte es, ihr zum Abschied etwas hinterherzuschreien oder ihr einen Zapfen nachzuschießen. Sie querten die Brücke, stiegen hinter dem letzten Haus in den Hang hinein, der Vater vor ihr, während er von dem Versuch erzählte, einen Fuchs zu zähmen.

Oben auf der ersten Anhöhe wanderten sie zum Hochsitz, den der Vater mit zwei Förstern gebaut hatte, kletterten hinauf und machten es sich auf der Bank bequem. Die Sonnenstrahlen hatten in den letzten Stunden auf das Holz geschienen, und in den Wänden knackte die gespeicherte Wärme.

»Es wird viel anders werden für dich«, eröffnete der Vater das Gespräch und öffnete den Rucksack, um die Brote und eine Flasche mit selbst gemachtem Holundersaft herauszuholen. »Vor allem wirst du nicht mehr so alleine sein wie hier.«

»Ich bin gern daheim.«

»Aber du hast keine Freunde hier.«

»Die Mama doch auch nicht.«

»Nein, die Mama auch nicht. Da hast du recht. Aber sie hat ihre Schwestern, die Großeltern und mich zum Reden. Und sie hat

Freunde überall in der Welt, denen sie Briefe schreibt und von denen sie Briefe bekommt. Du hast niemanden in deinem Alter. Das ist nicht gut.«

»Aber ich darf schon jedes Wochenende heimkommen?«

»Ich zeige dir, wie du zum Bahnhof kommst, wo du einsteigst und wo du aussteigst. Und da stehe ich dann am Perron und freu mich, dass ich dich wiederhabe. Versprochen.«

»Ich werde schreiben.«

»Die Mama wird dir antworten. Und ich werde hin und wieder einen Satz dazukritzeln.«

»Aber du schmierst so.«

»Ich werde mich bemühen, dass du es lesen kannst. Und immer, wenn du hier bist, gehen wir in den Wald. Siehst du, wie die Schwalben schon beginnen, sich zu sammeln? Sie üben mit den Jungen, die das erste Mal wegmüssen. So wie du.«

Über der Lichtung kreuzten die Vögel, jagten den Insekten hinterher, die vor Hitze trunken über der Wiese taumelten. Rikki kuschelte sich an den Vater. Sie war sicher, dass es ihr in dem Internat gefallen würde. Sie war sicher, dass sie eine Freundin finden würde. Und vielleicht würde ja doch ihr rechtes Auge wieder kräftiger werden und der Tag kommen, an dem sie die lästige Brille nicht mehr brauchte. Der Vater roch nach Tabak und Harz. Jetzt zog er sein Fernglas hervor und beobachtete den gegenüberliegenden Waldsaum. Sie spürte, wie sich sein Körper spannte, und wusste, dass er Rehe erspähte. Er schien jedes einzelne Tier im Revier zu kennen. Er konnte so wunderbare Geschichten über sie alle erzählen, viel besser, als wenn er über die Arbeiter der Fabrik berichtete oder über Aufträge, die der Firma durch die Lappen gegangen waren. Dann hingen seine Schultern, und er brummte mehr, als dass er sprach.

Als Rikki das mit den Lappen zum ersten Mal gehört hatte, hatte sie sich riesige Leintücher in diesen Hallen vorgestellt, die von meterlangen Schnüren hingen. Zwischen den Lappen verschwanden Rollen von Industriepapier und stapelweise schneeweißes Schreibpapier im Nirgendwo. Mittlerweile wusste sie, dass es mit dem leidigen Geschäft und falschen Zahlen zu tun hatte. Die Zeiten waren nicht rosig. Das sagte jeder Erwachsene. Rikki beschloss jedoch für sich, dass ihre Zeit sehr wohl rosig sein würde, rosig und voller Abenteuer.

Im Grunde wurde die Zeit im Internat so, wie sie es sich erhofft hatte. Es gab jede Menge aufgeweckter Mädchen und einen Schlafsaal voller Geräusche, Gekicher, Rascheln und Gemurmel, dem die Schwestern oft ein Ende bereiten mussten. Es gab Unterricht, der strikt in Fächer gegliedert war. Es gab geregelte Essens- und Lernzeiten. Allerdings gab es fixe Betzeiten. Selbst in den Garten durfte man nur in bestimmten Stunden. Alles war eingeteilt. Die Schwestern in ihrer eintönigen Tracht sahen sich ein wenig ähnlich und taten so, als wären sie enger miteinander verwandt als Geschwister. Aber Rikki erkannte bald die Unterschiede, erriet Vorlieben und bemerkte Vorurteile. Es waren Frauen wie alle anderen draußen in der Stadt, die bunte Kleider und dafür kein großes Kreuz auf der Brust trugen.

Schneller als erwartet störte es Rikki nicht mehr, nie alleine sein zu können. Während des Betens zog sie sich in sich selbst zurück und träumte sich weg in den Wald. Als eine der Schwestern sie daraufhin ansprach, dass sie nie die Lippen bewegte und ob sie sich dem Gebet verweigerte, antwortete sie keck, von ihrer »lieben Mutter in stiller Andacht« unterrichtet worden zu sein. Rikki wusste, dass die Ordensfrau sie beobachtete. Aber da sie nie einschlief wie manche andere, für die vor allem das Frühgebet anstrengend war, wurde sie in Ruhe gelassen und verfeinerte ihre meditativen Fluchtwege. Und es gab tatsächlich Mädchen, mit denen sie sich anfreundete, zu denen sie Vertrauen fasste.

Was die Schülerinnen jedoch erstaunte und erschreckte, war, dass sich um ihre Schule herum alles veränderte. Zuerst wurde aufgrund einer Elterninitiative eine Frauenoberschule gegründet, in der es kein

Latein gab. Rikki durfte in ihrer Klasse bleiben, für sie wurde nichts anders. Aber die parallel geführte Schule brachte Aufregung, der sich niemand verschließen konnte. Die vier Ordensfrauen, die neben den anderen Lehrkräften unterrichteten, hatten es schwer, politische Untertöne zu unterbinden.

Noch war Rikki zu jung, um zu begreifen, was wirklich passierte. Begeistert von all dem Neuen, entging ihr, dass die Schule in Schwierigkeiten geriet. Am 12. März 1938 behielten die Ordensschwestern ihre Zöglinge im Internat. Zwar bekamen die Erstklässler mit, dass von den Großen einige zum Hauptplatz rannten, der angeblich wunderbar beflaggt und voller Menschen die Ankunft Hitlers erwartete.

Rikki wusste, wer Hitler war: Er und seine Anhänger waren schuld daran, dass daheim heftig diskutiert wurde, dass an den kostbaren Wochenenden um Dinge herumgeredet wurde, dass es Heimlichkeiten gab. Selbst ihr kleiner Bruder hatte bemerkt, dass etwas aus dem Lot geraten war. In seiner hinreißenden Kindernuschelsprache erzählte er ihr von Versammlungen in der Fabrik und dem Vater, der nun oft hinten beim Hasenstall hockte und den Viechern Dinge ins Ohr flüsterte, die er sonst niemandem sagen wollte. Walter machte sich Sorgen, dass die Tiere davon krank würden. Der Vater sah so bekümmert aus, wenn er ihnen die Löffel nach hinten bog und nicht zu reden aufhörte.

Intuitiv hielt Rikki sich von allen fern, die über Aufmärsche, Versammlungen, Wirtshausreden ihrer Väter erzählten. Selbst mit den zwei Mädchen, mit denen sie sich zaghaft angefreundet hatte, sprach sie nicht darüber. Laute Menschen ängstigten sie. Sie hatte daher gar nichts dagegen, hinter den Mauern zu spielen, als ginge sie das Chaos der Erwachsenen nichts an. Sie konnte sich wunderbar der Gerüchteküche verschließen, das hatte sie schon früh im Dorf gelernt. So beunruhigte sie auch nicht, was die Älteren nach ihrer Rückkehr erzählten. Versunken in ein Sagenbuch, hörte sie nicht, wie sich ein Vorhang donnernd über einer umgebauten Bühne erhob.

Am 22. März 1938 kam es zur Vereidigung aller Lehrer auf den Führer, Lehrer verschwanden, die Ordensschwestern durften nicht mehr alles, wofür sie ausgebildet waren, unterrichten. Die Fragen der Kinder wurden ignoriert. Daheim erhielt Rikki jedoch eine erste Einweisung, die in ihrer abstrusen Art eindrucksvoller geriet, als den Eltern klar war.

Josef Brettschneider war immer schon ein verkappter Royalist gewesen, trauerte dem letzten Kaiser nach, dessen Bild im Salon hing. Er war zutiefst katholisch und den Habsburgern treu. Rosa fand das liebenswert und verrückt zugleich, denn in ihrem Elternhaus hatte man sich in den ersten Jahren der jungen Republik nach vielen Diskussionen der Demokratie zugewandt und trotz gewisser Verflechtungen mit Freunden aus Adelskreisen eine moderne Regierungsform nach dem Desaster des Krieges allem anderen doch vorgezogen. Rosas Familie betrachtete sich als Bürgerliche mit christlich-sozialen Grundsätzen, die den Schutzwehrmilizen genauso misstrauisch gegenüberstand wie den Verbänden rund um Graf Starhemberg. Die fürchterlichen Grabenkämpfe und Schusswechsel 1934, die Adele das Leben gekostet hatten, hatten Rosa nur darin bestärkt, dass es möglich sein musste, trotz unterschiedlicher politischer Standpunkte ein gerechtes Leben miteinander zu gestalten. Nationalsozialistische Ideen fand sie empörend, genauso schlimm wie die gleichmacherische Ideologie der Kommunisten.

In diesem Frühling nutzten Rosa und Josef einen Wochenendbesuch ihrer Tochter dafür, mit Rikki über Politik zu sprechen. Rikki fühlte sich heillos überfordert. Klar war ihr nur, dass beide Eltern Hitler ablehnten. Hitler war der Mann mit dem Bärtchen, dessen Konterfei plötzlich überall auftauchte. Hitler war der Mann, den so viele in Linz und Wien winkend begrüßt hatten. Hitler war derjenige, dem die braun Uniformierten folgten, die im Taktschritt marschierten und sangen.

Mutter und Vater begannen vor ihr zu streiten, was man dem

Kind sagen konnte und was nicht. Rikki folgte dem heftigen Disput völlig fassungslos.

»Sie muss wissen, dass sich alles ändert und sie lernt, den Mund zu halten!«

»Den Mund halten ist genau falsch!«

»Dann geh rüber in die Fabrik und schau, was da passiert. Die Kommunisten sind schon verschwunden.«

»Eben. Deshalb darf man nicht schweigen.«

»Willst du dort landen, wo sie die hingebracht haben? Rosa, halt den Mund. Rikki, du auch! Was wir daheim reden, geht niemanden was an. Den Schorsch, den Franz, den Kappler Hans, die Eppacher-zwillinge haben sie auch abgeholt.«

»Von denen weiß ja jeder, dass sie Rote sind.«

»Eben. Und jetzt sind sie weg. Nach Linz gebracht zum Verhör. Der Pfarrer hat mit den Weibern von denen gesprochen. Die haben Angst. Es ist ja klar, dass jemand aus der Belegschaft die vernadert haben muss. Wenn ich durch die Halle geh, merke ich, dass sie nicht mehr miteinander reden, nicht so wie noch vor zwei Wochen und schon gar nicht wie vor einem halben Jahr.«

»Aber wir können nicht so tun, als ob nichts wäre.«

»Wir halten den Mund, Rosa. Und wir stehen zusammen. Rikki, verstehst du das? Die Mama und ich sind nicht für den Hitler. Aber das erzählen wir niemandem. N – i – e – m – a – n – d – e – m. Auch keiner besten Freundin. Auch nicht dem Walterli, der sich verplappern könnte. Wenn du gefragt wirst, was die Eltern denken, dann sagst du, du weißt es nicht. Du weißt nur, dass wir alle fromme Katholiken sind und jeden Sonntag in die Kirche gehen. Mehr sagst du nicht.«

»Auch nicht, dass bei uns nicht der Hitler hängt, sondern ein Bild vom Kaiser Karl?«

»Untersteh dich. Der Kaiser ist Privatsache. Von mir alleine. Mit dem hat nicht einmal die Mama zu tun.«

»Und wenn sie mich fragen, was ihr wählt?«

»Das weißt du nicht, weil du zu klein bist.«

»Ich bin elf.«

»Genau. Du darfst noch nicht wählen, deshalb reden wir darüber nicht mit dir. Wenn wer lästig wird, sagst, die Eltern haben ihr Leben lang alles richtig gemacht, die werden das jetzt nicht ändern.«

»Ja«, sagte Rikki und verstand nicht, warum ihre Eltern so ein Theater darum machten. Aber sie versprach es.

Erst bei der Zeugnisverteilung wurde den Kindern mitgeteilt, was ihre Eltern schon längst wussten: Die Ursulinen würden ihre Schule schließen müssen. Mitte Juli war es so weit. Als Rikki erfuhr, dass sie nach den Ferien nicht mehr zurückkehren würde, brach sie in Tränen aus. Der nächste Schlag für sie war, als die Aufteilung der Schülerinnen auf die öffentlichen Schulen bekannt gemacht wurde: Sie würde ihre neuen Freundinnen verlieren. Dass ihre Eltern sich den Kopf zermarterten, die bestmögliche Schule für Rikki zu finden, war ihr nicht bewusst. Ihr erschien dieser Sommer einfach nur grauenhaft.

Im Dorf herrschte eine seltsame Stimmung. Es waren Arbeiterfamilien zugezogen, der Vater sprach von neuen Aufträgen, von Umstellungen des Sortiments. Die Mutter schrieb lange Briefe an die Schwestern in Prag und Udine, an Freundinnen in Wien und Amsterdam. Die Briefe nach Holland gingen verpackt nach Italien zur Schwester. Rikki fand bald heraus, warum: In ihnen steckten weitere Briefe, die nach England und Frankreich adressiert waren; ein verschlungener Pfad quer durch Europa.

»Wer weiß, wie lange das noch geht, wie lange die Fini das noch kann«, sagte die Mutter, und Rikki dachte an die Tante, die sie das letzte Mal vor einem Jahr bei den Großeltern getroffen hatte: Josefine mit ihren blitzblauen Augen, die sich in den Italiener Paolo verliebt hatte und ihm in den Süden gefolgt war; die so elegante Schuhe trug und der Mutter ein traumhaft gearbeitetes Tuch mitgebracht hatte, geklöppelte Spitze; die es schick fand, immer wieder ein paar Worte

Italienisch in ihr Geplauder einzuflechten; die der Großfamilie eine winzige Tochter präsentierte, viel kleiner noch, dachte Rikki, als Walter jemals gewesen war.

Tante Fini hatte während dieses Besuchs in einem Gespräch einmal den Duce fesch gefunden, was die Kaffeejause fast gesprengt hätte. Deshalb wunderte sich Rikki ein wenig, dass ihre Mutter der jungen Schwester so sehr vertraute.

In diesem Sommer begleitete Rikki ihre Mutter jedes Mal, wenn sie mit der Fähre die Donau querte und die Großeltern besuchte. Meist blieben sie für mehrere Tage. Und oft waren sie nicht die einzigen Besucher. Einmal verbrachte der legendäre Onkel Oskar sogar ein langes Wochenende zur gleichen Zeit dort. Rikki, die ihn schon Jahre nicht mehr gesehen hatte, verfiel wie alle anderen wieder seinem Charme und seiner Gabe, jede winzige Anekdote in ein bühnenreifes Stück zu verwandeln. Als er fuhr, schien das Haus zu schrumpfen. Rikki würde ihn nie wieder sehen. Sein letzter Brief kam Jahre später aus Bagdad und war im Juni 1942 aufgegeben worden. Ein Foto war beigefügt, das Oskar mit orientalischem Fez und besticktem Mantel zeigte.

Als Erwachsene würde Rikki diesen Brief und dieses Foto anderen Papieren in einer Schachtel beifügen und mit nach Australien nehmen. Jahrzehnte später würde diese Schachtel um die halbe Welt fliegen, um wieder in einer winzigen Wohnung in Linz verstaut zu werden. Und Rikki würde vergessen haben, wie oft sie dieses Foto in der Hand gehabt und sich vorgestellt hatte, wo dieser Onkel sein mochte, in welche Rollen er geschlüpft und in welche dubiosen Geschäfte er verwickelt gewesen war. Sie würde vergessen haben, wie sehr sie für ihn geschwärmt hatte als Mädchen, wie sehr sie ihre Mutter um diesen prächtigen Bruder beneidet hatte.

Ende des Sommers passierten zwei Dinge fast zeitgleich: Vater hängte das Bild von Kaiser Karl ab, nahm das Glas vorsichtig aus dem Rahmen, löste Kaiser Karl vom Passepartout, drehte ihn fast zärtlich um, befestigte sodann ein Foto des Führers auf der kaiserlichen Rückseite, verklebte den Karton sorgsam mit dem Rahmen und hängte das Bild wieder auf. Dann salutierte er und sang die erste Strophe der alten Kaiserhymne, bevor er sich mit feuchten Augen umdrehte und zu Rikki und Rosa sagte:

»Das war's. Wann immer ich den Schweinehund im Rahmen anschaue, schau ich durch ihn hindurch und halte dem Kaiser den Rücken frei. Ist das klar?«

»Aber der Kaiser Karl ist doch schon tot.«

»Das ist egal. Es gibt einen Sohn. Den Otto. Das Kaisertum ist also nicht tot. Und jetzt reden wir nicht mehr drüber.«

In dem Moment kam der kleine Walter hereingelaufen, stutzte vor den drei starr dastehenden Großen, erblickte das neue Foto an der Wand und krähte fröhlich: »Jö, da Hitler. Jetzt sant ma als wia die andern!«

»Das möge Gott verhüten«, sprachen die Eltern unisono.

Das Zweite, was passierte und Rikkis Leben völlig verändern würde, war die Schulwahl, die die Eltern getroffen hatten.

»Es ist wieder ein Internat«, eröffneten sie ihr. »Es ist diesmal nicht in Linz, sondern in Wels. Es ist etwas ganz Neues. Mädchen kommen von überall dorthin. Es wird dir dort großartig gehen. Du wirst Sprachen lernen, nicht nur Latein und Englisch. Sie haben im Lehrplan auch Französisch und Italienisch, und angeblich sollen noch andere Sprachen dazukommen. Es gibt eine Theatergruppe, Klavier wirst du weiter spielen können, und sogar Fechten bieten sie an.«

»Fechten?«

»Ja, Fechten. Und andere Sportarten. Und es gibt ausgewogene Ernährung.«

»Ich wette«, sagte der Vater, »es wird auch dann noch gutes Essen geben, wenn die meisten gar nicht mehr wissen, was das ist.«

»Mach ihr keine Angst«, sagte die Mutter. »Weißt, der Papa denkt, es wird Krieg geben. Weit weg. Aber das könnte Auswirkungen auf uns alle haben.«

»Und ob es Krieg geben wird.«

»Josef! Hör auf damit.«

»Ich glaub diesem Kraft-durch-Freude- und Urlaub-für-alle-Arbeiter-Quatsch nicht.«

»Jetzt geht es aber um Rikki. Du wirst sehen, diese Schule ist eine Art Eliteschule. Mädchen aus dem ganzen deutschen Sprachraum kommen dorthin. Kinder, deren Eltern weit weg wohnen und die auch wollen, dass es ihren Töchtern gut geht. Du wirst aufpassen müssen, was du sagst. In die Sonntagsmesse kannst du gehen, das wird kein Problem sein. Bloß bitte, lerne, nicht jedem zu vertrauen. Erzähl nichts über daheim. Bring uns nicht in Schwierigkeiten.«

»Ich weiß doch eh nichts. Und ich kenn' niemanden.«

»Genau. Nichts weißt du. Aber ein paar Freundinnen sollst du schon finden. Gute, richtige Freundinnen. Das ist wichtig fürs Leben.«

»Und wie oft komme ich heim?«

»Nicht mehr jedes Wochenende.«

»Also wie oft?«

»Vier, fünf Mal im Schuljahr auf jeden Fall, vielleicht auch öfter. Im Sommer bist du bei uns. Und zu Weihnachten ganz sicher eine Woche.«

Rikki ging in ihr Zimmer und drosch die Türe zu. Alles wurde schlimmer. Und das, was nicht schlimmer wurde, veränderte sich nicht zum Besseren. Sogar das gute Auge war schwächer geworden, überanstrengt von der Aufgabe, die Arbeit des verletzten zu übernehmen. Sie brauchte neue Gläser. Gläser, die schwerer waren. Sie drückten, wie alles rundherum sie zu erdrücken schien.

MELBOURNE
1984

Mary stand vor dem Institutsgebäude und zündete sich eine ihrer heimlich gehorteten Zigaretten an. Die Kinder würden bis nachmittags in der Krippe versorgt sein. Und das, obwohl sie heute nicht arbeitete. Ihre Hand, die die Zigarette hielt, zitterte leicht. Angie würde sie schon erwarten. Mary wandte sich nach Nordosten. Wenn sie die nächste Tram erwischte, konnte sie in einer Viertelstunde in Carlton sein.

Es war noch früh, ein dunstiger Himmel wölbte sich über der Stadt. Gegen Mittag würde es wie Spinnwebengrau sein, Luft, die man zu sehen vermeinte. Der heiße März hatte ihnen allen zugesetzt, ein Herbst ohne Regen, ohne starke Winde, selbst jetzt, Ende April, war es trügerisch warm. Mary warf angewidert die halb gerauchte Zigarette weg, trottete zur Wartestelle. Warum nur hatte sie sich in den letzten Monaten so gehen lassen? Kurz flackerte die Erinnerung an Iannis' Gesicht am Morgen auf, als er die leere Kaffeetasse zurück in die Abwasch stellte und ohne ein Wort, ohne den üblichen Kuss die Wohnung verließ. Sie waren an einem Tiefpunkt angelangt, und weder die Buben noch ihr Zustand konnten das ändern.

Und dann Mamas Anruf! Wenige Minuten nach sieben, als die Buben schon munter in ihren Betten rumorten.

»Vergiss deine Vitamine nicht!« Was für eine Begrüßung. Es war eine reine Kontrollübung, weil Mama ihr nicht zutraute, alles im Blick zu behalten.

»Ich muss zu den Kindern.«

»Ist Iannis bereits weg? So fleißig. Er fängt wirklich früh an.«

»Ja.« Es hatte keinen Sinn, mit ihrer Mutter darüber zu reden.

»Ich fahre jetzt in die Schule. Brauchst du Papa am Nachmittag für die Kleinen?«

»Nein.«

»Er könnte sie dir abnehmen, damit du mit dem Haushalt zurande kommst.«

»Ich habe heute Dienst in der Bibliothek.«

»Eben.«

»Was eben?«

»Es wird alles liegen bleiben. Ich kenne dich doch. Du solltest dir einen anderen Job suchen. Etwas, das deinen Fähigkeiten entspricht. Und besser bezahlt wird.«

»Mama, ich arbeite Teilzeit, ich kann es mir nicht aussuchen. Nicht im Moment.«

»Du verkaufst dich unter Wert.«

»Das sagst du immer.«

»Weil ich recht habe. Du entscheidest dich falsch und du hörst nicht auf die, die es gut mit dir meinen. Es ist so schade um dich. Du bereitest uns Sorgen.«

»Mama, die Kinder sind wach«, hatte sie gesagt und aufgelegt. Und zugesehen, wie die zwei darum kämpften, als Erster das Klo zu betreten, und zappelnd die Pyjamahosen hinunterschoben, leuchtend weiße Popos in dem winzigen Abort. Vermutlich versuchten sie wieder, ihre Pipis miteinander zu mischen, und pinkelten die Hälfte daneben. Sie würde am Abend endlich den Boden wischen müssen.

Mary lächelte trotzdem bei der Erinnerung an die Buben, an die Fröhlichkeit, mit der sie ihre Cornflakes verschlungen hatten, an das unaufhörliche Plappern, mit dem sie den Weg zur Krippe verbrämt hatten.

In der Straßenbahn stand ein junger Mann auf und bot ihr seinen

Platz an. Erleichtert nahm sie an, streckte den Bauch instinktiv noch ein Stück weiter vor, bevor sie die Tasche auf ihren Knien abstellte. Natürlich sah man es ihr an. Nächstes Jahr würde sie dreißig sein. Schon! Zu viel lief falsch in ihrem Leben: ein Beruf, der eine Verlegenheitslösung darstellte und für den sie trotzdem dankbar war, zwei Kinder, die zu knapp hintereinander geboren worden waren, ein Mann, der genoss, der Prinz seiner Familie zu sein, und nicht verstand, warum sie sich freiwillig von seinem griechischen Clan sorgender Tanten, Mütter, Cousinen ausschloss und zur Außenseiterin machte. Die Unterschiede sind zu groß, hatte ihre Mutter vor der Hochzeit gebetsmühlenartig wiederholt, und natürlich hatte sie recht behalten. Von ihr konnte Mary jetzt keine Rückendeckung erwarten. Daddy hatte Probleme mit den Gelenken und dem Herzen, Folgen der schweren Arbeit, die er als junger Einwanderer angenommen hatte. Er brauchte leichte Anekdoten, unbeschwerte Besuche der Enkel, eine Idylle, als deren Schöpferin sie strahlen sollte. Es galt, für beide Familien nicht nur Lügen aufrechtzuerhalten, sondern sie überzeugend zu leben. Es war alles so anders gekommen, als sie gedacht hatte.

Iannis Pavlis hatte sie auf einer Party kennengelernt, die ein Kommilitone im leer stehenden Haus seiner Tante organisierte. Mary war in ihrem vierten Studienjahr, jobbte in einer Bäckerei und an zwei Abenden pro Woche in der Unibibliothek. Sie lebte immer noch bei ihren Eltern in dem winzigen Zimmer, das Daddy für ihren vierzehnten Geburtstag an die Küchenwand gebaut und mit einem Glasgang, den Mama als Wintergarten verwendete, mit der Terrasse verbunden hatte. Der extra Eingang bot ihr eine gewisse Unabhängigkeit, die sie besonders zu schätzen gelernt hatte, als Joey früh in die Pubertät taumelte.

Mary arbeitete nicht nur für ihr Studium, sondern sparte eisern für eine Reise in die Vereinigten Staaten. Es war ein Traum, den ihre Eltern nicht teilten. Daddy verstand nicht, warum sie nicht quer durch ihren Heimatkontinent trampen wollte, den Roten Riesen im Inneren, die Tropensümpfe im Norden, das wahre Outback, die Riffe, die Blauen Berge, die Eukalyptusfeuer sehen wollte. Mama verstand nicht, warum sie nicht danach gierte, ihren Herkunftskontinent zu besuchen, schwer von Historie und Kunst, die ihrer aller Wiege war. Mary versuchte nicht, den Eltern ihre Entscheidung begreiflich zu machen. Seit Scott ihr von seinem New-York-Erlebnis vorgeschwärmt hatte, wollte sie diese Stadt erleben. Ein fremder Kosmos, der weder mit ihrer Vergangenheit noch mit ihrer Gegenwart zu tun hatte und auch in ihrer Zukunft keine Rolle spielen würde.

Scott lebte zu diesem Zeitpunkt schon als jüngster Anwalt einer Kanzlei in Sydney. Wenn er zu seinen seltenen Besuchen aufkreuzte, rief Angie Mary verlässlich an, sodass sie sich Zeit freihielt, bis er auftauchte und sie zu einem Gespräch in einem Café abholte. Sein politisches Engagement hatte sich verstärkt. Er versuchte immer noch, sie für Ideen zu überzeugen, die ihr im Grunde egal waren. Aber mittlerweile wusste Mary, dass ihre jugendliche Schwärmerei sich in Sympathie für den schwierigen Bruder ihrer Freundin aufgelöst hatte und dass er ein eigenbrötlerischer Mann war, dessen einziger Kuss sich für sie als enttäuschend feuchte und unromantische Angelegenheit herausgestellt hatte. Das war mit Iannis ganz anders abgelaufen.

Iannis war schuld daran, dass sie nicht nach New York geflogen war. Stattdessen fuhr sie im Sommer mit ihm in seinem klapprigen Ford an der Küste entlang Richtung Sydney, wanderte mit ihm in den Eukalyptuswäldern, ging in der Hauptstadt mit ihm in die neue wunderbare Oper und surfte mit ihm am Bondi Beach; jeden Tag von Neuem hingerissen vom Witz, vom Charme, von der Ausstrahlung ihres Liebhabers. Daddy war mindestens ebenso glücklich wie sie darüber gewesen. Mama fand es einfach nur dumm, dass ihre Tochter sich nach den Wünschen eines Mannes richtete, mit dem sie viel zu wenig verband und der nicht wirklich zu ihr passte.

Mary stieg aus und ging die Great Tan zur Barkly Street, fünf Blocks, gepflegte Vorgärten mit zurechtgestutzten Pflanzen in dicken Tonkrügen. Alles hier war größer und schöner als in ihrem Bezirk, grüner vor allem. Angie wohnte in einem Reihenhaus, das erst vor Kurzem hergerichtet worden war und das aussah wie die Häuser, die man aus Bildbänden über England kannte. Sie hatte nie studiert, bei einem alteingesessenen Lederwarenhändler in der City eine Ausbildung zur Kauffrau gemacht, ihren Kopf benutzt, einen Hautarzt geheiratet und eine Tochter bekommen. Eilean war nun vier Jahre alt und würde ein Einzelkind bleiben.

»Du solltest dir ein Taxi leisten, deine Füße sind ja jetzt schon geschwollen«, stellte Angie zur Begrüßung fest und verfrachtete Mary auf das Sofa ihres perfekten Puppenhauswohnzimmers.

»Wir haben kein Geld für ein Taxi.« Mary ärgerte sich über den Ärger, den dieser überflüssige Dialog in ihr auslöste. Um nicht noch etwas Falsches zu sagen, schaute sie hinaus in den akkurat gepflegten Garten.

»Heiße Zitrone oder Kräutertee?« Angie starrte auf sie herunter.

»Kräutertee, solange er nicht nach Medizin schmeckt.«

Innerhalb von Minuten war Angie mit einem hübsch arrangierten Tablett zurück, darauf Kekse, die wie hausgemacht aussahen, ohne es zu sein, dünnwandiges Porzellangeschirr ohne abgeplatzte Stellen und eine winzige Rose in einer passenden Vase, die sie auf Marys Seite des Couchtisches abstellte. Sie musste alles vorbereitet haben, extra für sie. Mary spürte die Tränen und drehte den Kopf wieder zur Terrassentür hin. Angie zog beiläufig ein Papiertuch aus einer Packung in kitschig bestickter Stoffhülle.

»Hat Scott dein Zuhause eigentlich jemals kommentiert?«, fragte Mary, um ihrer Rührung Herr zu werden.

»Er findet dieses Haus eine Zumutung. Er war einmal hier und hat sich fast übergeben. Das lag allerdings an der Kocherei und nicht an meinem Hang zum Kitsch. Außerdem kann er Ray von Jahr zu Jahr weniger ausstehen.«

Mary lachte. Auch sie konnte sich Scott und Ray nicht gut miteinander vorstellen.

»Wo trefft ihr euch also?«

»In der City, wenn er einen Termin hat, der ihn dazu zwingt, nach Melbourne zu fliegen. Wann hast du ihn eigentlich das letzte Mal gesehen?«

»Vor einer Ewigkeit. Wir haben an meinem Geburtstag telefoniert.«

»Und?«

»Er hat mir versprochen, einen guten Scheidungsanwalt aufzutreiben, der mich wenig kostet.«

»Und?«

»Ich wusste noch nicht, dass ich wieder schwanger bin.«

»Ich habe es ihm vor Kurzem verraten.«

»Wie hat er reagiert?«

»Er hat geschnaubt.«

»Was?«, fragte Mary, obwohl sie genau wusste, wie sich Scott angehört haben musste. Manchmal stellte sie ihn sich spaßhalber bei seinen Plädoyers vor, schnaubend, wiehernd, grummelnd, knirschend. Er verfügte über ein erstaunliches Repertoire an Lauten, als säße in seinem Körper ein Orchester mit zweckentfremdeten Instrumenten.

»Reden wir nicht von Scott. Wieso arbeitest du heute nicht?«

»Ich bin offiziell beim Arzt. Ich habe einfach gelogen.«

»Ich kann dir einen gestempelten Zettel von Ray mitgeben, falls du eine Krankschreibung brauchst. Eine allergische Reaktion, die sich glücklicherweise als Irrtum herausstellt. Er hat in seinem Schreibtisch eine Menge herumliegen und sowieso nie den Überblick.«

»Er verlässt sich auf dich.«

»Ich bin nur besser im Erfinden als du. Deine Haut sieht übrigens schrecklich aus, mein Mann passt also hervorragend zu deiner Erfindung.«

»Ich schlafe zu wenig.«

»Und Iannis?«

»Vermutlich auch.«

Mary dachte an das Wochenende, das sie alleine mit den Buben verbracht hatte. Er war einfach weggeblieben und ohne Erklärung wiedergekommen. In letzter Zeit redeten sie nur das Notwendigste. Sie erinnerte sich an ihre erste Schwangerschaft, an das Glück, das sie einhüllte und von dem sie dachte, es würde unbeschadet halten. Sie erinnerte sich an seine Familie, die das neue Kind, ihren wunderbaren ersten Sohn, überschwänglich begrüßte und bis jetzt seinen englischen Namen ignorierte. Sie erinnerte sich an ihr kurzes Erschrecken, als der Arzt ihr erklärte, dass eine weitere Geburt auf sie warte. Schon! Sie stillte John ab und versuchte, sich besser zu organisieren. Andere Frauen bekamen ebenfalls Babys und mussten arbeiten gehen; es konnte also nicht so schwer sein. Ihre Mutter kam öfter, um mit John zu spielen. Sie nannte es Hirnbeschäftigung und meinte natürlich den Verstand ihres Enkels. Iannis übernahm die Besorgungen. Er machte es gut, obwohl Mary ihn im Verdacht hatte, mit allen Verkäuferinnen zu flirten und jede Aufgabe zu übernehmen, die ihn von den Windeln und aus der Enge daheim erlöste.

Bei den Festen der griechischen Verwandtschaft beobachtete Mary das dichte Netzwerk an Cousinen und Cousins jeder Altersstufe, Schwestern und Brüder, die vielen Mütter und Tanten, die ungefragt Kinder auf ihre Knie nahmen, die überladenen Buffets, die verlässlich leer gegessen wurden. Jedes ihr bekannte Klischee über die griechischen Einwanderer erfüllte sich; es wurde getanzt, gesungen, getrunken, gespielt. Manchmal brauste ein Streit auf, den die alten Frauen schlichteten. Manchmal beobachtete sie, wie schäbig die Versöhnung war, wie vorsichtig man Klippen umschiffte. Manchmal wäre sie gern ein echter Teil der Familie gewesen. Aber im Grunde war sie froh, dass man sie fremd sein ließ.

Vasílios und Iríni waren keine fordernden Schwiegereltern, sie empfanden Dankbarkeit der neuen Heimat gegenüber. Jedoch wurde die eigene Herkunft anders zelebriert als bei Mary zu Hause. Die zwei Elternpaare hatten einen freundlichen Umgang, vor allem, seitdem man beim vorsichtigen Ausfragen über die Vergangenheit politische Übereinstimmungen gefunden hatte und Erika ein, zwei Sätze über ihre Mutter hatte fallen lassen. Nicht viel, aber doch genug, um zu überzeugen, dass es in dieser Familie keine Naziverwicklungen gegeben hatte. Mary, die sich immer für apolitisch gehalten hatte, wurde erst durch die Reaktionen ihrer neuen griechischen Familie darauf gestoßen, wie sehr die Vergangenheit ihr Leben und ihre Entscheidungen beeinflusste. Offensichtlich kam für jeden eine Zeit der Reue, eine Zeit der Wut, der Ablehnung und der Vergebung.

Iannis sprach mit den Buben griechisch. Manche Sätze verstand sie, erschreckend wenig eigentlich, aber auch wenn sie wusste, dass Iannis darunter litt – es interessierte sie einfach nicht. Ihre Schwiegereltern waren gute Menschen, geradeheraus, fleißig, lieb und fromm. Sie sprachen mit starkem Akzent. Vermutlich redeten sie alle hinter ihrem Rücken über sie, denn Mary hatte sich natürlich geweigert, zu konvertieren und griechisch-orthodox zu heiraten.

»Iannis muss dich sehr lieben«, hatte ihre zukünftige Schwiegermutter gesagt. Sonst nichts. Erst später, als sie zu griechischen Hochzeiten eingeladen wurde und erlebte, wie man feierte und ein weiteres neues Familienmitglied einführte in die privaten Traditionen, erkannte sie, was man ihr vorenthielt, weil sie auf ihren Einstellungen beharrt hatte. Sie registrierte es ohne Enttäuschung, schließlich hatte sie die Regeln von Anfang an mitbestimmt. Dass es Iannis schmerzte, verriet ihr Daddy einmal.

»Jeder muss sich entscheiden, wie weit er für die Liebe zu gehen bereit ist. Wenn man das weiß, ist schon viel getan. Aber wenn der andere darunter leidet, weil es für ihn oder sie nicht weit genug ist, dann fangen Probleme an, denn dann wägt nicht nur die Liebe ab«, sagte er.

»Daddy, ich liebe Iannis.«

»Ich weiß.«

»So wie du Mama liebst.«

»Nein, mein Augenstern. So weit reicht deine Liebe nicht. Glaub mir, ich will dich nicht kränken. Es ist einfach so.«

»Woher willst du das eigentlich wissen?«

»Weil ich alles dafür tun würde, dass deine Mutter mich nicht verlässt. Du achtest auf dich, mehr, als ich es je für mich getan habe, seitdem ich deiner Mutter begegnet bin. Aber es ist gut, wie es ist. Mama wäre glücklicher in Europa, das weiß ich. Doch sie möchte nicht ohne mich leben, und deshalb ist sie lieber ein klein wenig unglücklich hier mit mir. Ich bin eindeutig der Gewinner. Aber ich glaube, bei euch beiden steht es noch nicht fest.«

»Du kannst doch in einer Ehe nicht von Verlierern ausgehen, die …«

»Nein. Aber es ist ein Geben und Nehmen. Mama ist meinetwegen ausgewandert. Ohne meine Liebe hätte sie das nie erwogen. Das ist eine Verantwortung, die ich trage. Die ich gern trage. Aber ich weiß, dass ich ohne sie verloren bin und sie ohne mich einfach in Österreich weiterleben würde. Ein bisschen traurig wäre sie schon. Sie würde mich vermissen, wir leben ja schon so lange zusammen. Aber sie könnte es ertragen. Ich nicht. Und wenn ich tot bin, wird sie sich in ein Flugzeug setzen und ihre Emigration rückgängig machen. Mein Grab wird kein Ankerplatz für sie werden.«

Mary hatte ihren Vater fassungslos angestarrt. Er hatte sie angelächelt und sich dann wieder seiner Zeitung zugewandt, während sie dasaß und versuchte, Zweifel, Mutmaßungen, Gewissheiten zu ordnen und mit diesem Einblick in die Ehe ihrer Eltern fertig zu werden.

Manchmal nachts, wenn sie nicht schlafen konnte und ins Zimmer ihrer Söhne ging, um über ihre Köpfe zu streichen und sie einfach nur anzuschauen, fiel ihr ein, wie es bei ihr gewesen war, damals in diesen Baracken, die sich ihre Familie mit anderen Einwanderern teilte, bevor sie in das Haus ziehen konnten; dem steten Knarren des Holzes, dem Sand, der sich im Winter in Morast verwandelte, den Kinderspielen draußen im schütteren Gras unter den Schattengittern der halb nackten Eukalyptusbäume. Abends saßen Väter und Mütter oft auf den Holzstufen. Die Männer tranken Bier, die Frauen strickten oder stopften Wäsche; die Luft war voller Gespräche und Lachen, und jeder ahnte: Es konnte nur besser werden.

Mary wusste damals noch nichts von den Baracken in der Heimat ihrer Eltern, wo Flüchtlinge mit ihren Kindern hausten und warteten, dass ihnen Grund und Boden zugeteilt wurde, seitdem die Besatzungstruppen verschwunden waren. Sie wusste nichts von der herablassenden Art, mit der die Einheimischen diese Fremden betrachteten, den Verboten, die sie aussprachen. Kein Spielen und Herumtollen mit den Dreckkindern, denen, die noch weniger besaßen als sie, denen, die Lager hinter sich hatten, Bilder im Kopf von zerstörten Dörfern. Mary wusste es nicht, weil ihre Eltern ihr nicht alles erzählten, was sie aus der zurückgelassenen Heimat erfuhren. Erst als Erwachsene fragte sie ihren Vater, weil er eher bereit war, über Nachrichten aus Briefen zu reden, über Neuigkeiten von seinen Schwestern.

Mama hatte das nie getan und wollte es auch später nicht. Sie hortete ihre Erinnerungen und sie hortete alles Wissen, das sie aus den Briefen ihrer Freundin Hanni bezog. Es war, als gehörte das vage Bild von Österreich nur ihr, weil sie es so sehr vermisste. Marys Heimat war eine andere und würde es immer sein.

»Ich habe ein Schlamassel beisammen«, sagte Mary und verwendete das österreichische Wort, das sie von ihrer Mutter gelernt hatte, eines der wenigen, die sie immer wieder benutzte, weil sie den Klang als passendste Melodie empfand.

Angie beobachtete sie und knabberte an einem Keks.

»Chaos. Chaos pur«, fügte sie mit einer übersetzenden Erklärung hinzu, »ich hätte ihn nie heiraten sollen.«

»Hast du aber.«

»Ich kann nicht glauben, dass die anderen Australierinnen, wenn sie ins Ghetto heiraten, alles daransetzen, um astreine Griechinnen zu werden.«

»Es ist kein Ghetto. Damit beleidigst du jeden, der irgendwo in einem Ghetto lebt oder hat leben müssen.«

»Ich wollte, ich gehörte irgendwo richtig dazu.«

»Tust du doch!«

»Nicht ganz.«

»Doch, so wie ich. Ich bin schottische Australierin.«

»Und ich eine österreichische.«

»Und wir sind beide hier gezeugt, hier geboren, hier ausgebildet worden. Du, ich, Melanie und viele, viele andere. Reicht dir das nicht als Gruppe, deren Gemeinschaft du teilst? Was ist eigentlich aus Melanie geworden, seitdem sie nach Adelaide gezogen ist? Pah, alle sind in Bewegung. Und außerdem sprichst du akzentfrei. Kein Mensch hält dich für das Kind von Einwanderern. Außer ihm ist klar, dass ja jeder hier ein Einwanderer sein muss. Selbst die Aborigines sind irgendwann einmal von woanders gekommen.« Angie lehnte sich weit zurück und lächelte. »Hast du den neuen Text der Hymne schon gelesen? Sie haben die erste Zeile geändert, nun sind wir alle gemeint und leben nicht in einem Land von Söhnen.«

»Australians all, let us rejoice, for we are young and free!« Mary sang. Seit Tagen sorgte das Lied für Gesprächsstoff, dieses alte Gedicht eines englischen Einwanderers, das nun von einem ungarischen Immigranten vertont worden war. Seit zwei Tagen war es laut Regierungsbeschluss die offizielle Hymne, nach der Volksabstimmung weit vor Waltzing Matilda.

John und Philipp würden sich vielleicht nie die Frage stellen, was an ihnen griechisch, was österreichisch und was australisch war, weil sie im besten Fall jede Mischung als originär ansahen, typisch für diesen Kontinent. Und der kleine Junge, den sie jetzt in sich trug, würde vielleicht doch helfen, dass sie und Iannis wieder zueinanderfanden, über alle Sprachlosigkeiten hinweg.

Mary setzte sich auf. Das Kind drückte, und in ihrem Bauch stach es wieder unangenehm. In zwei Stunden musste sie zurück in die Krippe, die Buben holen. Zu Hause in der dunklen Wohnung in der Baillie Street wartete ein Berg Schmutzwäsche, und das Frühstücksgeschirr hatte sie auch nicht weggeräumt. Mit viel Glück hatte sie das Fenster geschlossen, und es würden keine neuen Fliegen ihre Eier auf den Resten abgelegt haben. Sie dachte an die tot geklatschten Insektenleichen und die schwarzen Punkte an Fensterscheiben und Wänden, weil sie im vergangenen Sommer verabsäumt hatten, neue Netzgitter zu befestigen.

Sie musste sich endlich besser organisieren. Oder sie musste lernen, Hilfe, unbezahlte, unbezahlbare Hilfe von ihrer griechischen Familie anzunehmen. Was wohl bedeutete, dass sie sich mit Iannis zusammensetzte und sich doch einsichtig wegen einer Übersiedlung in die Nachbarschaft seiner Verwandten zeigte. Was hatte Daddy lachend gesagt? Kompromisse schließen lernst du in der Ehe und in Notzeiten; frag mich nicht, weshalb sie das gemeinsam haben!

Wieder schweiften ihre Gedanken ab. Sie erinnerte sich an einen Tag, als ihr Vater das Milchkännchen von Augarten (goldener Rand, bunte Streublumen auf weißem Grund, eines der wenigen edlen Dinge, die sie mitgenommen hatten) in die Höhe hielt, ihre Mutter ansehend. Dann hatte er es fallen lassen. Ihre Mutter war dagestanden, hatte zugesehen, wie es aufprallte und zersprang. Dann hatte sie sich wortlos umgedreht und hatte die Baracke verlassen. Mary erinnerte sich, sie war auf ihrem Sessel gesessen, erstarrt und ohne zu verstehen. Ihr Vater war aufgestanden, hatte Schaufel und Besen geholt, hatte die Scherben zusammengekehrt, ließ sie im Müll verschwinden. Dann war auch er gegangen. Mary, noch klein, es war lange vor Joeys Geburt gewesen, hatte sich selbst nach endlosem Warten ins Bett gebracht, und morgens noch war ihr Polster feucht von den Tränen der Nacht. Ihre Eltern waren wieder da, sprachen aber fast einen ganzen Monat lang nicht miteinander. Danach wurde das Leben normal, aber die Sicherheit, in einem gehüteten Nest zu leben, hatte Mary verlassen und kam nie mehr wieder. Mary seufzte und strich über ihren Bauch.

»Ich fahre dich mit dem Auto zurück, ich will dir noch etwas zeigen«, sagte Angie gerade.

All diese Blüten in diesem Haus, Rosen auf Porzellan, Blumen auf Stoffen, dachte Mary und ärgerte sich über ihre fehlende Konzentration. Vögel und Arabesken, Ton in Ton. Nichts fleckig, schmutzig, ausgewaschen. Alles passte zusammen, und von allem war zu viel da. Viel zu viel.

»Ich gebe dir eine Krankschreibung von Ray fürs Institut mit, vorher aber zeige ich dir ein Geschäftslokal, das ich gemietet habe. Ich hab dir doch gesagt, mir wird es zu langweilig hier.«

Mary hatte Angie in ihrem Puppenhaus schon wieder unterschätzt!

»Ich eröffne ein Geschäft mit Accessoires und Kleinmöbeln. Dinge für Leute, die gern Dinge sammeln und jemanden bezahlen können, der Dinge abstaubt und in Ordnung hält.« Angie lachte herzhaft, und einen Moment lang sah sie aus wie das freche Mädchen aus der Sweet Valley Road, das Träume pflegte, die planbar waren, vorausblickte und klug beobachtete.

»Es gibt hier genügend davon, und ich wette, in zwanzig Jahren wird dieser Bezirk richtig hip. Dann habe ich nicht nur ein süßes Geschäft, sondern mehrere Filialen. Eilean wird eine Prinzessin, Ray kann sich endlich auf sein Lieblingsgebiet Brandwunden spezialisieren und aufhören, reiches Fett abzusaugen, und ich werde die heimliche Königin von Carlton. Nun, was sagst du?«

»Wenn das jemand schafft, dann du.«

»Wie lange wirst du pausieren, wenn das Baby kommt?«

»Acht Wochen, vielleicht kriege ich zehn. Ich beginne demnächst, im Institut eine Studentin einzuarbeiten, damit sie mich vertreten kann. Die zwei Großmütter wollen sich John und Philipp teilen, sodass ich die letzten Tage vor der Geburt und die ersten danach nur das Baby habe. Wobei Mama dabei ordentlich jonglieren muss und Papa braucht, denn sie arbeitet ja noch.«

»Und Iannis?«

»Ich denke, er wird da sein und helfen. Er hat viel zu viel Angst vor seinen Eltern, um mich jetzt im Stich zu lassen.«

»Hat er wieder jemanden?«

»Schau mich an, Angie! Ich habe so viel Wasser eingelagert, und die Narben von den letzten beiden Malen werden langsam dunkel. Mein Bauch sieht aus wie ein abstraktes Gemälde. Ich bekomme Krampfadern in den Beinen. Noch zwei Monate und ich sehe aus wie eine Kunstinstallation im Museumshof. Bloß ist sie nichts wert.«

Mary starrte hinaus. Nein, so hatte sie sich ihr Leben nicht vorgestellt. Eine Abfolge von trivialen Arbeiten in einem inspirationsfreien Umfeld, brennende Beine, lebhafte kleine Söhne, die sie bis zur Erschöpfung liebte und von denen sie in einer breiten Schmutzbahn vorwärtsgetrieben wurde; ein Mann, in den sie sich so Hals über Kopf verliebt hatte, dass sie sehr wohl verstand, warum all die hübschen jungen Dinger nicht Nein sagten, wenn er eine weitere Bestätigung suchte. Bald drei Kinder, ein gebrauchter Wagen, eine fürchterliche Wohnung, Ratenzahlungen und keine lichten Vorstellungen, was die Zukunft bringen mochte. Außer einem weiteren kleinen Mund, der Forderungen brüllte und ihre Hormone durcheinanderbrachte. Kein Wunder, dass ihr Selbstbewusstsein verschwunden war, sich einfach aufgelöst hatte. Es hatte nicht nur mit dem ständigen Rechnen und Kalkulieren zu tun, damit, dass ihrer beider

Gehälter nicht reichten, um das Leben etwas angenehmer zu machen. Es hatte mit ihr zu tun. Mary wusste das.

Sie hatte miterlebt, wie hart ihre Eltern für alles gearbeitet und wie sehr sie gekämpft hatten ohne irgendeinen familiären Rückhalt. Sie verstand mittlerweile die Einsamkeit, die ihre Mutter über Jahrzehnte hinweg begleitet haben musste. Und sie beobachtete, dass sich an dem Ungleichgewicht in der Ehe ihrer Eltern nichts änderte, obwohl beide Kinder jetzt aus dem Haus waren, obwohl sie nur noch einander hatten. Hatte sie nicht immer geplant, nie so zu leben wie ihre Mutter? Was war anders als bei ihr? Wann war alles so schiefgelaufen? Seit wann war Iannis genauso unglücklich wie sie?

»Solange ich zu dir kommen kann, wann immer es geht, ist es okay.«

»Das ist keine Lösung, Birdie.«

»So hast du mich schon seit Jahren nicht genannt.«

»Wir sind auch keine Kinder mehr.«

»Nein.«

Angie umarmte sie kurz. Wie immer roch sie nach Lilien, und ihre Hände fühlten sich sanft und eingecremt an.

»Wenn du ihn verlassen willst, sagst du mir vorher Bescheid. Du brauchst wirklich einen Anwalt, sonst stehst du mit den Buben da und landest unter der Brücke.«

»Iannis wird mich nicht verlassen. Er ist Grieche. Er ist Familienvater. Seine Eltern würden ihm das Leben zur Hölle machen, wenn er es täte.«

»Was für großartige Gründe, verheiratet zu bleiben. Birdie, du bist klüger und belesener als ich, aber du hast keinen Dunst vom praktischen Leben. Er braucht sich nur in eine astreine Griechin verlieben, und die griechische Wetterlage schwenkt um. Hast du daran schon gedacht?«

Nein, natürlich nicht. In der Firma, für die er unterwegs war, gab es keine Griechinnen.

»Meine Schwiegereltern vergöttern John und Philipp.«

»Natürlich tun sie das. Es sind entzückende Buben. Wie wird der Neue heißen?«

»George.«

»Joánnis, Fílippos und Geórgios. Kompatibel fürs Englische und vertraut für die deutschsprachige Verwandtschaft. Ihr habt gut gewählt. Redest du jemals österreichisch mit den Kindern?«

»Nein. Wieso sollte ich? Ich würde ihnen nur schreckliche Grammatikfehler beibringen. Mama spricht mit ihnen. Und Daddy manchmal. Vor allem, wenn sie Ausflüge hinaus machen, an den Strand oder ins Hinterland. Die Buben verstehen einiges. Aber ich habe sie noch nie reden gehört. Vielleicht tun sie das, wenn ich nicht dabei bin.«

»Du solltest dich operieren lassen, damit nicht noch ein Baby kommt. Am besten gleich nach der Geburt.«

»Das sollte ich mit Iannis diskutieren.«

»Dazu müsst ihr miteinander reden. Und dafür müsste er zu Hause sein.«

»Ich denke darüber nach.«

Angie bugsierte sie hinaus, sperrte die Tür hinter sich zu. Ihr Wagen stand direkt vor dem Haus, der Kindersitz für Eilean war voller Kuscheltiere. Im Grunde, dachte Mary, hätten sie auch hingehen können, denn es war nicht weit. Aber wenn sie an ihre geschwollenen Knöchel dachte, war sie dankbar für den Luxus. Die letzten Tage waren so anstrengend gewesen, so erdrückend.

Angies zukünftiges Geschäftslokal befand sich in der Canning Street, nicht allzu weit vom nördlichen Ausgang des Parks. Der Wind fuhr durch das silberne Blättergeraschel der Eukalyptusallee, und es hörte sich an wie das Gemurmel alter Männer. Mary sah sich um. Das Geschäft, an dem Angie interessiert war, befand sich im Erdgeschoß eines etwas altmodischen Hauses, eine Spur zurückgesetzt, sodass der Gehsteig noch geräumiger wirkte. Drei Fenster erhellten den vorderen Raum, links führte ein großzügiger Bogen in ein weiteres Zimmer, von dem es in ein winziges Büro, eine Toilette und einen Lagerraum ging. Die Bewohner der oberen Stockwerke betraten das Haus durch einen Hintereingang, von dem aus auch eine Sicherheitstür ins Lager führte. Praktisch, dachte Mary, wenigstens für das Geschäft und die Lieferungen.

Angie erzählte über den Vertrag, den sie gerade unterschrieben hatte, die notwendigen Veränderungen, die Farben, die Raumeinteilung. Wie immer bei ihrer Freundin fand Mary alles plastisch, vorstellbar und gut durchdacht. Angie hatte sogar schon eine ehemalige Kollegin aus der City angesprochen. Sie dachte nicht daran, mehr als notwendig im Geschäft zu sitzen. Sie wollte unterwegs sein, einkaufen, verhandeln, eine Linie kreieren. Sie brauchte Personal, auf das sie sich verlassen konnte, eigentlich sollte noch eine Helferin zusätzlich eingestellt werden.

»Du«, sagte sie mit einer kurzen Umarmung, »kommst nicht infrage. Du hast so viel Verkaufssinn wie eine Bibliothekarin.«

»Na, das bin ich ja auch. Zumindest teilweise.«

»Ja, eine, die katalogisiert und hortet, aber keine, die selbst den Einkauf bestimmt. Ich bin mir sicher, du würdest das Institut innerhalb weniger Monate in den Bankrott führen. Voll edler Absichten natürlich.« Sie lachte. »Hast du jemals überlegt, die Forschung endgültig an den Nagel zu hängen?«

»Ich recherchiere so gern.«

»Und du hast eine gute Stimme.«

»Tatsächlich?«

»Warum gehst du nicht zu einem Radiosender?«

Marys Mund öffnete sich langsam. Aber sie antwortete nicht. Es war, als hätte ihre Freundin nicht nur eine Tür, sondern mit einem Schlag viele, viele Fenster geöffnet.

»Ich könnte dir das Geld für eine Stimmausbildung vorstrecken. Überleg' das, wenn du mit deinem neuen Baby zu Hause sitzt.«

Angie legte den Arm um ihre Schulter und dirigierte sie zum Wagen zurück. Sie verlor kein Wort mehr über die neue Idee. Und Mary unterdrückte jede aufkommende Frage, jeden Einfall, der ihr klarmachte, dass dies tatsächlich die Möglichkeit sein konnte, auf die sie so lange gewartet hatte, die so viele Wünsche erfüllen, so viele ihrer Stärken fordern würde. Das musste warten, bis sie nachts wach lag. Endlich würde nicht alles um die Abwesenheit von Iannis kreisen, um ihr Versagen und ihre Schwächen, um ihre erkaltende Ehe.

Immerzu hinkte sie allen Bedürfnissen und Anforderungen hinterher. Sie musste mit Iannis reden. Es sollte wirklich kein Baby mehr kommen. Wann hatten sie zuletzt miteinander geschlafen? Wochenlang nur ein Nebeneinander von müden Körpern. Oder stieß sie ihn ab? Bei John hatte er ständig seine Hände an ihrem Bauch, um ihre wachsenden Brüste gehabt. Bei Philipp hatte ihn die zu Beginn noch tröpfelnde Milch irritiert, aber es hatte Sex gegeben, bis knapp vor der Geburt. Und nun nichts, einfach nichts.

»Woran denkst du schon wieder?«, fragte Angie.

Tatsächlich, sie fuhren an der Kinderkrippe vorbei, das Institutsgebäude war gleich in der nächsten Straße, ein wahrer Glücksfall.

»Ich gehe noch zwei Stunden arbeiten«, entschied Mary. »Danke für den Arztbeleg.«

»Ja, ein wunderbares Fake. Und hier hast du noch eine extra Creme aus Rays Schatzkiste für die Schwangerschaftsnarben. Du musst etwas dagegen tun, du darfst dich nicht so gehen lassen. Ich rufe dich nächste Woche an. Rede mit Iannis. Sag mir Bescheid. Wenn du was brauchst, Birdie, bin ich für dich da, das weißt du.« Sie beugte sich hinüber und küsste sie.

Als Mary ausstieg und sich hochhievte, stach es wieder in ihrem Bauch. Sie musste das besser machen, ihre Muskeln anspannen, damit das Rückgrat entlastet wurde. Andere Frauen konnten das auch. Bei Johnny war es ihr leichtgefallen, schwanger zu sein, selbst die Monate mit Philly hatten so süße Momente bereitgehalten. Sie lächelte, winkte und ging auf das Gebäude zu, während Angie schon um die Ecke fuhr, ihrem aufregend geschäftigen Leben entgegen.

Mary betrat den Lift, drückte auf den Knopf für den vierten Stock. Sie musste schon wieder aufs Klo. Das Baby trat heftig. Und jetzt wurde ihr Höschen nass. Wie gut, dass sie das Kleid und nicht die geliebte Latzhose mit ihren bunten Stoffkeilen angezogen hatte. Sie hatte Reservewäsche im Büro. Es tröpfelte immer noch, wie peinlich! Seit wann konnte sie ihre Blase nicht beherrschen? Als der Lift stehen blieb und die Tür aufging, sah sie kontrollierend an sich hinunter, schob den Kopf vor, um die Füße unter ihrem Bauch zu sehen, sah die farblos klare Lacke zwischen ihren Schuhen. An ihren Innenschenkeln rann es nun entlang, feine Rinnsale, und sie wusste plötzlich, was wirklich geschah.

Mary schrie. Die Tür schloss sich wieder, die Kabine ruckelte und setzte sich in Bewegung. Irgendjemand hatte den Lift geholt! Mary schrie wieder, als die Kabine im zweiten Stock stehen blieb.

Sie brach geradezu hinaus auf den Gang, stieß eine Frau weg, ging in die Knie. Nun war alles nass, ihr Kleid vorne und hinten. Studentinnen blieben stehen, ein Mann schaute her, schaute schnell wieder weg.

»Mein Baby«, schrie Mary und hielt ihren Bauch, während sie sich auf den Rücken legte und ihre Füße gegen die Wand drückte, so hoch, wie sie konnte, die dicke Handtasche unter ihrem Gesäß verstaute, damit nichts mehr aus ihr rinnen konnte.

»Aber da ist nichts«, sagte eine Studentin, »da ist kein Blut. Sie brauchen sich nicht zu fürchten.« Eine andere fing an zu kichern.

»Ich mache mich nicht an, Sie Idiotin«, schrie Mary. »Das ist Fruchtwasser. Das riecht komplett anders. Rufen Sie die Rettung. Schnell, schnell. So helfen Sie mir doch!«

George trat wieder, wieder und wieder, während sie ihre Hände auf ihn legte und ihn murmelnd zu beruhigen versuchte. Zu viel floss immer noch aus ihr, sie konnte spüren, wie ihr Bauch einsackte. Es musste fürchterlich für das Baby sein. Seine Höhle verlor an Gestalt, legte sich in Falten, rückte ihm immer näher. Eine ungewohnte Umklammerung. Sein Herz würde nun schon schneller schlagen.

Oh Gott, warum war sie nicht bei Angie geblieben, warum hatte sie nicht länger getratscht, warum war sie so pflichtbewusst? Sie hätte jetzt schon im Spital sein können, mit einer kompetenten Frau an ihrer Seite, die die Nerven nicht verlor. Wie lange konnte ein Baby im Trockenen überleben? Um wie viel zu früh war es? Elf Wochen, zwölf? Nein, doch eher elf. Jeder Tag zählte. Jede Stunde. Wieso verklebte sich ihre Gebärmutter nicht, wieso war die Fruchtblase gerissen? Sie hatte doch nichts Falsches gemacht. Sie hatte doch alles so wie immer gemacht. Sie würde doch ihrem Kind nicht wehtun. Sie gab es nicht preis.

Nun waren schon viele Menschen rund um sie herum, nun war sie nicht mehr alleine. Die Rettung war unterwegs, sagten sie. Gleich, gleich würde sie hier sein. Sie würden wissen, was zu tun war, sie würden sie an Infusionen hängen, sie würden ihr helfen. Iannis musste die Buben abholen. Sie durfte nicht vergessen, das dem Sanitäter zu sagen. Und die Telefonnummern heraussuchen.

George würde sie nicht verlassen. So kräftig, wie er trat. Ein gutes Herz. Oder war es Angst? Ihre Angst, die sich auf ihn übertrug. Warum dauerte es nur so lange? Die Nässe zwischen ihren Beinen, unter ihrem Körper wurde kalt. Heilige Mutter Gottes! Jetzt fing sie glatt an zu beten. Sie! Scott würde sich vor Lachen schütteln.

Ob es damals bei Mama auch so gewesen war? Mit Peter, von dem niemand sprechen durfte, Joeys Zwillingsbruder? Nein, nein, bei ihr war es anders. Bei jeder Frau war es anders, speziell. Jedes Mal war es anders, war es ein anderes Kind.

Sie fing an zu weinen, als sie auf die Trage gehoben wurde. Sie spürte den Einstich der Nadel, sie schluchzte die Telefonnummer der Krippe, die von Iannis. Sie spürte die Kontraktionen und sie zählte die Minuten mit, während sie versuchte, so vernünftig wie möglich auf alles zu antworten. Ihr Körper reagierte, alles wurde langsam, wurde träge.

Aber sie spürte auch, bevor die Ärztin es sehen konnte, wie Blut sie verließ und wie Georgie zu kämpfen aufhörte.

ALS OB ES SO LEICHT WÄRE …

Mama hasste es, nach Australien zu telefonieren. Als das Vergessen jedoch überhandnahm, rief sie zu den unmöglichsten Zeiten an, um dann zu stottern, Seltsames zu behaupten, über Uniformierte in ihrer Wohnung zu berichten. Sie redete immer deutsch mit mir. Ich antwortete englisch. Sie fragte mich nie nach meinem Leben. Ängste vernebelten ihr die Sicht; der Alltag verwirrte sie.

Es dauerte, bis ich mit Jerry darüber reden konnte, vor allem über die Reise, die mir jeder, er ausgenommen, als Pflicht suggerierte.

Ich wählte einen Samstagmorgen, damit wir genügend Zeit hatten, um alles zu besprechen und planen zu können. Er stand am Herd, schnitt Obst für unseren vor sich hin köchelnden Porridge klein und summte. Als ich davon sprach, nach Europa zu fliegen, nickte er, als hätte er es erwartet. Aber er hörte zu summen auf, und sein Rücken straffte sich, als erwartete er eine besondere Bürde. Endlich drehte er sich um, stellte die gefüllten warmen Schüsseln auf den Tisch, wir setzten uns. Licht fiel durchs offene Fenster auf das alte Holz, die Keramik mit den hübschen Bändermustern, seine gefleckten Hände. In dem winzigen Vorgarten blühte eine späte Rose. Jerrys sorgsam gepflegte Banksia oblongifolia zeigte ihre seltsam verkrusteten Samenstände, die mich immer an überzuckerte verdorrte Beeren erinnern, aus Holz geschnitzt. Eigentlich hat sie viel gemein mit Jerry, dessen Haut so verwittert ist und der trotzdem so strahlen kann wie die glänzend gezahnten Blätter seines Lieblings.

Zögernd begannen wir zu sprechen, fürchteten wohl beide, die

Länge meines Besuchs zu erwähnen, als könnten wir so ausblenden, was uns wirklich beschäftigte. Ich wollte doch bloß nach Österreich fliegen, um zu sehen, wie es meiner Mutter ging, ob ich für sie eine Heimmöglichkeit fand, wie schnell das gehen würde, wie bald ich sie dorthin bringen konnte, wie früh ich wieder zurückfliegen konnte. Jerry wurde wütend. Eine Aneinanderreihung von Suchaktionen, Erledigungen, Besorgungen, Organisation, Management, Abschied, Abschluss, sagte ich. Schnell hin, kurz dort, schnell retour. Österreich habe ein dichtes Sozialnetz, es würde kein Problem geben.

Jerry verließ das Haus und wanderte stundenlang den Strand auf und ab. Er sprach die nächsten Tage nur das Nötigste mit mir. Ich verstand, warum. Wir hatten bereits Übung in langen Trennungen, und meine Mutter hatte bei der allerschlimmsten eine Rolle gespielt, die er ihr – und mir – nicht wirklich verziehen hatte. Das machte alles nur noch schwieriger.

Nach Europa fliegen bedeutete, mich wieder der Muttersprache meiner Eltern zu nähern. Österreich war nicht mehr als eine ungeliebte Reisedestination für mich und das Land, in dem meine toten Verwandten begraben waren; alle bis auf Daddy, zwei Brüder und George.

Noch auf dem langen Flug fragte ich mich, warum ich ihretwegen mein Leben verließ, warum ich glaubte, das tun zu müssen, warum ich der Konvention entsprach und meiner Mutter zu Hilfe eilte. Nicht die Jahre der Trennung hatten die Kluft zwischen uns vergrößert, das war schon vorher geschehen. Und die Trauer darüber hatte uns beide geschmerzt. Vielleicht war es deshalb. Und vielleicht sehnte ich mich danach, dass sie nun mit mir ihre Geschichte teilen konnte und mir verriet, warum ich sie so mit Zorn erfüllte.

Ich wusste auch nicht, warum Mama Jerry nicht mochte. Mama hatte ihn erst auf Daddys Begräbnis getroffen. In ihren Briefen an mich oder die Kinder nannte sie ihn den »Anderen«, wenn sie nicht umhinkonnte, ihn zu erwähnen. Mama fand es schlimm genug, dass ich mich hatte scheiden lassen, als die Kinder noch klein waren, dass ich in den Jahren danach hin und wieder Freunde hatte, die sie Männerbekanntschaften nannte und von denen sie nichts wissen wollte, weil es ihrer Meinung nach eine Menge über meine fehlende Moral verriet. Als ihr meine Söhne von Jerry erzählten, von einem perfekten Tag mit ihm auf dem Wasser, wedelte sie abwehrend mit beiden Händen, berichtete mir Johnny viel später. Und sie verbot mir, Daddy mit diesem Typen zu beunruhigen. Ich glaube, er hätte Jerry gern noch kennengelernt, denn er spürte, dass es mir auf eine Weise gut ging, die ich vorher nicht erlebt hatte. Aber wir schafften es nicht mehr in diesen letzten Wochen vor Daddys Tod, weil es schon vorher zum Eklat gekommen war und Jerry mich verlassen hatte.

Als ich ihr Jahre später am Telefon von unserer Hochzeit erzählte und sie fragte, ob ich ihr Fotos schicken dürfte, ignorierte Mama die Frage. Sie wollte nichts von ihm wissen. Ich verriet es ihm nicht, aber er wusste es auch so.

Damals vermutete sie hinter jedem Mann, mit dem ich ausging, eine weitere Erklärung dafür, warum meine Ehe gescheitert war. Dass Iannis schon längst wieder verheiratet war, fand sie plausibel. Männer brauchten Frauen. Die Schuld trug ich. Jerry war unwichtig für sie. Es zahlte sich nicht aus, ihn näher kennenzulernen. Ich würde ihn ja doch verlieren, so wie ich Iannis verloren hatte. Manchmal fragte ich mich, wie Daddy ihre Arroganz ausgehalten hatte.

Am Tag meines Abflugs meinte Jerry versöhnlich: »Du machst die alte Dame glücklich, und dann kommst du zurück, und das Kapitel ist für dich beendet. Wirst sehen, alles ist dann leichter. Vielleicht erfährst du Geschichten aus der Familie, die deine Söhne kennen wollen. Auf jeden Fall wird sie dann nicht mehr zwischen uns stehen.«

Jerrys Gesicht hinter der Glaswand im Flughafen glich verwitterter Eisenrinde, Eucalyptus confluens. Er sah älter aus, als er war. Letztes Jahr hatte er mit 66 seine kleine Firma verkauft, lebte nun als mein Hausmann und Pensionist, träumte von einem Caravan, mit dem wir monatelang unterwegs sein würden, dann, wenn unsere Zeit der gemeinsamen Entdeckungen im Schatten seiner Lieblingsbäume begann, dann, wenn ich meinen Job aufgegeben hätte. Dass ich es für meine Mutter tun würde, damit hatten wir beide nie gerechnet. Denn natürlich verlor ich die Stelle, als ich im Frühling immer noch nicht zurück war; im australischen Frühling, dem wahren Frühling, dem Septemberfrühling auf meinem Kontinent.

Es war unsere erste Trennung seit der kurzen Hochzeitszeremonie mit meinen Söhnen und Jerrys Tochter Cathy, dem Picknick am Strand, dem entspannten Waten im eiskalten Wasser, dem Gefühl, dass die Kinder sich mochten und einverstanden mit unserer Wahl waren. Wir waren ja schon lange befreundet, und die Kinder waren einander immer wieder begegnet, bevor es sie in alle Himmelsrichtungen verschlug.

Cathy eröffnete uns damals, dass sie nach Sydney gehen würde. Wir sahen uns an, Jerry und ich, und wussten, dass wir dasselbe dachten: alle drei Kinder weit weg, jedes in einer anderen Stadt, und wir endlich gemeinsam hier in Melbourne, ohne Anhang, ohne Verpflichtungen, alleine und uns selbst überlassen. Ich fühlte mich schrecklich, weil ich ihn nun verließ. Und ich hatte das erste Mal Angst, es nicht wiedergutmachen zu können. Jetzt war Jerry ganz alleine. Und ich auch. Dafür hatten wir nicht geheiratet und uns das Versprechen gegeben, füreinander da zu sein.

Ich flog über London nach Wien und nahm von dort den Zug nach Linz. Vage konnte ich mich von meiner früheren Reise an Landschaften erinnern, an Kirchen auf Hügelkämmen und das riesige Kloster in Melk in gestreiftem Bernsteingelb. Alles strahlte umrahmt von frischem Grün, in den Gärten blühten Rosen. Ich würde den Winter und die frostigen antarktischen Winde daheim versäumen, dachte ich, im Herbst von einem europäischen Sommer in meinen Frühling zurückfliegen. Das wenigstens war erfreulich.

Dann rückten die Donauauen näher, ich sah die Hänge hinter Mauthausen über den Baumkronen, den breiten Grüngürtel am Fluss, wie die Bahn zwischen Feldern dahinglitt, die Dörfer zu Vorstadtsiedlungen mutierten, mit hellen Häusern, deren spitze Dächer rot erstarrten Wellen glichen. Schlote tauchten auf, die riesigen Hallen der Fabriken, die Kräne im Hafen vor dem blauen Hügelband des Mühlviertels. Neue Hochhäuser waren entstanden, rund um den Bahnhof verdichtete sich die Stadt. Der dunkle Turm des Domes ragte wie ein aufmerksamer Hahn aus einer dicht gedrängten Schar gut genährter Hühner. Kirchen, die breite Burg, helle Häuserzeilen, alles überschaubar, wie eine Spielzeugstadt aus den Bilderbüchern meiner Kindheit, voller Versprechen, unbekannter Zeichen und Werbeplakate, die ich nicht verstand.

Das letzte Mal hatte ich 2003 vier Tage bei Mama gewohnt, und sie hatte ein touristisches Programm abgespult, Museen, Klosterhöfe, Spaziergänge auf der ehemaligen Trasse der Pferdeeisenbahn, Ausflüge im Wagen ihrer besten Freundin Hanni, die mir Fragen stellte, die ich von meiner Mutter nie gehört hatte. Es war eine seltsame und unbefriedigende Reise ins Land meiner Wurzeln gewesen. Natürlich kannte ich Hanni aus den Erzählungen meiner Eltern, von Fotos und aus Briefen. Sie hatten sich nie aus den Augen verloren. Hanni war noch verheiratet, lebte mit ihrem Mann, einem Tierarzt, in den Alpen, ungefähr hundert Kilometer von Mama entfernt. Für österreichische Verhältnisse war das weit. Sie trafen einander alle zwei Monate.

Hanni war mittlerweile körperlich ein wenig angeschlagen, aber geistig noch fit. Sie war diejenige gewesen, die mir einen ausführlichen Bericht über Mamas zunehmende Vergesslichkeit geschickt hatte mit der Bitte, über eine Reise nach Österreich nachzudenken. Es war klar, dass sie sich nicht um ihre Freundin kümmern konnte. Und mein Onkel, Mamas jüngerer Bruder Walter, war vor Jahren, halb blind, in einen Lastwagen gerannt. Hanni hatte nie daran gedacht, Joey auch zu schreiben, die Bitte um Hilfe ging nur an mich, die Tochter.

Im Grunde hätte es auch nichts gebracht, denn Joey lebte mittlerweile in der Nähe von Darwin als alternder Hippie, der selbstgenügsame freundliche Besitzer eines farbenfrohen Bed & Breakfasts. Er las philosophische Traktate und sammelte Comics, baute Gemüse an, kiffte vermutlich ein wenig, und manchmal übernahm er als Anwalt mehr oder weniger pro bono den Fall eines Nachbarn. Er war ein Lebenskünstler, der alle überspannten Erwartungen unserer Eltern enttäuscht hatte. Trotzdem hatten sie es ihm nie wirklich übel genommen. Joey war charmant, witzig, ruhig. Man musste ihn einfach gernhaben. Jahre hatte ich unter einer nicht beherrschbaren Eifersucht gelitten, denn ich neidete ihm die Freiheiten, die er sich ohne schlechtes Gewissen nahm.

Ich hatte das immer noch nicht im Griff, denn lebte er nicht unbeschwert mit Blick auf den Strand, während ich nun zornig im Zug nach Linz saß?

Ein schwarzer Taxifahrer brachte mich und den schweren Koffer durchs Zentrum, über den strahlend renovierten Platz, dessen riesiges Rechteck im Sonnenlicht leuchtete, über die Brücke, die ich am besten aus den Geschichten von Daddy kannte, hinüber nach Urfahr.

Der Fahrer hörte meinen Akzent und fing zu plaudern an, über die farbige Gemeinde, die aufgrund der Universität schon in den Achtzigern ordentlich gewachsen war, über seine weiße Frau, die ihm den ortsüblichen Dialekt beigebracht hatte. Er sprach besser als ich, viel besser. Es amüsierte ihn erst recht, als ich zugab, dass meine erste Sprache Österreichisch gewesen war.

»Auswanderin oder Flüchtling?«, fragte er.

»Ich? Keins von beiden. Ich bin Australierin.«

»Aber die Mama?«

»Die war Auswanderin und konnte es nicht ertragen.«

»Das Geburtsland und die Menschen bleiben einem immer im Herzen. Es ist schwer, Platz für Neues zu machen«, sagte er. »In meinen Kindern sehe ich mein afrikanisches Zuhause in Mali. In ihren Zügen erkenne ich die Gesichter meiner Familie, wie Sekundenbilder; denn wenn sie zu sprechen anfangen, dann sind sie Österreicher durch und durch. Unsere Kinder sind wie ein gemischtes Kompott.« Er sprach wirklich ein wunderschön strukturiertes Deutsch.

»Ich habe zwei Söhne von einem griechischstämmigen Australier. Das war auch nicht leicht«, sagte ich und beschloss, Nebensätze zu vermeiden, um mir peinliche Schnitzer zu ersparen.

»Wie reden sie?«

»Englisch und mit den Großeltern etwas schlechtes Griechisch. Sie leben nicht im Griechenbezirk in Melbourne. Sie leben manchmal in Adelaide und sonst in Perth.«

»Ist das weit weg?«

»Ja.«

»Also hat sich Ihre Familie den Kontinent ein klein wenig für sich erobert?«

»Das könnte man sagen«, lachte ich. »Zumindest fühlen wir uns daheim, egal wo, Hauptsache, Australien.«

»Das wird für Ihre Mutter genauso traurig sein wie für meine.« Er parkte direkt vor dem Wohnhaus, ich zahlte, wir stiegen aus, und er hob meinen Koffer aus dem Wagen.

»Ich träume von einer Welt, in der es egal ist, wie man aussieht und woher man kommt«, sagte er, bevor er mir tatsächlich die Hand zum Abschied gab. Er war noch jung, seine Kinder mussten klein sein. Mir tat leid, dass ich seinen Traum nicht mehr teilen konnte, hatte mich doch die Flüchtlingspolitik meiner eigenen Regierung gelehrt, grausamen Tatsachen ins Auge zu schauen.

Meine Söhne behaupten, ich sei zu pragmatisch geworden und manchmal sei es deswegen mit mir kaum auszuhalten. Jerry erträgt mich ihrer Meinung nur, weil ich mich als Mutter und als Frau unterschiedlich verhalte.

Ich schaute die Hausfront hinauf. Welche waren Mutters Fenster? Diese zwei mit den gerafften Vorhängen? Sie schienen mir genauso blind wie alle anderen. Einen Augenblick fragte ich mich wieder, warum ich eigentlich gekommen war. Ich fühlte mich sehr müde und sehr allein. Das Taxi verschwand um eine Ecke.

Von: Mary Brettschneider Clark
An: John Pavlis, Philipp Pavlis
Betreff: eure österreichische Großmutter

8.5.2012, 20:19

Liebe Kinder,

die ersten Tage hier in Linz sind vorbei.
Ich weiß mittlerweile, wo die Oma einkauft, wo sie gerne spazieren geht, wie ihre Tage eingeteilt sind. Ich weiß aber auch, dass sie schnell überfordert ist, dass sie viel vergisst und dass ich mich bald um Hilfe umsehen muss. Alleine geht es so, wie es ist, nicht mehr gut. Die Sozialsysteme funktionieren hier nicht schlecht, es dauert nur, bis ich herausgefunden habe, wer wofür zuständig ist. Wie bei uns. Außerdem merken sie an meinem Akzent, dass ich nicht von hier bin. In den Geschäften und in der Wohnanlage war gut, dass ich gleich hinzufügte, ich käme aus Australien. Manche fürchten sich scheinbar vor Ausländern, auch Weißen, denn sie könnten aus der Ukraine oder Albanien oder von sonst wo sein. Mir war nicht klar, dass Flüchtlinge von überall in dieses Land kommen. Und dass die Kriege der Gegenwart so nahe sind. Man hat noch nicht den Balkankrieg vergessen, als so viele hierher flohen. Europa ist schrecklich klein. Die Menschen kleben hier aufeinander. Jeder Hügel ist bebaut. Ein Land voller Spielzeughäuser.
Fotos von euch stehen hübsch gerahmt im Wohnzimmer. Es gibt auch eines, auf dem ihr beide auf den Knien eures Vaters sitzt, ich stehe hinter ihm, und wir lachen alle vier in die Kamera. Oma liebt dieses Foto offensichtlich, denn immer wieder streicht sie darüber und flüstert eure Namen.
Sagt eurem Vater, dass Erika ihn nicht vergessen hat. Sie stellt mich überall als ihre Tochter vor, Maria Pavlis, die nach Griechenland geheiratet hat – als ob Klein-Athen rund um die Lonsdale Street tat-

sächlich in Europa liege und nicht mitten in Melbourne. Sie hat offensichtlich vergessen, dass ich geschieden und wieder verheiratet bin. Oder sie will weiterhin nichts davon wissen, weil es ihr Angst macht. Ihr sagt der Name Jeremiah Clark gar nichts. Das wird euren Vater amüsieren.
Sie trennen hier den Müll viel genauer als bei uns. Es hat mich rasend gemacht zu Beginn, so pingelig, so besserwisserisch. Als ob das bisschen eine Rolle spielte. Bloß merke ich, dass ich mir das angewöhne. Oh Johnny, wenn sie wüssten, wie wir das lässig erledigen! Jerry wird sich wundern, wenn ich nach Hause komme und damit anfange. Endlich, wird er sagen und dir erneut erklären, dass ihr im Westen im Dunstkreis der Förderbetriebe alles falsch macht. Das wird lustig!
Manchmal weiß Grandma, dass ihr erwachsen sein. Trotzdem fragt sie oft, wie es euch in der Schule geht. Philipp, sie hat deine CDs und spielt sie auch. Sie kann ihre Geräte immer noch bedienen, auch wenn sie manchmal falsche Knöpfe erwischt. Das liegt vielleicht an ihren Augen. Seid so lieb, kauft jeder eine Ansichtskarte, schreibt ihr. Sie liebt es, Papierpost zu bekommen.
Sie ist eure Großmutter, auch wenn ihr seit eurer Kindheit wenig Kontakt zu ihr hattet. Ihr tragt sie in euch.

Mummy

An einem Tag, als ich mit dem leeren Mistkübel aus dem Keller zurück in die Wohnung kam, hatte sie auf dem Wohnzimmertisch ihren Schmuck ausgebreitet und erwartete mich mit strahlendem Gesicht. Da lagen die Ringe und wenigen Ketten, die ihr Daddy geschenkt hatte, die dazu passenden Ohrringe. Rosenquarz, Mondstein, Perlen. Wirklich teuren Schmuck hatte er sich nie leisten können. Sie hatte alle Schächtelchen und Seidensäckchen geöffnet, sorgsam aufgereiht und strich nun mit beiden Händen über ihre Schätze.

Ich wusste von der Goldkette mit der Rosenquarzkugel, sein Geschenk zum ersten Hochzeitstag. Da hatte sie bereits ihr erstes Baby verloren, einen kümmerlich schwachen Karl, der nie ein großer Karl werden würde, sondern in seinem ersten Monat zu atmen aufhörte. Karl war der Schattenbruder, den sie in meiner Kindheit in Märchen einflocht (sie nannte ihn Charlie, und ich begriff damals nie, dass sie von meinem Bruder sprach), eine Mischung aus Held und Engel und winzigem Spatz, was sie im Übrigen nur bei mir tat, nie bei Joey. Ich liebte diesen Charlie, weil sie ihn Joey vorenthielt (»Er ist zu klein, um das zu verstehen, später dann werde ich das nachholen.« Aber das tat sie nie), und gleichzeitig hasste ich ihn, weil sie ihn liebte und ich nicht wusste, weshalb. Erwachsen und selbst gerade schwanger, erwähnte ich ihn einmal, doch sie tat, als hätte ich mir etwas zusammengesponnen, einen Märchenbruder erfunden. Als Karl begraben war, versprach sie Albert endlich, mit ihm zu gehen, diesen Kontinent der Toten zu verlassen. Das hatte mir Daddy erst nach meiner Scheidung erzählt. Meine Eltern haben immer Geheimnisse vor mir gehabt.

Es dauerte nicht lange, bis sie die Zusage für die bezahlte Passage nach Australien erhielten, und er schenkte ihr einen Ring mit länglich gefasstem Rosenquarz, an den sich eine Goldperle schmiegt. Nach den ersten zwei anstrengenden Jahren am Murray River fingen sie an, sich um neue Jobs umzusehen, und er erstand bei einem chinesischen Händler die Ohrringe: zwei aneinanderhängende Goldtropfen und daran baumelnd jeweils eine Rosenquarzkugel. Als Kind liebte ich es, meiner Mutter zuzusehen, wie sie sich für seltene Gelegenheiten fein machte, diese Ohrringe ansteckte, ihre Lippen rosa bemalte. Sie trug dazu ein Kleid mit Tellerrock, riesige abendblaue, rosa und violette Blüten auf weißem Grund, ärmellos, der Ausschnitt tief und viereckig. Die Kette mit der Rosenquarzkugel lag auf ihrer blassen Haut. Sie musste gewusst haben, dass ich sie in diesen Augenblicken anhimmelte.

»Ich war nie so schön wie meine Mutter«, sagte sie plötzlich, »aber ich hielt mich lange ziemlich gut, nicht wahr? Er hat mir Rosenquarz geschenkt, weil er wusste, wie sehr ich meine Mutter vermisste. Und ich hatte Heimweh nach den grünen Hügeln, den Wäldern voller Pilze, den Wiesen mit dem Fleckvieh, den blühenden Erdäpfelfeldern.«

»Aber später, rund um Melbourne, war es doch auch schön. Erinnere dich an die freundlichen Täler im Norden –«

»Ich habe es gehasst.«

Ihr Ausbruch überraschte mich. Wie fest ihre Stimme plötzlich klang. Sie richtete sich auf, ihr Körper spannte sich, sie blickte mich direkt an mit klaren Augen und klarem Verstand:

»Ich habe alles dort gehasst. Alles war fremd, anders. Es sah anders aus, es funktionierte anders, es roch anders.«

»Aber …«

»Nichts war wie daheim. Und ich durfte es mir nicht anmerken lassen. Er durfte es nicht wissen. Es hätte ihm das Herz gebrochen.«

Plötzlich war da eine Erinnerung, ich als Mädchen, von der Mutter ins Pub geschickt, um den Vater zu holen, der vermutlich zu viel getrunken hatte und über Mama redete, wie er es normalerweise nie tat.

»Es ist nicht die Brille«, sagte er. »Es sind nicht ihre schwachen Augen. Sie sieht das Schöne hier nicht, weil die Erinnerung an das

Verlorene alles verdeckt.« Und oft kehrte er um an die Bar, genehmigte sich noch einen Absacker, während ich dastand und wartete und mich schämte und die Blicke der anderen Männer spürte.

»Du hast nie verstanden, dass es mehr braucht für eine funktionierende Ehe, als verliebt zu sein. Du bist weggelaufen, als es schwierig wurde. Du hast keine Ahnung, wie es ist, die Heimat hinter sich zu lassen, mit allen Freundinnen, allen, die du liebst, und auf einen einzigen Menschen zu setzen, der dir das ersetzen soll und daran nicht zerbrechen darf. Du hast keinen blassen Schimmer!«

In aufwallender Wut wischte sie alles vom Tisch auf den Boden. Ich kniete wortlos hin und sammelte die Stücke auf. Dann setzte ich mich zu ihr. Sie weinte lautlos. Ich wusste nicht, weshalb. Ich sah nur, dass sich wieder Schleier vor ihre Augen schoben und wie alle Spannung ihren Körper verließ.

Später brachte ich sie dazu, mit mir in die Küche zu gehen und gemeinsam Gemüsesuppe zu kochen. Sie aß wie ein Vögelchen und erzählte seltsame Anekdoten über die Leute in den anderen Wohnungen. Als sie auf dem Sofa einschlief, verstaute ich den Schmuck wieder in den sorgsam bewahrten Schächtelchen und legte alles in die Schatulle mit den Intarsien, die Daddy vor vielen, vielen Jahren bei einem italienischen Einwanderer in Melbourne gekauft hatte. Ich weiß, dass sie dieses winzige Möbel vom ersten Moment an geliebt hat. Es gab Tage, an denen ich sie dabei beobachtete, wie sie das Holz mit Bienenwachspolitur einließ, wie sie mit den Fingern die Muster verfolgte und dabei lächelte. Vielleicht erinnerte es sie an ein Stück bei ihren Eltern daheim, an etwas, das sie mit Glück verband. Vielleicht liebte sie Daddy in diesem Augenblick uneingeschränkt, weil er genau das gefunden hatte, das ihr das verlassene Zuhause für Momente zurückbrachte.

Ich weiß nicht, wie es ist, die Heimat für immer aufzugeben.

Von: Mary Brettschneider Clark
An: John Pavlis, Philipp Pavlis
Betreff: Grandma in Linz

30.5.2012, 21:10

Meine Lieben,

Grandma hat sich über eure Post so gefreut. Ihr Englisch ist noch erstaunlich gut dafür, dass sie so viel vergisst und dass sie es seit fast fünfzehn Jahren nicht mehr spricht.
Ich hingegen merke, wie die Sprache meiner Kindheit zurückkehrt. Und mit jedem Tag hier gehen mehr Fenster in meinen Erinnerungen auf, die natürlich alle mit Australien und nichts mit dem Hier zu tun haben. Ist das nicht seltsam, dass Grandma ihre Vergangenheit verliert und ich meine zurückgewinne?
Philipp, ich werde versuchen, dich an deinem Geburtstag telefonisch zu erreichen. Mein Kleiner wird dreißig!
Aber eigentlich will ich dir zu deinem Engagement in Singapore und Osaka im Herbst gratulieren. Und hoffe, alles läuft reibungslos mit deinem Ensemble und eure Agentur kann noch mehr fürs nächste Jahr in Japan buchen. Ich habe Grandma auf YouTube eine Aufnahme von dir vorgespielt. Sie war so aufgeregt! Das letzte Mal hat sie dich spielen gesehen, als du noch im Konservatorium gelernt hast. Mit ihren schmalen Zitterfingern strich sie über den Screen und murmelte: »Der Bub! Der Bub!«
Wusstet ihr, dass eure Großmutter sich ihr Studium mit Orgelspiel mitfinanziert hat? Als sie heiratete, verkaufte sie den Bechstein-Flügel ihrer Mutter; das bezahlte sämtliche Möbel ihrer ersten Ehejahre. Küche, Schlafzimmer, Wohnzimmer. Den zweiten Flügel, der noch bei ihrem Vater, eurem Great Granddaddy, stand, machte sie vor der Emigration nach Australien zu Geld. Es blieb ihr eiserner Not-

groschen, den sie dann vermutlich in meine Ausbildung steckte. Sie spielte nie wieder, zumindest hörte ich sie nie.
Ich glaube nicht, dass es viele Großmütter gibt, die zwei exzellente Klaviere, Flügel!, besaßen, vor, während und noch einige Jahre nach dem Zweiten Weltkrieg! Und die nicht in irgendeinem Bombardement zerstört oder von den russischen Soldaten gestohlen wurden. (Das wundert mich sehr!) Mir wird klar, dass Musik immer eine Rolle gespielt hat in ihrer Familie, in der Familie ihrer Mutter. Philipp, du bist nicht von ungefähr so talentiert, es gibt Wurzeln. Das sollte dir noch mehr Kraft geben, vor allem, wenn es vielleicht nicht ganz so gut läuft, wie du dir das erträumt hast. Ich werde dir alles erzählen, was ich von Grandma dazu erfahren kann.
Und John: Sie will wissen, ob du weißt, dass ihre Großmutter, eure Great Great Grandma, eine Silbermine besaß. Woher solltest du, das wusste ich ja auch nicht! Das sei der verborgene Grund, behauptet sie, dass du dich für Perth entschieden hast, dass du für eine Mining Company arbeitest. Sie sagt, jede Familie folge einem bestimmten Muster. Und manchmal sei das eine Qual.
Das verstehe ich noch nicht ganz, aber ich hoffe, sie wird es mir erklären. Es ist, als ob ich mit einer russischen Matrjoschka spiele und eine nach der anderen entdecke, ein Geheimnis entschlüssle und dafür mit einem neuen konfrontiert werde.
Ich liebe euch
Ich vermisse euch
Die Zeit hier verrinnt unregelmäßig schnell. Es hängt von Grandmas Verfassung ab und den Behörden, die mir sagen, ich solle mich in Geduld üben. Gegen Mutters Willen kann ich sie in kein Heim bringen. Ich darf nicht an Jerry denken, und doch ist jeder Gedanke an ihn ein Kraftquell. Eine halbe Welt liegt zwischen ihm und euch und mir. Vergesst nicht, ihn hin und wieder anzurufen.
Ihr steckt im Winter fest, was für dich, John, nur bedeutet, dass du nicht bei 30 Grad arbeiten musst. Jerry erzählt von regenschweren Win-

den und dass es ihn reizen würde, den Caravan herzurichten und nach Alice Springs zu fahren. Einfach so. Auf Tour zu gehen.
Ich sitze mit Grandma im Schatten der Linden am Fluss. Was hilft es, dass ich weiß, wohin ich gehöre……

Mummy

An einem sonnigen Julitag gingen wir an der Donau entlang. Mama hatte immer noch den forschen Schritt, der Unbekannte oft über ihr wahres Alter hinwegtäuschte. Am Abend zuvor hatten wir ein Kirchenkonzert in seiner Gesamtlänge geschafft. Mama hatte es genossen, war in keiner Parallelwelt untergetaucht, hatte weder gestört, noch war sie aufgefallen. Entspannt hatte sie sich der Musik hingegeben und war friedlich dabei weggedöst. Genauso ruhig war sie aufgewacht. Fast erlag ich der Illusion, alles wäre wieder gut, und ein selbstbestimmtes Leben wäre ihr doch vergönnt.

Die Aubäume leuchteten in sattem Sommergrün, der Fluss schäumte und grollte, schwer von den letzten Gewitterwassern, die ihm aus den Alpen zugetragen worden waren. Jogger waren unterwegs, junge Leute mit Kinderwägen. Mama war immer noch gut aufgelegt. Sie grüßte alle, die uns entgegenkamen. Es dauerte, bis mir klar wurde, dass sie die Leute nicht kannte, dass die Geschichten, die sie mir zu ihnen erzählte, nichts mit dem Leben dieser Menschen zu tun hatte. Aber ihr Gesicht war offen, ihr Ton freundlich.

Eine alte Dame mit Dackel kam vom Fluss herauf auf den Damm. Hund und Frau hinkten ein wenig und keuchten schwer. Mama blieb stehen und sah ihnen dabei zu. Dann wandte sie sich ab, begann von den Hunden ihrer Großeltern zu erzählen, von denen nur einer für das Haus und die Kinder bestimmt war. Die anderen wurden für die Jagd gebraucht und als Arbeitstiere angesehen. Sie schliefen draußen im Garten in einer Hütte, das Fressen brachte ihnen der Großvater. In Ausnahmefällen durfte Großmutter das übernehmen. Allen Kindern war verboten, diese Tiere zu streicheln, zu locken, zum Spielen zu verführen. Dafür gab es Rauhaardackel Max, der sich im Garten mit den anderen Vorsteh- und Stöberhunden mit glänzendem Fell amüsierte und balgte und im Haus herumlaufen und sich von den Menschen verwöhnen lassen durfte.

Ich hörte ihr gespannt zu. Meine Urgroßeltern sind für mich nur Menschen auf Schwarz-Weiß-Fotos, keine persönliche Erinnerung verbindet mich mit ihnen. Sie starben hochbetagt, Johann an einer Lungenentzündung mit neunzig Jahren im Februar 1962, Juliane vier Wochen später an gebrochenem Herzen. Daddy konnte das Geld für den Flug nicht aufbringen. Ich glaube, meine Mutter litt ewig darunter, nicht dort gewesen zu sein, ihrer geliebten Großmutter nicht beigestanden zu haben als anwesender Teil der Familie, sie nicht noch einmal gesehen zu haben.

Juliane muss eine bemerkenswerte Frau gewesen sein, ruhig; Schicksalsschläge nahm sie an, das hatte mir Mama schon früher erzählt, und ihre Freundin Hanni hatte einmal es bestätigt. Niemand hatte sie je zornig erlebt. Wut hielt sie für vergeudete Energie, und Verschwendung lag ihr nicht.

»Ich wünschte«, sagte Mama plötzlich, »meine Mutter wäre so wie meine Oma gewesen. Besonnen, planend, vorausdenkend.«

»Ich dachte, das wären deine Eltern in hohem Maß gewesen.«

»Oh nein! Oma war das verankerte Schiff. Opa war der Hafen. Und alle ihre vielen Kinder waren unterschiedliche Boote. Ständig unterwegs oder weit weg. Mama war wie eine wertvolle Segeljacht. Viel zu schön, viel zu rasant, viel zu lebendig für das Wasser, das sie sich ausgesucht hat. Kein Wunder, dass sie Feinde hatte. Kein Wunder, dass sie kenterte.«

Ich fand es gruselig, wie sie von ihrer Mutter sprach. »Wir hatten ein Bild von der Rosaoma in unserem Wohnzimmer«, sagte ich.

»Ja.«

»Sie war wirklich schön.«

»Ja«, Mamas Stimme wurde kurz weicher. »Du hast recht. Ich dachte oft als Kind, dass sie zum Kaiser, von dem bei uns daheim ein Foto an der Wand hing, viel besser gepasst hätte als die Zita. Zita war die Frau von Karl Habsburg. Meine Mutter hatte mehr Wärme und Ausstrahlung als die fromme Kaiserin, das kannst du mir glauben. Aber ihre Schönheit hat ihr nichts genutzt, nur geschadet. Und ihre Art hat die Leute aufgebracht.«

»Das kannst du so doch nicht sagen!«

»Was weißt denn du schon! Warum, glaubst, ist sie erschossen worden?«

»Weil jemand Lügen über sie verbreitet hat.«

»Genau. Hätte man sie gemocht, wär' das nicht geschehen.«

»Aber Mama!«

»Man muss sich anpassen, ein bisschen nach den anderen richten. Ich hab das auch machen müssen in Australien. Glaubst du, wir hätten so schnell etwas erreicht, wenn wir uns nicht nach der Mehrheit gerichtet hätten? Und ich weiß, dass die Großmutti oft gesagt hat, die Mama soll sich vorsehen. Recht hat sie gehabt.«

»Aber Mama. Deine Mutter musste sterben, weil den falschen Leuten zum falschen Zeitpunkt geglaubt wurde.«

»Sie hat ihnen Gründe dafür geliefert.«

»Sie war mutig.«

»Sie war auch ein bissl blöd.«

»Bist du nicht stolz auf sie?«

»Was hat sie von ihrem Mut gehabt? Was haben wir davon gehabt? Es hat immer nur wehgetan. Kaum steckst du den Kopf wo raus, ist er schon ab. Das Mittelmaß ist etwas Gesundes, da hat die Großmutti Juliane recht gehabt.«

»Mir war nicht klar, dass du auf deine Mutter so zornig bist.«

Sie sah mich an, dann schaute sie aufs Wasser. »Du hast keine Ahnung«, flüsterte sie, »wie bös die Leute sein können. Ich hab auf dich aufgepasst, so wie meine Großmutti auf ihre Kinder aufgepasst hat. Aber die Mama, die schöne Mama, die hat die Welt retten wollen und dabei ihre Familie aus den Augen verloren. Und das geht nicht. Sie ist bestraft worden und wir alle gleich mit.«

Danach gingen wir schweigend heim. Verstand ich nun besser, warum mir als Kind so viel verboten worden war? Nein, eigentlich nicht. Aber ich verstand, dass die Wut meiner Mutter tief saß und alt war.

Von: Mary Brettschneider Clark
An: John Pavlis, Philipp Pavlis
Betreff: Sommer in Linz

19.8.2012, 22:17

Ihr Lieben,

die letzten Wochen waren anstrengender, als ich zugeben wollte. Ihr habt natürlich recht, ich musste Hilfe suchen, mehr Hilfe. Ja, ich weiß, ich hatte nur mit einigen Wochen gerechnet, und nun bin ich schon vier Monate hier. Das war so nicht geplant.
Jerry überlegt, ob er über Weihnachten nicht zu mir kommt. (Habt ihr von seiner Reise gehört? Ich beneide ihn, ich will den Uluru auch sehen!) Ich kann mir nicht vorstellen, hier noch ein halbes Jahr zu bleiben, und er und Mama in einer Wohnung scheint mir keine gute Idee, Mama hat ihn nie gemocht. Auch wenn sie ihn nie wirklich kennenlernten wollte. Natürlich könnt ihr euch an diese Zeit erinnern. Sie schwärmt noch heute für euren Vater und versteht nicht, warum ich mich scheiden ließ und diesen »kahlen Engländer« nahm. (Sie hat endlich die Fotos im Zimmer angeschaut, in dem ich schlafe.) Als ob ich Iannis seinetwegen verlassen hätte. Ich bin sehr froh, dass ihr alle euch mögt und dass es diesbezüglich nicht einmal mehr mit eurem Vater Probleme gibt. Leidet ihr eigentlich darunter, Kinder so unterschiedlicher Nationen zu sein? Fühltet ihr euch je als Mischung oder ist euch klar, dass ihr Australier seid, Abkömmlinge von Einwanderern wie alle anderen auch?
Mama möchte in kein Heim, zwingen kann ich sie nicht.
Private Heime sind wie überall auf der Welt teuer, und seitdem ich Einblick in Mamas Finanzen habe, weiß ich auch, dass sie angewiesen ist auf das, was der Staat bietet. Österreich bietet viel.
Aber es wird dauern, bis ich sie gut versorgt weiß, denn nur mit dem

Fortschreiten ihrer Krankheit wird sie Pflegeleistungen empfangen können.
John, auch wenn beim Skypen eure Großmutter dazwischenredet und Angst hat, weil mir »Stromhaare aus dem Kopf wuchern«, (sie meint die Kopfhörer, die ich aufhabe): Ich liebe es, wenn es sich hin und wieder ausgeht und ich deine Stimme hören kann. Du hegst immer noch Zweifel, ob du mit Corinne eine Familie gründen willst – und das nach drei Jahren! Du bist dir so unsicher? Also solltest du dich fragen, ob dann nicht eine Trennung für euch beide besser wäre. Bequemlichkeit und Gewohnheit sind schlechte Kuppler. Ja, ich mache mir Sorgen, dass du dich falsch entscheidest. (Ich weiß, es geht mich nichts an.)
Meldet euch bitte jederzeit. Ich fühle mich hier sehr alleine, sehr fremd, auch wenn Mama mir häppchenweise die Familie näherbringt und mich vertraut macht mit meinen Wurzeln. Aber weiß ich, was sie erfindet, aus welchen Puzzleteilen sich ihre Wahrheit zusammensetzt? Dies hier ist für mich eine Zwischenstation und hat mit Heimat nichts zu tun.

Mummy

Der Spätsommer wurde eine Zeit des Vergessens, der Albträume, der letzten zusammenhängenden Erzählungen, der Geschichten zu vergilbten Fotos und Bildern. Mamas Verfall schritt rasend voran, schneller, als in den meisten Ratgebern steht. Was vermutlich für uns alle gut war. Trotzdem wurde mir klar, dass alles, was ich wissen wollte, für immer in diesem sterbenden Hirn verschlossen bleiben konnte, dass ich schnell sein musste, wollte ich die größten Lücken in meiner Familiengeschichte schließen. Hanni, die mir bestimmt einiges hätte erzählen können, kam zwar alle paar Wochen nach Linz und besuchte Mama, aber sie hatte ihr eigenes Leben, ihre eigene Familie. Meine Großeltern gehörten zu ihrer Vergangenheit. An vieles konnte sie sich nicht erinnern oder wusste es einfach nicht. Manchmal jedoch zogen die zwei alten Frauen winzige erinnerte Details aus diesem Sumpf des Vergessens, und ich saß fasziniert bei ihnen, erfuhr aus einer fremden Welt, hörte Geschichten, wie ich sie in diesem Ausmaß immer vermisst hatte.

Eine Nähe entstand, die wir nie erlebt hatten. Trotz aller Ängste verzieh sie mir immer wieder, wie ich bin. Manchmal war sie glücklich, weil ich ihr Leben teilte, und sie konnte es mir sagen. Manchmal war sie interessiert, von ihren Enkeln mehr zu erfahren, und wusste, dass sie inzwischen erwachsene Männer sind. Manchmal zeigte sie mir Briefe von Freundinnen aus ihrer Schulzeit. Hanni schrieb in gestochen schöner Schrift alle paar Wochen einen Lagebericht aus dem Krankenzimmer ihres Mannes, in den sie Bruchstücke von Anekdoten aus einer weit zurückliegenden Vergangenheit einflocht, die Mama sofort vervollständigen konnte. Dadurch entdeckte ich eine bis dahin fremde Frau; Mama als Pubertierende, die beliebt war, weil sie gerne Theater spielte, Kostümfeste liebte, musizierte und im Sport nichts dagegen hatte, nur Zweite oder Dritte zu werden.

»Die Ersten bekamen Hitlerbilder oder blöde Bücher, in denen er oder die Partei eine Rolle spielten. Aber als Zweite oder Dritte bekam ich einen Gürtel, einen Schal, lauter hübsche, praktische Dinge. Ich verstand nie, warum unsere besten Sportlerinnen gewinnen wollten.«

Sie war zärtlich, wie sie es sicher in den frühen Jahren meiner Kindheit gewesen war, bevor ihr Heimweh die Wut, die sie in sich trug, in eine brodelnde Quelle verwandelte.

Ich begriff in diesen Monaten der preisgegebenen Geheimnisse und meiner quälenden Isolation die Macht, die Tote haben, den Einfluss, den sie auf unsere Entscheidungen nehmen. Und ich vermisste Daddy. Je länger ich mich dem Verfall meiner Mutter aussetzte, desto näher rückte er mir.

Immer noch ging sie mit weit ausgreifenden Schritten, wanderte stundenlang rasch am Fluss entlang oder führte mich die Hänge hinauf zu den Waldrändern, von wo wir hinunter auf die Stadt sahen.

Manchmal verfing sich erster Morgennebel zwischen den Schloten oder gab nur zäh den Blick auf Türme frei, auf die leuchtenden Neubauten und die mittelalterlichen Mauern rund um das frisch renovierte Salzamt im Felsschatten unter der Burg. Manchmal war der Himmel schon von herbstlicher Klarheit. Ich erschrak, als ich eines Morgens die tief verschneite Gipfelkette der Alpen vor uns sah. Die Zeit glitt mir aus den Händen, während die Sorge um meine Mutter mich in der Fremde festhielt und die Sehnsucht nach Jerry zu einem ständigen, bohrenden Schmerz wurde.

Aus Mama brachen Erinnerungen heraus, an Ausflüge, Klettertouren, Tagessplitter ohne Kriegserlebnisse, lichterfüllte Stunden. Sie erzählte von ihren Freundinnen, von Daddy, den sie gerade kennengelernt hatte, von ihrer Arbeit mit den Schülern. Daddys Schilderungen aus dieser Zeit, an die ich stets denken musste, fand ich allerdings lustiger, die Beschreibung seines Gesichts, als er das Inserat »Suche Brieffreundin« schrieb, wie nervös er war, wer sich melden würde. Es klang so witzig, wie er sich ausmalte, in der Nachkriegszeit an eine

Prinzessin zu geraten, und dann, als die Briefe der unbekannten Frauen eintrudelten, waren es dicke, dünne, hübsche, hässliche, Bäuerinnen, Händlerinnen, Bürofräulein, alle gierig nach einem jungen Mann, der noch Beine und Arme besaß und fesch ausschaute; von dem sie nicht wussten, ob er nachts schlafen konnte und dass die Toten der Schützengräben und neben den Bombentrichtern ihn regelmäßig weckten; dass er keine Zähne mehr besaß, aber ein glänzendes Gebiss. Von dem sie nur gelesen hatten: Suche ernsthafte Beziehung, möchte eine Familie gründen, gerne auch anderswo. Keine dachte vermutlich daran, dass das Anderswo auch auf einem anderen Kontinent liegen durfte, dass Daddy eigentlich nur wegwollte, weg, weg, weg. Aber eben nicht alleine. Er wollte eine Frau, die seine Wurzeln kannte und teilte; fürs Erste war ihm das Heimat genug.

Mama konnte sich in Kindheitserinnerungen an ihre Großeltern verlieren, in begeisterten Schilderungen von einem Garten voller Cousinen und anderer Kinder. Das war die heile Welt, das Paradies, das sie verloren hatte, weil sie sich zur Fremde überreden ließ, wider besseres Wissen.

Nur wenn ich ihr Fotos von meiner Großmutter zeigte, redete sie über Rosa. Sie schwärmte lieber von Juliane, Rosas Mutter, sie schwärmte von ihrem eigenen Vater Josef, dem Förster und Angestellten der Papierfabrik. Sie berichtete von Tanten und Onkeln, von der Silbermine ihrer Großmutter, die glücklicherweise vor dem großen Crash verkauft wurde, als sie noch Geld brachte, das auf die vielen Kinder aufgeteilt wurde. Rosas Anteil wurde in einen Flügel gesteckt. Silber, das zu Musik wurde und später zum Startgeld der Auswanderer. Sie sprach widerwillig vom Krieg, von den Jahren im Internat, von ihrer besten Freundin Hanni, die später ihre Trauzeugin wurde. Zögernd erzählte sie von den Jahren der Besatzung, von Ilonkas Abschied und dass sie immer davon geträumt hätte, sie einmal in Kanada zu besuchen.

»Ilonka versprach mir, zu schreiben, wenn sie drüben gelandet wäre, und das tat sie. Sie schrieb über Jahre, und deshalb weiß ich, wie es in dem Dorf mitten im Wald für sie gewesen ist, das Glück, das sie hatten, weil sie später Land südlich des kanadischen Granitschildes bekamen und davon leben konnten. Gut leben. Sie hatten eine Apfelfarm südlich von Toronto. Drei Kinder, die studierten. Zwei gingen in den Westen nach Vancouver, aber die Kleine blieb bei ihr, heiratete. Enkelkinder rund um Ilonka. Sie lebt noch und meldet sich zu meinem Geburtstag und zu Weihnachten.«

»Also hast du ihr später aus Australien nach Kanada berichtet. Wie schön: drei Kontinente vereint in zwei Menschen.«

»Du bist blöd. Du siehst alles durch eine rosarote Brille.«

»Aber es stimmt doch, oder?«

»Ilonka war die erste Freundin, die ich verlor«, sagte sie. »Ich verlor sie an die Fremde. Außerdem schwärmte sie mir von der Romantik eines Neubeginns vor, ihre Briefe waren voll davon.«

»Das war, als Daddy versuchte, dich vom Auswandern zu überzeugen?«

»Ja. Er wollte weg. Sie war schon weg und fand alles besser als das, was sie hinter sich gelassen hatte.«

»Sie war ein Flüchtling, Zwangsarbeiterin. Ein fürchterliches Schicksal.«

»Das weiß ich besser als du. Viel zu gut. Aber ich hatte meinen Vater, meinen Bruder, meine Arbeit. Ich hatte noch Hanni, auch wenn die damals schon in Graz lebte. Ich hatte eine Stadt, in der ich alle Ecken kannte, mit Hügeln rundherum, deren Verlauf ich blind hätte zeichnen können. Ich hatte eine Kirche, in der ich Orgel spielen konnte. Und es gab Wien mit seinen Theatern und der Oper. Alles war zerstört, aber die Musik lebte schon wieder.«

»Und doch bist du weggegangen.«

»Es waren zu viele Tote. Die Toten ließen mich nicht los. Vergiss nicht mein Baby. Diesen süßen schwachen Karl. Vielleicht hätte er woanders überlebt. Wo es keinen Hunger und genügend Medikamente gab. Und keine Soldaten, keine heruntergelassenen Balken, hinter denen die Russen standen. Und dafür eine lebende Großmutter!«

»Die Oma kann nichts dafür, dass dein Baby nicht überlebt hat.«

»Mein Mutter trägt für viel zu viel die Verantwortung. Du weißt bloß nicht alles.«

»Aber –«

»Ilonka überredete mich, meine Heimat aufzugeben. Ich hätte nicht auf sie hören sollen. Der Albert konnte mich zu leicht überreden. Das war ein Grab zu viel für mich.«

»Und ohne Karls Tod wäre ich hier zur Welt gekommen?«

»Ja. Du wärst eine waschechte Europäerin.«

»Aber –«

»Ich weiß. Dir ist der Eukalyptus ins Herz geschrieben und mir der Nadelwald aus Stifters Geschichten. Nichts kann das ändern. Aber es trennt uns für immer.«

Ich vermisste Jerry so sehr. Ich vermisste Melbourne, ich vermisste die langen Spaziergänge am Strand, den Blick über das bleigraue Meer Richtung Süden. Ich vermisste sogar die antarktischen Stürme. Ich vermisste meine Kinder, obwohl ich sie daheim monatelang nicht sah; aber jetzt lag eine halbe Welt zwischen uns. Ich vermisste die Art, wie Jerry am Laternenpfahl vor dem Rundfunkgebäude auf mich wartete, wenn eine Sendung spät endete. Ich vermisste die Blattformen unserer Bäume und das Geschrei der Flughunde. Ich vermisste den Salzgeruch in der Luft und das unvergleichliche Licht meines Kontinents.

Und trotzdem wusste ich, dass ich bleiben musste, dass meine Mutter begonnen hatte, mich mit ihren Geschichten zu fesseln und an sich zu binden, dass sie mir etwas gab, von dem ich nicht gewusst hatte, wie sehr es mir gefehlt hatte. Jerry stellte das nicht mehr zur

Diskussion. Er ging davon aus, dass ich zu ihm zurückkehren würde, sobald es möglich war, sobald mich entweder der Tod oder der gänzliche Verfall meiner Mutter befreien würde. Er verstand es oder versuchte es zumindest, ohne mir seine Zweifel aufzuladen. Mein Heimweh stand außer Frage. Meine Liebe auch.

Er schrieb kurze Mails, die sich wie sanfte Küsse anfühlten, die mir versicherten, dass es noch ein anderes Leben gab. Und er beschrieb mir die rote Welt rund um Alice Springs, wie er sie empfand, die brausende Stille, das Schwarzrot der Felsschluchten, die Tümpel mit den trinkenden Vögeln, die vereinzelten Kamele in den brennheißen Tälern, die Übernachtungen bei Bauern an versteckten Creeks, deren abgeschottete Welt er nur wenige Tage teilte. Manchmal fand ich Briefe in Mamas Briefkasten, die er auf schönem Papier mit seinem altmodischen Füller geschrieben hatte, in denen er mir erzählte, was er gerade gelesen hatte, was ihn beschäftigte. Er erwähnte seine Sehnsucht nie, aber sie färbte jeden einzelnen Satz.

RUND UM ROSA

Von Anfang an führte Rosa zwei Leben in ihrem verheirateten Dasein im Dorf. Offiziell war sie »die Stadtfrau«, die der Leiter der Maschinenhalle mitgebracht hatte, die Kleider und Kostüme trug, wie man sie sonst vielleicht nur aus der Linzer Innenstadt kannte. Sie besaß auch zwei Dirndl. Eins war das typische Wäschermädldirndl, aus fein kariertem dünnem Kattun in Blau-Weiß mit einfarbiger Schürze und Bluse mit Lochstickerei, das Richtige für heiße Sommertage, wenn die Arbeit nicht zu schmutzig war; das andere mit einem Rock aus grün schillerndem Damast mit feiner Blümchenstickerei und dunkelgrüner Paspel am Saum, schwarzem Samtoberteil und altrosa Seidenschürze für Feiertage und hohe Feste. Das bekamen die Dorfleute nur ein paar Mal im Jahr zu Gesicht.

Rosa wurde dem Fabrikanten Pumhösl und seiner Frau vorgestellt, dem Pfarrer Mitterlehner, den alle hinter seinem Rücken den Heiligen Anton nannten, und dem Lehrer Manfred Silberbauer. Später lernte sie die anderen fünf Angestellten der Fabrik kennen. Die Arbeiterinnen und die Frauen der Arbeiter hielten Abstand, und Rosa lernte, wie es war, von einer Gemeinschaft ausgeschlossen zu bleiben, in einem Dorf zu leben, das seine Existenz einer Fabrik verdankte und im bäuerlichen Umland als besonders galt.

Das enge, oft feuchte Tal, erfüllt vom Brummen der Maschinen, dem Schäumen des Baches, dem Klappern der hölzernen Mühlkästen, fand sie auf verquere Art vertraut. All die Geräusche erinnerten sie an den städtischen Lärm von Wien. Oft ließ sie bei warmem Wetter die Fenster weit offen, um sich dann der Illusion hinzugeben, Teil einer großen Menschenmasse, eines riesigen Körpers zu sein, dessen Herzpochen und Verdauungsgeräusche sie umschlossen.

Zu Beginn war sie öfter in die Halle gegangen, um zuzusehen, wie die unterschiedlichen Maschinen arbeiteten, zu riechen, wie aus Holzbrei und Fetzen in dichten Brühen etwas Neues entstand, wie es Form annahm in den Pressen, wie es seine Farbe änderte. Da waren die Dampfkessel mit ihren erschreckend wabernden Hitzeschwaden, vor denen sich Männer und Frauen als Heizer in zwei Schichten abmühten. Sie war an den Wänden entlanggeglitten, um niemandem im Weg zu sein, und am Ende der Fertigungsstraße war sie drüben bei der Rollenschneidemaschine angelangt, einer raumhohen Monstermischung aus Webstuhl, Galgen, Metallhaken. Von dort ging es in die Verkaufsräume, wo zuerst die massiven Rollen von Industriepapier und Verpackungsmaterial lagerten und weiter hinten in holzgetäfelten Sälen die Musterbögen gestapelt wurden. Es roch so verführerisch nach Papier, diesem Duft, der ihr fast der liebste war.

Aber je schwieriger es wurde, an große Aufträge zu kommen, desto seltener ging sie hin. Josef erzählte ihr bedrückt von den Kündigungen, zu denen sie bald gezwungen sein würden, und von den Ängsten, die die Arbeiter plagten. Hier in der Einschicht bot sich nichts außer die Holzfällerei für die Fabrik oder die Arbeit in der Halle. Wer kein Bauer mit eigenem Grund war, konnte nur wegziehen, in die Werft oder zu den Fabriken nach Linz oder sich als Matrose auf den Donauschleppkähnen verpflichten. Wer die Hochöfen der Industrie fürchtete, dem blieben der Erzberg in der Steiermark oder die Emigration. Tausende verließen das Land.

Rosa beobachtete und zog ihre Lehren: Wer auf dem Land nur lesen und schreiben konnte, kein Handwerk richtig beherrschte, blieb ohne Chancen und konnte seinen Kindern ebenfalls keine bieten. Und wer etwas gelernt hatte, ging weg und lernte noch mehr. Bloß die Bauern in ihren Trutzburgen mit den Granitblöcken in den dicken Hausmauern und den verschlossenen Sonnentoren konnten sich über Wasser halten. Ein bisschen Fleckvieh, Schafe, Hühner, zwei bis drei Schweine, etwas Wald und Wiesen mit verkrüppelten Obstbäumen, Erdäpfeläcker und hin und wieder mickrig wachsende Gerste waren ihr von anderen neidvoll betrachteter Reichtum; Tagelöhner und Pächter, deren zwei Ziegen nur auf den Feldwegen und Waldrainen Futter suchen durften, träumten von Bodenbesitz, selbst wenn es eine saure Wiese, ein von Steinen umsäumtes Moor war.

Es waren arme Leute, hart gebeutelt vom Schicksal und wortkarg. Die Arbeiter in der Fabrik waren vermutlich genauso arm, aber solange sie jeden Freitag ihren Lohn erhielten und ihre feuchten Wohnungen in den zwei lang gezogenen Häusern direkt am Bach nicht aufgeben mussten, ging es ihnen doch ein wenig besser. Jeder Familie stand ein winziger Gemüsegarten zu, und auf der Wiese, die sich hinter den Häusern zum Bach hin senkte, flatterte Tag und Nacht graue, fadenscheinige Wäsche an den Leinen zwischen den aufgestellten Masten.

Rosa hatte mehrmals versucht, mit den Frauen ins Gespräch zu kommen, sie zu ihren Beeten gefragt, Samen angeboten. Es gelang ihr nicht, auch wenn die Arbeiter Josef versicherten, dass man seine Frau schon mochte, ihre Freundlichkeit schätzte, aber er möge doch verstehen, dass es schwerfalle. Die Weiber wüssten nicht, was sie reden sollten und vor allem, wie. Das Stadtdeutsch sei halt kompliziert, und wer sein Leben lang den Schnabel im eigenen Dialekt gewetzt habe, der nutze lieber die gewohnten Laute mit Vögeln aus dem vertrauten Revier. Nichts gegen die Frau, ein feiner Anblick, eine anständige Person, sagten sie und Josef erwiderte darauf nichts. Er hatte natürlich die Blicke der Arbeiterinnen registriert, die den Körper seiner Rosa taxierten. Er hatte gesehen, wie sie rechneten, die Wochen addierten und ihre Mundwinkel sich hoben, weil das Kind so schnell nach der Hochzeit den Bauch wölbte; eine aus besseren Kreisen, der ein Malheur passiert war. Ihm war noch vor Rosa klar, dass sie keine Freundinnen finden würde, dass ihr ein isoliertes Leben bevorstand.

Vielleicht verdankten sie es diesem Umstand, dass sie so viel miteinander redeten, dass er ihr zuhörte, wenn sie Klavier spielte, oder dass er ihr wieder und wieder Briefbögen aus der Fabrik mitbrachte, weil sie ihren Schwestern oder Freundinnen schrieb.

Als der Besitzer der Fabrik sie zu einem formellen Abendessen einlud, war Josef stolz auf Rosa in ihrem städtischen Gewand, der modernen Frisur, der ihre langen Locken zum Opfer gefallen waren. Er war stolz auf ihre Eloquenz und Selbstsicherheit und die Freude, mit der sie sich in das Gespräch stürzte. Pfarrer und Lehrer, ebenfalls eingeladen, erholten sich von dem Schock über die versierte Gesprächspartnerin relativ schnell. Länger brauchte die runde Gastgeberin, die zwar belesen war, sich aber selten in Diskussionen eingemischt oder gar eine gegenteilige Meinung geäußert hatte.

»Ein Gewinn«, sagte Felix Pumhösl und schüttelte Josef beim Abschied die Hand, als gratulierte er ihm zu Kauf einer besonders ertragreichen Kuh, »ein wahrer Gewinn für uns alle!«

Obwohl sie sich beim Abendessen gut verstanden hatten, sahen sich die zwei Frauen selten. Hilde Pumhösl verbrachte viele Tage in Linz bei einer Freundin. Sie hatte keine Kinder, das Leben im lärmenden Tal langweilte sie. Sie hatte ein Faible für philosophische Traktate und verschlang Bücher über die Gotik, litt unter Heuschnupfen und hatte Angst vor Rindern. Im Grunde hatte sie auf dem Lande ebenso wenig verloren wie Rosa.

Aber Rosa war verrückt nach Josef und wollte sein Tal zu ihrer Heimat machen, verschrieb sich dem Dorf und den Wäldern, um ihm noch näher zu sein. Sie lebten eine Liebesgeschichte, die auch von den Nachbarn als solche empfunden wurde, von manchen mit sanftem Neid, von manchen mit leichtem Staunen, wie man Märchen annimmt und sicher ist, dass sie nichts mit dem eigenen Leben zu tun haben. Manfred Silberbauer, der Lehrer, gewöhnte sich ein verlorenes Lächeln an, wenn er Rosa traf, und versuchte sich in seltsam verlegenen Sätzen, die sie zuerst irritierten, bis sie es als seine Eigenheit abtat und gern Gespräche eröffnete, die ihm rote Flecken auf den Hals zauberten.

Rikki kam Anfang April 1928 zur Welt, und eine Zeit lang dachte Rosa tatsächlich, dass sie rundum zufrieden und geradezu glücklich war.

Die Briefe waren für Rosa ein Quell der Freude. Über ihre Schwester in Italien, über Bekannte in Deutschland und ehemalige Kunden von Melnikow aus England hatten sich Freundschaften ergeben, die sie konsequent pflegte. Auf diese Weise verlor sie ihr Englisch und Französisch nicht, konnte teilhaben an Geschehnissen weit weg, an Leben, die ganz anders als ihres verliefen. Jeder Brief schien ihr wie eine Fahrt mit dem Zug, der durch unbekannte Gegenden fährt, immer wieder verlangsamt, Blicke freigibt oder stehen bleibt, um Menschen zueinander und aneinander vorbeizuführen. Da es sich um belesene Männer und Frauen handelte, wurde Rosa beständig auf Neues gestoßen.

Alle paar Wochen, wenn Josef nach Linz musste und sie ihn begleitete, führte sie der erste Weg in ihre Buchhandlung, wo die bestellten Bücher schon auf sie warteten und sie eine weitere Liste hinterlegte. Moderne Literatur in drei Sprachen. Kein Wunder, dass der Besitzer jedes Mal aus seinem Hinterzimmer kam und mit ihr plauderte, während die Verkäuferin das Paket verschnürte.

»Du bist wirklich gewöhnungsbedürftig«, sagte Josef einmal, als er dabei war, einige Winkel im Stiegenhaus mit offenen Brettern zu verbauen, um ihre Schätze unterbringen zu können. »Jede andere Frau würde mit extra Geld Schuhe oder Gewand einkaufen oder wenigstens eine Tasche oder einen Hut. Aber du!«

»Du sagst es mir doch, wenn es eng wird und wir uns einschränken müssen, oder?« Die Aufträge gingen weiter zurück, und sie wusste, dass man voll Sorge dem Tag entgegenschaute, an dem eine ganze Schicht überflüssig werden würde. Die Mitgift oder was nach dem großherzigen Klavierkauf ihrer Eltern davon noch übrig war, sollte für Notzeiten aufgehoben werden.

»Du hast dir seit der Hochzeit nichts mehr genäht.«

»Ich habe noch genug aus meiner Wiener Zeit. Außerdem nähe ich jetzt für Rikki.«

»Du kaufst keine Stoffe.«

»Ich brauche meine ältesten Kleider dafür auf, und die Mutter schickt mir Litzen und Spitzen dafür.«

»Was sind das eigentlich für Bücher? Romane?«

»Romane, Gedichte, Reportagen.«

»Politische?«

»Josef, je länger ich lese, desto mehr erscheint mir alles im Leben politisch zu sein.«

»Und darüber schreibst du dann den Freunden?«

»Ja.«

»Was, glaubst du, liest der Sohn des letzten Kaisers?«

»Otto? Keine Ahnung. Philosophen und Politiker vermutlich. Er wird sich Sorgen machen über das, was in Deutschland geschieht.«

»Und hier.«

»Hör endlich auf, von deinem Kaiserreich zu träumen, Liebling. Die Zukunft gehört den Republiken.«

»Wieso haben wir dann einen Ständestaat mit Repressalien? Du wirst sehen, sie werden noch aufeinander schießen. Die Lager werden einander massakrieren, und ein Dritter wird davon profitieren.«

Das wollte Rosa gar nicht hören. Aber natürlich hatte Josef recht. 1934 wurde Adele in Wien durch einen unglücklichen Zufall von einem Querschläger erwischt, als sie einer Tramway nachlief, um rechtzeitig zu ihren Kindern nach Hause zu kommen. Es dauerte eine Woche, bis sie nach der Operation im Allgemeinen Krankenhaus an einer Sepsis verstarb. Karl willigte ein, dass ihre Leiche nach Oberösterreich überführt und im Heimatdorf begraben wurde. Rosa nähte schwarze Schleifen für alle Familienmitglieder, kochte auf Mutters riesigem Herd kiloweise Rindfleisch für den Leichenschmaus, ließ ihre Eltern nicht aus den Augen. Adele war die älteste Tochter gewesen, eine unverzichtbare Stütze, verlässlich, pragmatisch, ständig singend. Dieses Singen, dachte Rosa, dieses sanfte, perlend leichte Tirilieren, mit dem sie nasskalte schwere Wäsche in Körbe gehoben, unhandliche Bügeleisen über Leintücher gezogen, abends Socken und Strümpfe gestopft hatte.

Es war so ungerecht. Und wieder quälte sich Rosa mit Fragen, auf die es keine Antworten gab. Wieso verloren ihre Eltern die meisten ihrer vielen Kinder? Von den zwölf lebten nun nur noch sechs, und sie war auf einmal die Älteste der Schar.

Wieso trafen politische Entscheidungen von Männern weit weg völlig Unbedarfte, Unschuldige, die nur den Fehler begingen, am falschen Ort zu sein? Wieso führte der Zufall so grausam Regie? Warum konnte man nichts dagegen tun? Wieso wurde sie mit diesen Grausamkeiten alleine gelassen, wieso half aller Glauben nichts? Auch Rosas Mutter stellte sich diese Fragen. Sie verbrachte Stunden auf dem Friedhof bei den Gräbern ihrer Kinder.

»Sechs hab ich noch«, sagte sie, als sie wieder ins Leben zurückkehrte, »sechs, auch wenn sich der Oskar in der Weltgeschichte herumtreibt, als ob seine Heimat die Ferne wäre.« Und sie bat Rosa, doch auf Karl mit einzuwirken, dass er ihr Adeles Kinder in den Ferien überließ, in möglichst allen freien Schulwochen, was die schwierige Lage des jungen Witwers ein wenig entspannte.

Adeles Tod ließ die Schwestern enger zusammenrücken. Josefine, die Arbeit in Mailand gefunden hatte, schrieb ellenlange Briefe, schickte Spielzeug für die Kinder, Noten an Rosa, hin und wieder feine Blusenstoffe und Kaffee an die Mutter, die alles verteilte. Es war, als ob die schlimmen Zeiten mit aller Gewalt von den Schwestern von der

Familie ferngehalten wurden, damit die Eltern geschont würden und alle zumindest in ihren Wohnungen Frieden finden konnten. Es war Talmifrieden, brüchiger Schein, um den sie sich bemühten. Wenigstens im Haus der Eltern konnten sie so tun, als ob es die zunehmende Gewalt in der Welt für sie nicht gäbe. So grausam es war, wussten sie doch, dass sie das ihren toten Geschwistern, der Trauer und dem heftigen Willen verdankten, diesen Verlust in etwas Gutes zu verwandeln. Die Schwestern waren stolz darauf, das für die Eltern, für sich zu schaffen. Allen war klar, dass die vorausschauende Klugheit Julianes ihnen immer mehr Sicherheit gegeben hatte, als andere Mütter ihren Kindern hatten geben können.

Die Aufstände erreichten Rosas Tal nicht, doch der Zorn vergiftete auch dort die Luft. Der Priester litt unter den Auswirkungen, weil die Kurie sich auf die Seite der Besitzenden schlug. Der Fabrikant litt, weil die Arbeiter ihn als einzigen Vertreter des Klassenfeindes vor Augen hatten. Die Angestellten im Büro litten, weil sie zwischen den Stühlen saßen und es keinem recht machen konnten. Die Frauen litten, weil der Hunger die Kinder als Erste traf. Die schlimmen Jahre zogen übers Tal, und neue Verführer hatten es leicht.

Rosa versank tiefer in ihren Büchern, in ihrer kleinen Familienidylle, benutzte das Klavierspiel als Fluchtweg und wartete jeden Tag auf Post von Menschen, die ihr versichern konnten, dass es noch eine andere, eine friedliche Welt gab, wo ihre lauter und gewaltbereiter wurde.

Eines Tages, als sie hochschwanger mit ihren zweiten Kind die Linzer Buchhandlung betrat, wies sie der Händler darauf hin, dass es schwierig wurde, gewisse Literatur aus dem Ausland zu beschaffen, auf jeden Fall teurer. Zuerst verstand sie ihn gar nicht. Man war schließlich nicht in Deutschland, wo sich alles mit diesem Hitler verändert hatte. Dann wurde ihr klar, dass sich die Wege in Europa verlängerten, dass manches einen weiten Umweg nehmen musste. Vermutlich war dies der Moment, in dem Rosa voraussah, welche

Schwierigkeiten auf sie warteten. Sie wachte auf und begann mit ihren Vorkehrungen.

Josef behelligte sie damit nicht. Er hatte genügend Sorgen in der Fabrik. Ihre Haushaltshilfe verließ sie, um in ein anderes Dorf zu heiraten, und sie nahm die Tochter eines Tagelöhners zu sich, Elfriede, die ihr mit den Kindern half und ihr für das Leben ohne Schläge, Demütigungen und Hunger so dankbar war, dass sie für Rosa durchs Feuer gegangen wäre.

Später, als es darauf ankam, würde Elfi verlässlich ihre Herrschaft decken, würde Rosas regelmäßiges Verschwinden überwachen und um passende Ausreden nie verlegen sein, würde stumm bleiben selbst in ihren letzten Minuten unter den Tritten der SS-Soldaten. Elfi war es, die half, Bücherverstecke in Bücherkästen anzulegen, in denen später auch verbotene Schriften und verräterische Briefe Platz fanden, ohne dass Josef davon erfuhr. Dabei las Elfi selbst nur Kochbücher und das Neue Testament und wunderte sich, wie man mit dem Lesen von Geschichten aus aller Herren Länder die leeren Stellen einer Existenz in diesem Tal ausfüllen konnte und wollte. Und so begann Rosas zweites, heimliches Leben. Viele vermuteten dessen Existenz, aber niemand konnte es sich wirklich vorstellen. Schließlich lebte man auf Gedeih und Verderb auf engsten Raum zusammen. Die Frau des Maschinenchefs blieb in gewisser Weise unangreifbar, auf jeden Fall fremd und isoliert. Man traute ihr nicht und doch traute man ihr einiges zu.

Rosa versuchte, trotz der Entfernungen den Kontakt mit ihren Geschwistern und den Eltern aufrechtzuerhalten. Noch nahm sie kein Blatt vor den Mund. Das änderte sich erst, als Josefine verliebt aus Italien mit einem Mann zurückkehrte, der den Schwarzhemden nahestand und den sie innerhalb von Wochen heiratete. Erstmals wurde Rosa bewusst, dass Bruchlinien quer durch die Familie verliefen, dass Politik imstande war, Bande zu lösen.

Juliane und Johann hatten es schon kommen sehen und versuchten trotzdem, die Geschwister mehrere Male im Jahr um ihren Tisch zu versammeln, die Familienloyalität zu stärken, darauf zu achten, dass Enkel vertraut miteinander spielten und Entfremdung keine Keile zwischen die Kleinen schob. Von außen betrachtet, gelang ihnen das auch.

Die kleine Erika tobte mit der Cousine aus Salzburg durch den Garten, der krabbelnde Walter wurde von den zwei großen Wiener Kindern Adeles als lebendes Spielzeug betrachtet. Oskar tauchte noch einmal auf, bevor der Anschluss 1938 alles veränderte. Marie Theres hatte sich in einen Tschechen verschaut, und es war ihr egal, ob die anderen Geschwister das klug fanden oder nicht. Zu Josefines Hochzeit brachte sie Matej mit, den sie zärtlich Matisku rief. Er war ein kleiner Bankangestellter gewesen und hatte gerade mithilfe eines Onkels einen schlecht bezahlten Job in der Finanzabteilung des Prager Magistrats bekommen.

»Voribergähend aine Läbensställung«, lächelte er über die vorsichtigen Fragen zur allgemeinen Lage hinweg.

Josef mochte ihn sofort und freute sich, als es im Jahr darauf zur nächsten Hochzeit kam und er Matej als Schwager gewann. Später, nach dem Blitzkrieg und der Besetzung der Resttschechei, wurde Matej in einen südlichen Außenbezirk versetzt, wo er eine winzige Wohnung für Marie Theres und den gemeinsamen Sohn Marek fand. Bis zum Kriegsende konnte Rosa sicher sein, dass ihre nunmehr tschechische Schwester bedingungslos auf ihrer Seite stand. Sie konnte zwar nicht helfen, aber die wenigen Male, die sie sich trafen, war Marie Theres eine gute und kluge Zuhörerin. Karl hingegen misstraute sie bald. 1939 heiratete er wieder. Ab da kamen Adeles Kinder nicht mehr, schrieben nichtssagende Botschaften an die Großeltern, gingen der Familie verloren.

Rosa half umsichtig im Dorf aus, ohne sich anzubiedern. Sie machte es den Arbeiterinnen leicht, Dankbarkeit nicht als Belastung zu empfinden. Vermutlich war das ihr größtes Talent im Umgang mit den Frauen, und vermutlich hielten sie später deshalb zu ihr.

Denn natürlich dachte sich in späteren Jahren die eine oder andere etwas dabei, wenn die Stadtfrau mit einem schweren Rucksack im Wald verschwand, auch in den Wochen, in denen weder Schwämme noch Beeren zu finden waren. Man wusste zwar, dass sie gerne wanderte – etwas, das weder einer Bäuerin noch einer Arbeiterin in der kargen Freizeit eingefallen wäre – und dass sie alleine offensichtlich keine Angst hatte, auch nicht in den tiefen Gräben und den finsteren Tannenpflanzungen. Aber einen bestimmten Verdacht musste die eine oder andere gehegt haben. Niemand jedoch sprach darüber, es gab kein Tuscheln, kein Flüstern, kein Hinzeigen auf sie, solange der Krieg dauerte, solange die Nazis an der Macht waren. Josef achtete darauf, dass es den Wilderern in seiner Belegschaft nicht an den Kragen ging, und so mancher Sohn oder Vater blieb trotz der Zwangsarbeiter plötzlich unabkömmlich in der Produktion. Es musste jemand anderer gewesen sein, niemand aus der Fabrik, der die Gestapo im Spätherbst 1944 zu einem Besuch animierte. Aber bis dahin geschah noch viel.

Rosa war froh, dass Erika im Internat in Wels angenommen worden war. Als das Kind jedoch 1940 zu Ostern heimkam und erzählte, wie die gesamte Klasse die geliebte Deutschlehrerin zum Bahnhof begleitet hatte, weil sie unversehens versetzt worden war, kehrten ihre Sorgen zurück.

»Was ist wirklich vorgefallen?«, fragte sie.

»Nichts eigentlich«, erzählte Erika. »Sie hat uns nur gesagt, dass sie an eine andere Schule kommt, weit weg. Wir fanden das so traurig. Und auch blöd, noch vor dem Schulschluss. Sie hat zwar für jede von uns eine Beurteilung geschrieben, aber wer weiß, was die neue Lehrerin zur Abschlussprüfung haben will.«

»Von einem Tag auf den anderen wurde sie weggeschickt, ohne Vorwarnung?«

»Also uns haben sie nichts vorher gesagt. Euch Eltern auch nicht?«

»Nein.«

»Der Direktor wollte uns nicht freigeben, dass wir sie begleiten. Aber wir haben versprochen, sofort wieder ins Internat zurückzugehen. Und da hat er uns gehen lassen. Der Bahnhof war voll mit Leuten. Der Zug war voll. Und überall Soldaten. Mama, es gibt richtig viele Soldaten jetzt.«

»Hat jemand auf Frau Lohmann gewartet?«

»Wie, gewartet?«

»War sie alleine?«

»Nein, auf dem Perron stand ein Mann mit einer Liste, und bei dem meldete sie sich, bevor sie einstieg. Dem war es gar nicht recht, dass wir alle dastanden und ihr die Hände drückten; und dann winkten und laut Alles Gute schrien. Und sie winkte aus dem offenen Fenster zurück, solange wir sie sehen konnten.«

»Und du weißt nicht, warum sie versetzt wurde?«

»Na ja, es könnte vielleicht mit dem Gedicht zusammenhängen, das sie mit uns durchgemacht hat.«

»Welches?«

»Die Lorelei, die ist von Heinrich Heine.«

»Ich weiß, von wem sie ist. Oh Gott, die arme Frau.«

»Wer? Lorelei?«

»Frau Lohmann.«

»Stell dir vor, Heine ist nicht in unserem Lyrikschatz der deutschen Sprache, obwohl das Buch frisch herausgegeben worden ist!«

»Das wundert dich?«

»Heine ist ein großer Dichter, hat Frau Lohmann gesagt – und wir finden das auch.«

»Ja, und er ist so nebenher auch noch Jude gewesen, und das sollte dir nun einiges erklären. Hat euch Frau Lohmann das nicht gesagt?«

»Nein. Sie sagte ja bei Goethe und Schiller auch nicht dazu, ob die katholisch oder protestantisch waren.«

»Rikki, du bist schon zu alt für so eine Naivität. Du weißt, dass ich Bücher habe, die auf dem Index stehen. Die du in deiner Schulbibliothek auf keinen Fall finden wirst. Und du weißt, dass du darüber mit niemandem sprechen darfst. Also stell dich nicht dumm an. Frau Lohmann hat was riskiert, als sie mit euch über einen der größten deutschen Dichter geredet hat. Und dass der verboten ist, sollte dir einiges über die Partei und die Regierung sagen. Duck dich und rede mit niemandem darüber.«

»Auch nicht mit der Hanni?«

»Nein, auch nicht mit Hanni.«

»Aber sie ist meine Freundin. Sie betet jeden Abend vor dem Schlafengehen. Obwohl sich manche darüber lustig machen.«

»Dann besitzt sie vielleicht Charakterstärke. Aber auch mit ihr solltest du über nichts reden, was von der offiziellen Linie abweicht und was bei dir daheim anders läuft. Versprich es mir. Du willst doch nicht, dass Papa oder ich auch in einen Zug steigen müssen und ihr Kinder zu fremden Leuten kommt.«

Sie sah das Erschrecken ihrer Tochter und bot ihr trotzdem keinen Trost. Zu viel hing davon ab, dass das Mädchen kapierte, was Schweigen wert war. Sie nahm sich vor, in den Sommerferien, wenn genügend Zeit war, mit Rikki über alles zu reden, was ihr das Herz einschnürte. Im Haus von Rosas Eltern, wo Neuigkeiten der Geschwister aus den unterschiedlichsten Teilen des Landes zusammentrafen, häuften sich die Berichte über Menschenverschickungen und das neue Lager in Mauthausen. Als Josef eines Tages heimkam und erzählte, was Verwandte aus dem Osten des Mühlviertels hinter vorgehaltener Hand über den Steinbruch und eine Treppe erzählten, über die die Geschundenen ihre Gerölllast hieven mussten, erbrach sie sich mitten im Weinen. Das Gerücht behielt sie für sich. Sie wusste einfach nicht, wie sie das ihren Eltern und Geschwistern beibringen sollte. Sie wusste nicht, wie sie sich die Männer erklären sollte, die die Gefangenen bewachten. Hatte es nicht noch vor kurzer Zeit eine Welt gegeben, in der man sich so etwas nicht hätte vorstellen können? Konnte es überhaupt wahr sein? Mittlerweile misstraute sie einigen im Tal. Rosa und Josef rückten noch näher zusammen.

Später entstanden Parallelwelten: eine Flüsterwelt, in der man einander berichtete, sich austauschte, Ängste beschwor und das Vertrauen in andere Menschen erschüttert wurde; eine Gefangenenwelt, die aus dürren Arbeitern in gestreiften Lumpengewändern bestand, die das Land auf öffentlichen Routen querten zu Fabriken, Steinbrüchen und Straßenbaustellen und später zu Stollen in den südlichen Bergmassiven; eine Welt der sich schließenden Fenster und Türen, damit man die hohlen Gesichter nicht sehen musste und nicht sah, wie die Stolpernden angetrieben und die Hingefallenen exekutiert wurden. Plötzlich schien es gute Gründe zu geben, Angst vor den Nachbarn zu haben, Angst vor dem verräterischen Geplapper der Kinder, Angst auch vor Menschen, die man eigentlich mochte.

Erika wusste noch nicht, dass das Netz der Denunziation dichter und dichter wurde, aber Rosa war sicher, dass ihre Tochter auch an ihrer Schule seltsame Widersprüche hörte.

»Weißt du was, Goldstück?«, schlug sie ihr vor. »Du lädst im Sommer deine Freundin Hanni ein. Sie soll bei uns ein oder zwei Wochen wohnen, Papa nimmt euch mit in den Wald, ihr fahrt mit der Fähre hinüber zu den Großeltern, wir machen es uns gemütlich. Ich kann dir ein Briefchen für ihren Vater mitgeben, damit sie wissen, dass alles in Ordnung ist. Freundinnen sind wichtig, und wenn sie so wunderbar ist, wie du behauptest, wollen wir sie natürlich erst recht kennenlernen.«

Erika strahlte.

Rosa strahlte mit ihr. Wenigstens die Entscheidung für diese

Schule hatte sich als richtig herausgestellt, ihre Tochter war keine Einzelgängerin mehr, nicht allein in einer Umgebung, die nichts mit ihr anzufangen wusste. So kam im Sommer 1940 Hanni das erste Mal in Rosas Haus.

Das Mädchen war fröhlich, hilfsbereit und wurde vom kleinen Walter angehimmelt. Sie steckte voller charmanter Überraschungen, aber am meisten überraschte Rosa und Josef, mit welcher Ernsthaftigkeit sie betete, mit welcher Selbstverständlichkeit sie in die Dorfkirche ging. Selbst Pfarrer Mitterlehner nahm den Zuwachs in seiner Gemeinde mit Erstaunen zur Kenntnis. Hanni mit ihrem Herzgesicht entpuppte sich als Rattenfängerin in der Arbeitersiedlung, wo ihr die Kleinen nicht von der Seite wichen. Die Burschen pfiffen ihr nach, manche ließen sich sogar wieder vor der Kirche nach der Sonntagsmesse sehen, nur um einen zusätzlichen Blick auf Hanni zu erhaschen oder gar von ihr angesprochen oder angelächelt zu werden.

Elfi, Rosas Hilfe und Vertraute, war es, die herausfand, dass Hanni auch Tschechisch sprach, besser als sie, die es von ihrer Großmutter gelernt hatte. Hanni stammte aus einer begüterten alten Familie, dem deutschen böhmischen Landadel, der sich nie als Teil der Sudetendeutschen betrachtet hatte, sondern als Böhmen deutscher Zunge. Die meisten von ihnen hatten für die neue Tschechoslowakische Republik gestimmt, unangefochten vom Nationalismus, der im 19. Jahrhundert in zu vielen Ländern wie Unkraut auf den Feldern gewuchert war und mittlerweile Europa fest im Griff hielt. Hannis Familie gehörte zu denen, die daheim deutsch sprachen, im Alltag mit den Tschechen tschechisch, und deren Familien meist von woanders kamen, von irgendwo in Europa, nicht aus dem Sudetenland. Die Tschechen nannten diese Familien *naše Němei*, unsere Deutschen.

Hannis Mutter war vor wenigen Jahren an einer Lungenentzündung gestorben. Der Vater ließ das Gut verwalten und war bei Ausbruch des Krieges ins Militär zurückgekehrt, ein überzeugter Soldat, Katholik und Antisemit, der noch von der Tradition des kaiserlichen Heeres, in dem sein Vater als hoher Offizier gedient hatte, geprägt war. Hanni war sein einziges Kind; wenn sie nicht im Internat lebte, wurde sie von einer Tschechin im Gutshaus der Familie versorgt, hatte ihre Kindheit mit den tschechischen Kindern des Dorfes verbracht, in der Moldau gebadet, Karl Mays Winnetou und Stifters Hochwald mit Blick auf die böhmischen Tannen rundherum gelesen. Elfi misstraute dem Mädchen am längsten. Schon als Josef und Rosa längst wussten, was für eine herzensgute Freundin ihre Rikki gefunden hatte, war Elfi immer noch reserviert und überwachte Hanni diskret.

Im Nachhinein, dachte Rosa später, war es wohl der letzte Sommer, in dem Lachen das Haus beherrschte, die Sonne die Freundlichkeit der Menschen herauslockte, der Kummer über tote Söhne und Männer noch nicht wie erstickender Dunst über dem Tal lag. Knechte und Mägde hatten schon in den Jahren davor die Höfe verlassen und besser bezahlte Arbeit in der Schwerindustrie in Linz gefunden. Dann wurden auch die Söhne der Bauern für den Russlandfeldzug rekrutiert und die Lage der Landbevölkerung immer misslicher. Rosa wusste, dass sich die Arbeiter in der Siedlung glücklich schätzten, denn die Fabrik tat alles, um keinen von ihnen an das Militär zu verlieren. Auf den Höfen rundherum wurde das Leben währenddessen noch schwerer.

Als man mit der landwirtschaftlichen Arbeit als Pflicht für Schüler den Engpass zu vermeiden suchte, wurde auch in dem Welser Internat der Unterricht unterbrochen, wurden die Ferien für den Erntedienst verkürzt. Es schadete den Mädchen nicht, dachte Rosa, zu spüren, wie sich ein Rücken nach einem langen Tag des Erdäpfelklaubens anfühlte, oder herauszufinden, wie lange man kochen musste, um eine größere Anzahl von Arbeitern satt zu bekommen; oder wie viel Zeit und Kraft überhaupt nötig waren, um das Notwendige, das man mit den Nahrungsmittelkarten bekam, herzustellen und es essbar zu machen. Rikki würde jedoch noch länger dem Einfluss anderer ausgesetzt sein. Würde sie vergessen, was ihre Eltern dachten, woran sie glaubten?

Es beruhigte sie, dass Hanni fast immer gemeinsam mit Erika verschickt wurde. Die meisten Bäuerinnen waren trotz aller Propaganda gläubig, das bestätigte ihr auch Pfarrer Mitterlehner. Ein frommes Mädchen wie Hanni, deren Fröhlichkeit so ansteckend wirkte, war willkommen, vor allem, weil sie auch die Arbeit nicht scheute. Und Erika würde davon nur profitieren.

Dann kamen die Zwangsarbeiter aus Ungarn. Alles, woran man sich schon gewöhnt hatte, wurde anders. Es war unmöglich, die Augen davor zu verschließen.

Im Jahr 1942 beschäftigte das Werk von einem Tag auf den anderen 214 Personen: 121 Männer, 32 Frauen, 61 Kriegsgefangene. Als die Gefangenen geliefert wurden, nieselte es leicht, weiße Schwaden hingen in den Tannen, der Himmel wirkte wie eine Glocke aus altem Milchglas.

Rosa war mit Josef hinunter zum Platz vor der großen Halle gegangen, wo sich bereits die Fabrikleitung, Frauen und Kinder aus der Siedlung und Schichtarbeiter, die nicht schliefen, versammelt hatten, als die Lastwagen eintrafen. Soldaten sprangen ab, stellten sich auf, die Gewehre im Anschlag. Rosa hörte, wie still es wurde, als die Anwesenden aufhörten zu atmen. Es war das erste Mal im Dorf, dass man Waffen auf Menschen gerichtet sah.

Dann wurden die Planen geöffnet. Männer und Frauen in den Streifengewändern, die die Dörfler zum ersten Mal von Nahem sahen, kletterten von den Wagen. Manche waren steif vom Sitzen, richteten sich mühsam auf. Die Uniformierten brüllten, Pumhösl ging zum Offizier, sagte etwas, wurde sichtbar ignoriert. Es war so unhöflich, dass die Arbeiter sich schämten und ihre Köpfe senkten.

»Ich soll mich nicht einmischen und froh sein, dass mir Respekt verschafft wird, hat er gesagt«, berichtete der Fabrikant den Büroleuten mit hochrotem Kopf.

Der Regen hörte auf.

Die Gefangenen standen stumm in zwei Reihen da.

Die Einheimischen starrten sie an.

»Die stinken«, sagte ein Mann.

»Die müssen schon ewig hungrig sein«, sagte Grete Zunder, die Sekretärin.

»Wo werden die wohnen?«, fragte Rosa.

Der Offizier wandte sich an die Belegschaft: »Wie die Kreisleitung mit der Leitung der Fabrik bestimmt hat, werden die Gefangenen von den Maschinisten und Vorarbeitern direkt eingeteilt und eingearbeitet. Als Schlafraum wird einstweilen der Gang zum Kohlendepot reichen, an den eine Baracke für den Winter gebaut wird. Diese Arbeit wird ebenfalls von den Gefangenen ausgeführt, das Holz stellt das Unternehmen zur Verfügung. Zur Bewachung werden acht Soldaten bereitgestellt, für deren Versorgung die Fabrik zuständig ist. Fluchtversuche werden schwer bestraft, auch die Belegschaft des Werkes hat ihre Verantwortung in einem solchen Fall mitzutragen. Die Produktivität darf nicht gefährdet werden.«

Dann ließ er sich Papiere unterzeichnen, stellte die acht Mann Bewachung vor und verschwand mit den anderen Uniformierten in den leeren Lastwägen. Die Soldaten waren alle jung, alle froh, dass sie nicht an der Front Dienst taten, alle eigentlich zufrieden, dass man sie hierhergeschickt hatte und beim Kirchenwirt einquartierte. Das sagten sie sofort, ohne dass irgendwer sie danach gefragt hatte. Und dass man ihnen diesen bequemen Außenposten ja nicht verpatzen sollte. Es klang bedrohlich, obwohl ihre Gesichter so glatt und unbedarft glänzten.

»Das kann ja heiter werden«, sagte Josef und blickte düster über die Köpfe der Gefangenen hinweg. »Haben wir eine Information, was diese Leute in ihrem früheren Leben waren, was sie können und ob sie überhaupt Deutsch sprechen?«

»Es sind Ungarn.«

»Alle?«

»So ziemlich alle. Und ein paar können Deutsch. Und Befehle verstehen sie schnell, wenn man es ihnen richtig beibringt.«

»Wir sind hier nicht in einem Lager. Wir haben hier Maschinen. Und Papier.«

»Schlafen die auf dem Boden? Essen die mit den Händen?«, fragte der Lehrer, der aus der Schule herübergekommen war und Rosa wie immer scheu zulächelte.

Pumhösl winkte seinen Angestellten, und sie setzten sich in Bewegung. Rosa sah ihnen zu, wie sie die Köpfe zusammensteckten, wie sie mit den Soldaten redeten. Josef würde ihr abends erzählen, was sie beschlossen hatten. Papier war wichtig, aber nicht so wichtig wie Waffenproduktion oder alles, was man für Eisenbahnen und den Straßenbau brauchte. Außerdem hatte sich die Fabrik auf Verpackungspapier und Haushaltspapier spezialisiert, keine Zeitung, kein Büro wartete auf ihr Material. Kriegswichtig war Papier wohl nicht. Auf keinen Fall, wenn es kein Papier für Bürobedarf und Ämter war. Oder doch?

Ob die Bewaffneten tatsächlich schießen würden? Ob man die Zivilisten zur Verantwortung ziehen würde, wenn ein Gefangener floh? Vermutlich. Es war nicht so weit nach Ungarn. Allerdings lagen die schwer bewachten Göring-Werke, die Lager Mauthausen und Gusen, die gut überwachte Donau und Wien mit seinem engen Informantennetz in der direkten Fluchtlinie. Wer würde verrückt genug sein, da durchzustoßen? Jeder, der die Kraft noch hatte, dachte Rosa, und jeder, auf den daheim jemand wartet.

Vermutlich würden sie die stärksten Männer zur Holzverarbeitung schicken und die Soldaten aufteilen müssen. Für eine lückenlose Überwachung waren sie sowieso zu wenige. Daher die Warnung an die Belegschaft. Und was hatten sie sich dabei gedacht, die Leute in diesem finsteren Gang zusammenzupferchen? Sie musste mit Josef reden. Manche von den weiblichen Gefangenen waren noch fast Kinder. Wenn man gut argumentierte, konnte man die jungen Frauen bei ihnen im Haus unterbringen oder im Bürogebäude. Außerdem machte es Sinn, die Frauen in der Werkskantine einzusetzen. Dann hatten die Dörflerinnen mehr Zeit für ihre Arbeit daheim, für die Äcker, für die Wäsche, für all die schweißtreibende Arbeit, von der die Männer keine Ahnung hatten, oder dort, wo es keine Männer mehr gab. So wie sie ihren Josef, Felix Pumhösl und Grete Zunder einschätzte, waren die sicher schon auf dieselbe Idee gekommen.

Noch, dachte Rosa, noch funktionierte das Miteinander einigermaßen gut, obwohl die deklarierten Kommunisten, Sozis und Anarchisten bereits vor einiger Zeit verschwunden waren und das Lehrerehepaar kein Hehl aus seiner Begeisterung für den Führer machte. Mit Manfred Silberbauer konnte Rosa gut reden, mit der ehemaligen Hilfslehrerin Barbara tat sie sich schon schwerer. Aber immer noch hielt sie ihr zugute, wie professionell sie sich bei Erikas Augenverletzung verhalten hatte. So viel hätte damals schiefgehen können.

Rosa ging zurück ins Haus. Gerade riss der Himmel endgültig auf, ein richtiger Apriltag. Sie musste bald auf die andere Donauseite zu ihren Eltern fahren. Von Oskar war einer seiner seltenen Briefe nach einer monatelangen Reise gekommen, den musste sie ihnen unbedingt vorlesen. Er war von Ankara aus Richtung Bagdad aufgebrochen, und Rosa ahnte, dass das nichts mit seiner Schauspielerei, mit seinen pseudowissenschaftlichen Sprachstudien zu tun hatte.

Was war das nur für ein Krieg, der sich mittlerweile an den entlegensten Orten der Welt abspielte! Was hatte Erika ihr erzählt? Ab dem nächsten Jahr konnten sie in der Schule eine weitere Fremdsprache auswählen, die für die Auswanderung in die zukünftigen Kolonien gedacht war, Russisch oder Suaheli. Erika hatte sich für die afrikanische Sprache entschieden, es klang so sehr nach Abenteuer, nach

Exotik, nach einer Weite, die unvorstellbar war. Josef hatte nur abfällig gemurrt, nicht verstanden, warum Rosa laut lachte.

Elfi kam aus der Küche, hielt ihr eine Schüssel voll fleckiger Erdäpfel unter die Nase.

»Lange gehn's nimma, mia ham in de Mauern des Wossa.«

Rosa nickte. Ja, der Keller gehörte dringend saniert, aber Baumaterial wurde strikt rationiert, und für so etwas Nebensächliches gab es nichts. Sie musste Josef bitten, ob er im Stadl einen eigenen Verschlag für die nächste Kartoffelernte aus Holz tischlern konnte. Und der Katze würde sie den nächsten Wurf Junge lassen, damit genügend Mausjäger rechtzeitig zur Verfügung standen.

Wie lange der Krieg wohl dauern würde? Matthäus in Salzburg hatte geschrieben, dass man ihm die Einberufung geschickt hatte, dass er demnächst ins Ausbildungslager käme. Eine weitere Sorge für die Eltern. Michael, der Jüngste, würde seinen dreißigsten Geburtstag in irgendeinem Schützengraben verbringen. Von ihm wussten sie nicht einmal, wo genau er kämpfte. Und ihre kleine Rikki sollte Suaheli lernen! Rosa fand es immer noch grotesk komisch. Im Freifach von Rikkis Stundenplan stand sogar Fechten auf dem Programm. Hatten denn alle ihren Verstand verloren? Wenigstens war Walter ein ganz normaler Bub, unauffällig, liebte Fußball, sang gern, obwohl seine Stimme gerade brach, ein durchschnittlicher Schüler, der wohl in drei Jahren mit der Schule aufhören und in Linz eine Lehre beginnen würde. Er hatte geschickte Hände, und Tiere hatten keine Angst vor ihm. Ein gutes Kind, das sich für Politisches überhaupt nicht interessierte.

Wenn der Krieg nicht wäre, dachte Rosa und wusste gleichzeitig, dass es völlig verkehrt war, sich in solche Träumereien zu flüchten. Der Krieg war da. Der Krieg hatte bereits alles verändert. Und sie lebte immer noch in diesem engen Tal in einem selbst gewählten Exil, umgeben von Menschen, denen sie nicht traute, angekettet von ihrer Liebe und unverbrüchlichen Loyalität für Josef.

Aber ohne Elfi, dachte sie, bevor sie zu Walter ging, um ihm bei der Hausübung zu helfen, wäre es noch einsamer, trotz Josef. Im Grunde geht es mir gut.

MELBOURNE
1996

In diesem Frühsommer gelang es Mary oft, die Burschen zu Strandausflügen zu überreden, trotz des weiten Wegs durch die Stadt auf die Südostseite der Bucht. Sie war immer schon gern in St. Kilda gewesen, und seitdem die Bahn in diesem Jahr wieder eröffnet worden war, war es für sie näher gerückt. In den letzten Jahren hatte man das heruntergekommene Viertel wieder entdeckt, Hotels waren errichtet worden, die Infrastruktur wurde verbessert. Viele der schäbigen Holzhäuschen, in denen früher Pensionisten und Künstler gewohnt hatten, standen nun zum Verkauf, und Mary konnte den Traum, sich hier ein Zuhause zu leisten, einfach nicht aufgeben.

Sie liebte es, auf dieses Meer zu schauen, das im Juli voll grauweißer Wildheit auf das Land aufschlug und sich jetzt im November in einer überwältigenden Bläue vor ihnen ausdehnte. Obwohl sie sich innerhalb der riesigen Hafenbucht aufhielten, überwältigte sie das Gefühl von Grenzenlosigkeit jedes Mal. Es war in all seiner Schönheit so tröstlich. Nichts konnte ihren Kummer so nichtig erscheinen lassen wie dieses tiefe Wasser, das Kontinente verschluckt oder gespalten hatte.

Wenige Menschen waren unterwegs, die Sonne stand schon tief, lange Schatten kreuzten einander, wenn sich Läufer an der Wasserlinie begegneten. Mary schaute hinaus. Dort, auf dem Brett, das war John, der versuchte, den niedrigen Wellen etwas Geschwindigkeit abzutrotzen. Es sah ein bisschen lächerlich aus, weil das hier kein wirklicher Surferplatz war. Aber Johnny spielte einfach gern.

Iannis hatte Mary zu Mittag telefonisch versprochen, Philipps Geigenstunden weiter zu finanzieren. Das Begabtenstipendium deckte nicht alle Kosten. Mary wusste, dass ihre Exschwiegereltern für John ein eigenes Sparbuch eröffnet hatten, um das Ungleichgewicht in der finanziellen Hinwendung zu mindern. Und sie wusste auch, dass es John egal war, Hauptsache, er musste kein Instrument lernen oder Gesangstunden nehmen, zu denen ihn Marys Mutter ein Jahr lang mit sanfter Gewalt gezwungen hatte, bis der Stimmbruch ihn befreite. Dabei hätte John mit einem weniger begabten Bruder vermutlich nichts dagegen gehabt. Er spielte heimlich und schlecht Gitarre und sang dazu. Er musste wissen, dass Mary und Philipp ihn dabei hörten, aber es wurde nicht darüber geredet, so wie man nicht über Makel redet oder über offensichtlich Beschämendes.

»Du solltest mehr darauf achten, dass Johns Talente gefördert werden«, hatte ihre Mutter insistiert.

»Das tue ich, Mama. John ist großartig normal. Ein Wunderkind in der Familie reicht nämlich.«

»Wir helfen dir gern, das weißt du.«

Mary hatte nur genickt. Es erschlug sie fast, diese permanente Dankbarkeit ihren Eltern, Iannis' Eltern, sogar Iannis gegenüber. Ja. Alle halfen mit, die bessere neue Geige, die zusätzlichen Lehrer für Philipp zu finanzieren. Sie durfte sich nicht beklagen. Und trotzdem. Alle schienen sich dadurch ein Mitspracherecht erkauft zu haben. Es strengte so an, dankbar zu sein.

Wie war Iannis damals bewundert worden, weil er seiner zweiten Frau vor dem versammelten Clan erklärt hatte, wie es lief: Wer ein begabtes Kind hatte, musste es fördern. Es klang ein bisschen so, als wäre Iannis der Grund, warum ihnen dieses Geschenk, das bei allen nur noch Philipps Gabe hieß, gemacht worden war. Die neue Frau, eine blonde Griechin, hatte gelächelt, und Mary hasste sie in diesem Augenblick des ergebenen Verstehens voll erschreckender Inbrunst. Iannis war mittlerweile Vater einer Tochter, die wie eine Puppe in

Rüschenkleidern herumgereicht wurde. Marys Söhne bewunderten die Halbschwester und fanden sie gleichzeitig herzzerreißend langweilig.

Philipp, der die wilden Rangeleien mit John inzwischen aufgegeben hatte, um seine Hände nicht mutwillig zu verletzen, sah die griechische Familie nur noch selten. John hatte in den letzten zwei Jahren mehr Kontakt mit Iannis, dem es Spaß machte, ihn auf Bootstouren oder Ausflüge ins Hinterland mitzunehmen, wenn die griechischen Cousins mit ihren Söhnen zu Männerausflügen aufbrachen.

Jetzt war John auf seinem Brett zu Philipp gepaddelt, und sie ließen sich gemeinsam an den Strand treiben. Mary hörte sie lachen. John wirkte so erwachsen, trotz seiner 15 Jahre. Sie sah, wie er in fünf Jahren sein würde: eine strahlende, überwältigend junge Kopie seines Vaters. In letzter Zeit hatte er öfter über Kopfschmerzen gejammert. Daddy, der immer noch zwei Mal pro Woche vorbeikam, um die Burschen entweder vom Schwimmtraining (John) oder einer zusätzlichen Geigenstunde (Philipp) abzuholen, hatte es als übliche List abgetan.

»In seinem Alter, Mary! Klar will er sich Vokabellernerei ersparen oder er hat wieder einen Aufsatz zu schreiben.« Und er hatte gelacht.

Aber Mary dachte an die schlechten Augen ihrer Mutter. Selbst, wenn es bei Erika an einem Unfall gelegen hatte, auch Marys Bruder Joey trug eine Brille. »Könnte John etwas von ihr geerbt haben?«

»John pubertiert noch. Wenn du ihm die Kopfschmerzen nicht durchgehen lässt, wird er es mit Bauchschmerzen probieren.«

»Aber Joey hat während des Studiums plötzlich wegen des vielen Lesens Brillen gebraucht.«

»Diese grauenhaft kleinen runden Gläser!«

Ein Modell, wie es John Lennon getragen hatte. Die Eltern hatten es fürchterlich gefunden. Mary erinnerte sich an das mütterliche Lamento: »Ich verstehe nicht, was Mädchen an Männern finden, die mit solchen Gläsern herumlaufen. Ich versteh es nicht. Schon Brecht hat damit gepunktet, aber der war wenigstens Dichter!«

»Brecht wer?«, hatte Joey gefragt, weil er genau wusste, dass er damit ihre Mutter sofort zum Schweigen brachte. Es war ein vorwurfsvolles, empörtes Schweigen, voller ungehörter Wehklagen über die verlorene europäische Kultur. Ricky hatte den Versuch irgendwann aufgegeben, ihre Kinder mit ihrer ungebrochenen Sehnsucht nach Europa anzustecken. Sie wusste, dass sie beide an Australien verloren hatte, und sie wusste, dass ihre Verurteilung der neuen Heimat ungerecht war. Nur sie blieb eine Gestrandete, egal, wie sehr man sie beruflich schätzte, egal, was die Familie dagegen unternahm.

Mary beschloss, John bei einem Augenarzt anzumelden. Mit ihrem neuen Job und vor allem der Krankenversicherung, die ein Teil ihres Gehalts war, bereitete ihr das kein Kopfzerbrechen mehr.

Philipp brachte ihr einen roten Stein, der vom Wasser glatt poliert und an einer Seite durchlöchert worden war. Muscheln wie im Norden bei Brisbane fand man hier natürlich nicht, aber der Strand bot trotzdem Schätze, vor allem für Menschen wie Philipp, denen Kleinigkeiten nicht entgingen.

»Du kannst ihn an einem Lederband tragen.«

Es war wirklich ein schönes Oval mit dunklen Einschlüssen. Die einzige Kante, die der Stein aufwies, verlief in hellem Orange wie ein Marsgebirgskamm über die gesamte Fläche.

»Mom, kommt Jerry heute noch?«

»Nein, morgen Abend.«

»Ich hab Grandpa von ihm erzählt.«

»Das hättest du nicht tun sollen!«

»Ich weiß. Aber er hat mich traktiert. Er wusste, dass es jemand Neuen gibt. Er sagte, du verrätst dich immer.« Er lachte. »Wir wissen es auch jedes Mal gleich, Mom. Vor allem, wenn du es geheim halten willst.«

Mary wäre ihm gern übers Haar gefahren, aber das mochte er nicht, nicht in der Öffentlichkeit. Er war vierzehn, die Pickel sprossen, einmal pro Woche rasierte er sich, weil sein großer Bruder es tat. Seine blonden Locken würden am Ende des Sommers fast weiß leuchten. Er hätte die gerade lange Nase seiner Familie, hatte Marys Vater behauptet, und das Grübchen im Kinn. Nichts an Philipp ähnelte irgendjemandem aus dem Griechenclan. »Mit Jerry geht es gut, nicht wahr?«, fragte Philipp gerade.

»Ja. Wir mögen uns.«

»Das habe ich Grandpa gesagt.«

»War deine Großmutter dabei?«

»Nein. Es war ein Männergespräch.«

»Na dann.«

Sie würde mit Daddy reden. Hauptsache, ihre Mutter hielt sich diesmal heraus. Sie rief Johnny, und gemeinsam machten sie sich auf den Rückweg zur Tramstation.

Nur lief alles ganz anders und komplett aus dem Ruder.

Jerry hatte sie von ihrem neuen Arbeitsplatz abgeholt. Er stand unten vorm Portal, lehnte sich gegen eine der mächtigen Säulen. Wie immer hob er sich von allen anderen Männern ab, nicht nur, weil er Jeans statt Anzug trug und einen kleinen Rucksack umgeschnallt hatte. Seine Hände hatte er in den Hosentaschen vergraben, und Mary sah, dass er pfiff. Sie konnte ihn noch nicht hören. In der Lobby des Rundfunkgebäudes schoben sich Menschenmassen durch, vor den Liften drängten sich Leute, die breiten Türflügel mit den geschliffenen Glasfenstern wurden ständig auf- und zugestoßen. Mary blieb kurz stehen, um Jerry zu beobachten. Sie beneidete ihn um die Ruhe, die er ausstrahlte, diese Unbekümmertheit, obwohl er zwischen den Büromenschen auffiel. Er war kein bunter Althippie wie ihr Bruder. Er sah aus wie ein Farmer, ein Arbeiter aus dem staubigen Outback, selbst wenn seine Schuhe geputzt und seine vernarbten

Finger nicht zu sehen waren. Sie trat hinaus in das warme Abendlicht, legte ihm eine Hand auf die Schulter, immer noch so ungewohnt glücklich über die Freude, mit der er sie ansah.

»Warten die Burschen auf uns?«, fragte er und löste das raue Kinn von ihrer Wange.

»Ja. Sie kochen. Oder fabrizieren zumindest etwas aus dem, was ich gestern Abend vorbereitet habe.«

»Dann komm.« Er griff nach ihrer Hand und querte die Straße. Er tat das hier immer, er machte nie den Umweg zu den Ampeln, als ob er wüsste, welcher Fahrer vor ihnen, wer hinter ihnen vorbeilenken würde. Er hatte ihr schon mehrmals erklärt, wie man das Tempo beibehielt, sich schräg treiben ließ, dass dieses Prinzip in vielen asiatischen Städten wunderbar funktionierte, solange man den Autofahrern die Chance gab, die Geschwindigkeit der Fußgänger richtig einzuschätzen. Und sie glaubte ihm auch, dass das in Saigon klappte, in Bangkok, in Kuala Lumpur. Aber Mary kannte nur australische Großstädte, geregelten Straßenverkehr. Sein unbekümmertes Hineinspringen erschreckte sie, obwohl sie es verheimlichte, denn hieß das nicht, dass sie ihm misstraute, ihm nicht glaubte?

Natürlich kamen sie auch diesmal wieder sicher auf der gegenüberliegenden Seite an, erwischten den nächsten Bus. Sie würden eine halbe Stunde unterwegs sein, eine halbe Stunde plaudernd, eng beisammen, dann umsteigen, noch einmal zehn Minuten die Körper dicht an dicht und redend. Der Reiz dieses Neuen war für Mary noch nicht verflogen.

Sie hatte gleich nach der Rückkehr von Kangaroo Island vor neun Jahren die neue Wohnung gemietet, hatte die alten Möbel aus dem Lager geholt, sich eingerichtet in dem Nest, das nur für die Kinder und sie da sein sollte, weit entfernt von dem finsteren Dreckloch, in dem sie mit Iannis gehaust hatte, weit entfernt vom griechischen Clan, der die Kinder trotzdem zu vereinnahmen suchte; leider auch weit entfernt von Angie, die in der Zwischenzeit in ein richtig schickes Viertel gezogen war, umgeben von Heckenrosen und Rosentapeten – und sehr viel näher zu ihrem alten Zuhause, zu ihren Eltern, die bereitstanden, um der Arbeit suchenden Alleinerzieherin zu helfen.

Mary schmiegte sich an Jerry. Er erzählte gerade von einem Wasserprojekt, das von seinem Amt abgelehnt worden war. Seine Hände, gezeichnet von den Jahren im Fels, in unwirtlichen Wüstengegenden, wo er vor Ort nach Wasser gesucht hatte, tanzten vor Marys Gesicht. Er schien verärgert. Nein, eigentlich klang es nach einer Mischung aus Sarkasmus, Ärger und bestätigtem Wissen. Als hätte ihn das Nein der Firma nicht wirklich überrascht. Manchmal reizte sie sein Selbstverständnis, diese Gewissheit, nicht falsch zu liegen, alles immer richtig beurteilen zu können. Hatte das etwas mit bestimmten Berufen zu tun? Oder reagierte sie nur überempfindlich, weil ihre Mutter genauso war? Was sagte er gerade?

»… und daher habe ich die Konsequenzen gezogen. Es war sowieso schon lange fällig.«

»Ach?« Welche logischen Folgen?

»Du hättest Banisters Gesicht sehen sollen!«

Banister war sein Chef. Was war passiert?

»Mary! Hörst du mir zu?«

»Ja, ich hab mir gerade Banister vorgestellt oder es versucht.«

»Vergiss es. Er wird mich nicht mehr ärgern.«

»Aber –«

»Du glaubst doch nicht, dass ich nach diesem Eklat noch bleiben möchte!«

Oh Gott, er hatte gekündigt! Ganz sicher. Er redete doch immer von einer zukünftigen Selbstständigkeit, von Jobs weltweit, von Projekten, die sich wirklichem Wasserschutz verschrieben. Wie sollte das funktionieren? Sie war keine Frau für Fernbeziehungen. Sie drehte sich ihm zu, und er sah sie an. Sie sah den geröteten Fleck neben seiner linken Iris, wo letzte Woche ein Blutgefäß geplatzt war, die Fältchen, die sich von den Lidern seitlich bis zum Haaransatz zogen, ein winziges Hochplateau mit tiefen dunklen Schluchten, so wie sie sich manche Gegenden im Nordwesten vorstellte, die gebräunten Wangen mit dem Bartschatten, die Nase mit dem Knick, von dem sie immer noch nicht wusste, wie das passiert war. Seit wann kannte sie ihn? Seit wann liebte sie ihn? Was wusste sie von ihm?

»Nein«, sagte sie zögernd und merkte, es klang wie eine Frage.

»Mary!«

»Ja?«

»Davon habe ich doch immer geträumt. Einmal die Chance, weggehen zu können. Mir meine Arbeit selbst aussuchen zu können. In meinem Tempo, zu meinen Bedingungen. Das verstehst du doch?«

»Ja.« Ja, diese zielgerichtete Sehnsucht verstand sie zu gut. Sie hatte ihre eigene erst in der Zeit auf Kangaroo Island richtig zu benennen gelernt. Auch ein Verdienst Gertrud Mellings, die mit ihr über Schriftverkehr mit Behörden, Zeitungen und den Ratgebern des Landesministeriums diskutiert hatte, als wären es spannende Romane, die von selbst gemachten Seifen und Käse aus Schafmilch träumte, als wäre das ein Blick ins Paradies, und die Mary klargemacht hatte, dass ihr trotz der kleinen Kinder, trotz der Scheidung, trotz dieses Neubeginns auf der Insel ein Ziel fehlte, ein irdischer Garten Eden, dem sie entgegengehen konnte in einem Tempo, das sie nicht überfordern würde.

Nun arbeitete sie zum ersten Mal in einer Institution, die ihre Talente nicht nur zu nutzen, sondern auch zu fördern und schätzen wusste. Sie durfte jede Menge Recherche erledigen, konnte mit interessanten Menschen reden, Texte schreiben, lernte redigieren, lernte richtig sprechen, bekam Stimmtraining und hörte ihrer Stimme zu, die sich als selbstständiges Wesen entpuppte. Noch viel mehr als auf die Worte, die gesprochen wurden, achtete sie auf die Pausen, die gehalten werden mussten. Wie viel Bedeutung diese Sekundenbruchteile des Schweigens haben konnten, wenn sie Satzteile umkreisten, einzäunten oder Raum freigaben. Wie dankbar war sie Angie, die

Marys eigentliches Talent als Erste erkannt und sie darauf gestoßen hatte. Seitdem sie diesen Beruf ausübte, verstand sie die vielen Übungsstunden, die Philipp brauchte, diese Sucht, sich mit dem Instrument auseinanderzusetzen, diese Suche nach dem perfekten Ansatz, das Festhalten und Jederzeit-Abrufen-Können. War Jerrys Verlangen genau das gleiche, bloß einem anderen Objekt der Begierde gewidmet?

»Es gibt ein Angebot. Ich bin gefragt worden.«

»Ja?«

»Aber es bedeutet, dass ich weggehen muss. Weg aus Australien.«

»Für wie lange?« Mary wunderte sich über ihren kühlen, sicheren Ton.

»Es wird drei, vielleicht vier Jahre dauern. Ich dachte, du könntest mitkommen. Sie sprechen Englisch dort.«

Der Geräuschpegel, den sie bis jetzt nicht wahrgenommen hatte, flutete auf sie zu, verschlang sie. Sie spürte, wie die Gespräche der anderen auf ihrer Haut aufprallten, in ihr Gehör drangen, wie die Gerüche folgten und ihre Nase verstopften, wie sich ein Film über ihre Poren legte. Sie schnappte hörbar nach Luft.

»Seit wann denkst du darüber nach?«

»Seit Wochen. Seitdem ich weiß, dass sie hier nur an kurzsichtigen Verbesserungen arbeiten wollen oder dürfen.«

Seit Wochen. Wie lange war das? Wann hatten sie sich das erste Mal privat getroffen? Sie hatte ihn bei einem Interview kennengelernt. Es gab Telefonate, Rückfragen, alles einem Feature geschuldet, alles im Rahmen ihrer beider Berufe. Beim letzten Treffen hatte er sie dann ausgefragt, bis dahin hatte er immer nur geantwortet. Drei Monate war das her. Vor vier Wochen hatte sie ihn ihren Söhnen vorgestellt, vor zwei Wochen hatte sie seine Tochter Cathy zum ersten Mal getroffen.

Ihre Mutter hatte ihr vor sechs Wochen auf den Kopf zugesagt, es gäbe wohl wieder einen, wieder so einen Unnötigen, wieder unter ihrem Niveau, wieder einen Träumer, wieder einen, der ihr keine Stütze sein würde, ganz im Gegenteil, und dass sie ihn nicht kennenlernen wolle. Obwohl sie noch nie mit Mary über Sex gesprochen hatte, hatte sie hinzugefügt: »Wenn du einen zwischen die Beine brauchst, dann halt es wenigstens geheim. Die Kinder haben es schon schwer genug in dem Alter, in dem sie jetzt sind. Da brauchen sie nicht noch eine ausgschamte Person, die es neben ihnen treibt.«

Mary hatte später ihren Vater angerufen und gefragt, was ausgschamt hieß. Er hatte gekichert, wollte wissen, wo sie über dieses Wort gestolpert sei. Wenn man sich über nichts mehr schämen würde, weil man alle Grenzen und jedes gute Benehmen hinter sich gelassen habe.

»Jerry, wie stellst du dir das denn vor?«

»Ich verdiene genug für uns alle.«

»Das ist komplett nebensächlich. Ich habe einen Beruf. Ich habe Kinder.«

»Aber ich will dich nicht verlieren. Wir übersiedeln gemeinsam. Du findest dort sicher Arbeit bei einem anderen Sender.«

»Und die Kinder? Johnny ist in einem blöden Alter, und bis zur Uni dauert es nicht mehr lange. Aber noch ist er bei mir. Philipp ist sowieso gefordert, neben der Schule hat er noch die Kurse an der Uni und die öffentlichen Auftritte und die internationalen Bewerbe. Er braucht absolute Verlässlichkeit daheim. Ist dir klar, was es bedeutet, sich als Vierzehnjähriger beständig einem Vergleich mit anderen, meist Jüngeren zu stellen? Für Geiger werden die Weichen jetzt gestellt. Später sind sie zu alt, um an die internationale Spitze zu kommen.«

Jerry schaute sie nur an. Er wusste nichts von diesem Gespräch auf Kangaroo Island, als am Telefon in Gertruds Büro die Schule nach ihr verlangt hatte nach einem Gesprächstermin, weil einer ihrer Söhne so überwältigend begabt wäre, weil sie reagieren müsste, und zwar schnell, weil dieser kleine Bub sich im Musikunterricht sofort für die Viertelgeige entschieden hätte und seitdem alle Lehrer verblüffte. Und das läge nicht daran, dass es auf der Insel eben keine anderen Begabungen gebe und er nur wegen fehlender Vergleichsmöglichkeiten der Beste wäre, mit dem sie es je zu tun gehabt hätten. Er müsste nach Adelaide, jemand Bestimmten vorspielen, seine Lehrerin trainierte schon mit ihm dafür. Es wäre sowieso schon fast zu spät. Immerhin ein mittlerweile Fünfjähriger. Mary erinnerte sich an den Flug, an das Gespräch an diesem Musikinstitut, an das leuchtende Gesicht der Lehrerin, die ihren Paradeschüler vor sich herschob, die die richtigen Fragen kannte, das Metier beherrschte, während Mary sich fühlte wie eine Kuh vorm verschlossenen Stall. Und später dann, in Melbourne, allein die organisatorische Aufgabe, diesem Sohn alles zu ermöglichen und trotzdem eine einigermaßen normale Kindheit zu bieten. Nichts wusste Jerry davon.

»Ist das ein Nein?«

»Ich habe keine Wahl.«

»Doch. Die hat man immer.«

»Aber es wäre die falsche Entscheidung, für die Kinder, für mich.«

»Eine Entscheidung für uns ist für dich die falsche Entscheidung?« Jetzt klang er entsetzt und verletzt.

»Es ist der falsche Zeitpunkt, Liebling.«

»Bedeutet das, du könntest in einem Jahr nachkommen?«

»Ich weiß es nicht.«

»Wieso nicht?«

»Weil Philipp dann fünfzehn ist. Er ist noch nicht großjährig, braucht also, weil ich das nicht kann und nichts davon verstehe, einen vertrauenswürdigen Agenten, der die ersten Verträge für ihn aushandelt, der für ihn entscheidet, der für ihn unterschreibt. Ich weiß nicht, wo wir so jemanden finden. Ob Philipp in einem Jahr so weit ist.«

»Und? Da ist doch noch etwas.«

»Ich will meinen Beruf nicht aufgeben«, flüsterte Mary.

»Aber das musst du doch nicht!«

»Doch. Außerdem bringen sie mir noch so viel bei. Ich lerne so viel. Ich liebe es einfach. Ich will nicht weg.«

Sie schwiegen. Als der Bus an der Haltestelle stehen blieb, wo sie aussteigen mussten, setzten sie sich dort auf die Bank und schwiegen immer noch. Irgendwann zog Jerry seine Hand von der ihren.

»Hat es auch damit zu tun, dass deine Eltern mich nicht kennenlernen wollen?«

Sie hätte ihm die Reaktion ihrer Mutter nie erzählen dürfen.

»Nein.«

»Und wenn ich alle paar Monate zurückfliege und du vielleicht einmal zu Besuch kommst? Es sind ungefähr achtzehn Flugstunden.« Er klang so verzagt.

»Jerry, alles ist weit weg von Australien, bloß nicht Indonesien und Neuseeland. Die Entfernung ist nicht das Problem. Oder doch, denn es geht darum, dass wir zu Besuchern im Leben des anderen werden. Wir leben dann nicht mehr zusammen.«

»Wir leben jetzt auch nicht in derselben Wohnung.«

»Aber ich habe davon geträumt.« Jetzt fing sie zu weinen an.

»Vielleicht änderst du deine Meinung? Wir können –«

»Nein.«

»Nein?«

»Ich will dich hier, bei mir, mit uns. Wenn das nicht geht, dann beenden wir es, bevor wir uns zerfleischen.«

»Was?!«

»Deine Tochter hat eine Mutter, die verlässlich und immer für sie da ist. Meine Söhne haben mich. Die anderen sind hübsche Verzierung, Hilfe in Ausnahmesituationen, aber nicht mehr. Du kannst weggehen. Aber ich nicht. Und wahr ist auch, dass ich dir nichts versprechen kann. Ich weiß nicht, ob ich jahrelang auf dich warten will. Du weißt nicht, ob du zurückkommen wirst oder ob du dort vielleicht jemanden kennenlernst. Ich bin kein romantischer Typ. Bin ich nie gewesen. Meine Eltern haben mir Pflichtgefühl eingepaukt. So ist es eben.«

Jerry stand auf. Der nächste Bus kam. »Es hat jetzt wohl keinen Sinn, wenn ich mitkomme«, sagte er.

»Nein«, sagte Mary und stieg alleine ein. Er winkte ihr. Sein Gesicht sah genauso verschlossen aus, wie sie sich ihres vorstellte. Sie fragte sich, ob sie ihn noch einmal sehen, noch einmal berühren würde. Und wann der richtige Schmerz einsetzen würde.

Eine Woche später läutete das Telefon sehr, sehr früh. Mary wusste sofort, dass es schlimm war, als sie die Stimme ihrer Mutter hörte. Sie ließ sich die Wand hinunter auf den Boden gleiten. So fanden sie ihre Söhne.

Daddy war im Schlaf gestorben, ruhig dem letzten Schlag seines geschwächten Herzens entgegen.

Mary würde Monate brauchen, um sich an sein Fehlen zu gewöhnen. Sie würde ihrer Mutter beistehen, sie würde das Begräbnis organisieren, sie würde voll stiller Freude vermerken, wie viele Freunde von früher kamen, wie viele der älteren Arbeitskollegen auftauchten, Italiener, Deutsche, Österreicher, Briten. Angie würde ihr wie erwartet eine große Hilfe sein, Scott würde aus Sydney kommen und eine Rede halten, die sogar Erika lächeln ließ, voll sanftem Trost und wärmenden Erinnerungen. Der griechische Clan würde da sein, und sie würde sehen, wie gebrechlich Iannis' Mutter geworden war, wie grauhaarig und faltig Iannis, der Vater ihrer Kinder. Jerry würde da sein, sie kurz umarmen und von ihrer Mutter ignoriert werden, weil sie alle Männer außer Iannis und Scott ignorierte, die Mary umarmten. Mary würde in diesem Moment sicher sein, die richtige Entscheidung getroffen zu haben, und in den folgenden Monaten auch, als Jerry sich nicht mehr rührte. Aber da würde ihre Mutter schon das Haus an kroatische Immigranten verkauft haben, so überraschend schnell, dass sie Weihnachten bereits bei Mary verbrachte, trostlose

Feiertage, die alle überforderten, und dann in ein Hotel zog, bis alles erledigt, aufgelöst und besprochen worden war. Anfang Januar flog sie bereits nach Europa, verließ ihre verbliebene Familie und kehrte dorthin zurück, wo sie in ihrem Herzen immer geblieben war.

Mary lernte, alleine zurechtzukommen. Sie nahm Scotts Hilfe an und kaufte sich ein Haus in St. Kilda. Italiener, Franzosen, Asiaten wurden ihre Nachbarn. Die Kinder nabelten sich ab. Wenn sie Zeit hatte, fuhr sie nun mit ihrem Auto die lange Strecke Richtung Süden, um draußen vor der Bucht an den Stränden des Ozeans zu spazieren oder dem Meer zuzusehen. Manchmal schwamm sie auch, obwohl das Wasser rund um die Mündung des Yarra kalt war. Sie fühlte sich selten einsam.

Das änderte sich erst, als Jerry begann, ihr altmodisch Karten zu schreiben, als gäbe es keine neuen Medien. Als sie ihren Söhnen von ihm erzählte, reagierten sie so offensichtlich erleichtert, dass es schon fast peinlich war. Als sie sich erlaubte, sich ihre wieder aufblühende Liebe einzugestehen, waren acht Jahre vergangen. Trotzdem hatte sie nicht das Gefühl, Zeit verschwendet oder verloren zu haben. Sie heirateten 2009, mit den Kindern als Zeugen, im Freien, das Südmeer im Blick.

ÜBER DIE TOTEN

2002

Erika war neunzehn Jahre alt, als sie den Lastwagen auf der Simmeringer Haide bestieg, um nach Budapest zu fahren. Der Krieg war seit eindreiviertel Jahren vorbei. An der Grenze zu Ungarn sollte demnächst der Zaun errichtet werden. Man redete von Schussanlagen und unüberwindlichen Stacheldrahthindernissen. Sobald der Boden richtig auftaute, würde man beginnen. Vermutlich war es die letzte Gelegenheit, einigermaßen ungehindert über Nebenstraßen durchzukommen. War es nicht verrückt, dass nach diesem schrecklichen Krieg schon die nächste Auseinandersetzung drohte?

Seit einem Jahr wohnte Erika in Wien, studierte an der Universität Medizin, begleitete jeden Sonntag an der Orgel zwei Messen im dritten Bezirk, (ein Arrangement, das ihr ein Zimmer samt rudimentärem Bad zu einem extrem günstigen Preis einbrachte), und kannte jeden Geröllhaufen auf ihren täglichen Wegen. Es roch nicht mehr so schlimm wie zu Beginn, als unter den Ruinen noch Leichen lagen. Und man konnte schon gehen, ohne über Hindernisse klettern zu müssen. Es gab Konzerte, es gab die Oper mit ihren Stehplätzen. Sie schrieb ihrem Vater von jeder Aufführung, die sie sah, und er revanchierte sich mit weniger ausführlichen Berichten von früher, als er mit Rosa dort gewesen war. Wie alle gemeldeten Bewohner Wiens besaß sie eine viersprachige Identitätskarte und die zusätzliche Erlaubnis, ihren Vater und den Bruder daheim in der russischen Zone besuchen zu dürfen, die mit weiteren Stempelpapieren ermöglicht wurde. So war das Leben eben in einem besetzten und unter vier Mächten aufgeteilten Land. Schön war, dass sie seit Monaten für Oper und Burgtheater keinen eigenen Passierschein mehr brauchte, um aus der britischen Zone, zu der der dritte Bezirk gehörte, hinüber in den ersten zu gelangen.

Was sie wirklich irritierte, war, dass man ihr nahegelegt hatte, ab Herbst ihr Studienfach zu wechseln, weil die Plätze für die ehemaligen Soldaten frei gehalten werden sollten. Aus den Lagern der Westlichen Alliierten kehrte ein Strom von Männern zurück. Medizin gehörte zu den Studienrichtungen, in denen man den jungen Heimkehrern freie Plätze versprach, auf Kosten der Frauen, von denen man erwartete, dass sie nach der schweren Männerarbeit während des Krieges froh waren, den zukünftigen Familienvätern prestigeträchtige Berufe abzugeben.

Erika hatte nie etwas anderes gewollt, als Kinderärztin zu werden, in ihrer Freizeit zu musizieren und irgendwann einmal, wenn Janos seinen Frieden mit der Revolution in Budapest gemacht hatte, mit ihm eine Familie zu gründen. Natürlich in Wien. Erika wusste ganz genau, dass sie nie in das kommunistische Ungarn ziehen würde. Janos musste nur endlich die Unerfüllbarkeit seines Traums akzeptieren, musste den Tatsachen ins Gesicht sehen, dass sein Land der nächsten Diktatur entgegenschlitterte. Und genau deshalb kletterte sie nun, Anfang März 1947, immer noch schrecklich mager, als ob der vor einem Jahr überstandene Typhus noch in ihr lauerte, auf diesen Wagen zu den anderen dick vermummten Menschen, die Richtung Osten fuhren und einen absurd hohen Preis bezahlten, dass man sie an ihr Ziel brachte.

Janos hatte sich seit fast zwei Monaten nicht mehr gemeldet. Kein Brief, keine Karte, keine mündliche Meldung über einen seiner Kontakte, mit denen Erika nie etwas zu tun haben wollte. Keiner ihrer Briefe war zurückgekommen. Sie machte sich Sorgen. Janos schrieb, abgesehen von kurzen Pausen, die irgendwelchen Fahrten zu Genossen galten, mindestens einmal pro Woche, und meist kreuzten sich ihre Botschaften. Bevor Erika den Entschluss gefasst hatte, ihn aufzusuchen und mit ihm zu reden, ihn zu überzeugen, doch gleich mit ihr zu kommen, hatte sie nochmals seine Briefe gelesen, alle die vielen Seiten, die er ihr seit August 1945 geschrieben hatte.

So euphorisch war er zu Beginn gewesen, voller Aufbruchsstimmung, hatte kein Verständnis gehabt für Ilonkas Entscheidung, ins Sammellager bei Wels zu gehen, um sich für eine Emigration nach Kanada registrieren zu lassen. Von den 58 überlebenden Kriegsgefangenen aus der Fabrik hatte sich die Mehrheit fürs Auswandern entschieden, nur 14 wollten unbedingt zurück nach Ungarn, zurück zu wartenden Familien, zurück in eine Stadt, in der Politik für die Zukunft gemacht wurde, die doch jetzt befreit war und neuen, aufregenden Zeiten entgegensah. Janos war einer von ihnen, der Intellektuelle, der Künstler, der, für den Erikas Vater als Ersten der Gefangenen einiges riskiert hatte. So wie sich ihre Mutter für Ilonka und die anderen Mädchen eingesetzt und es geschafft hatte, die Pumhösls, das gesamte Büro, sogar den Lehrer Silberbauer auf ihre Seite zu ziehen, zu manipulieren, mit frischem Gemüse aus ihrem Garten zu bestechen, alles daran zu setzen, dass die Fabriksfrauen sich nicht vor Einberufungen ihrer Männer und Söhne fürchten mussten, alle mit ihrer zermürbenden Beharrlichkeit dazu zu bringen, an einem Strang zu ziehen.

Erika hatte sich immer gewundert, wie ihre Mutter es schaffte, die Meinung der anderen so zu beeinflussen, dass sie gar nicht merkten, wie sehr sie geführt wurden. Sie mochten sich vielleicht im Nachhinein fragen, wie die eigenbrötlerische Frau Brettschneider ihren Willen durchgesetzt hatte, aber meist wurde ihnen gar nicht klar, wie geschickt die Falle ausgelegt war, wie sehr sie umschmeichelt und mit praktischen Vorschlägen und vor allem Überlebenshilfen geködert worden waren.

Mutter hätte Janos schon längst überzeugt, dachte Erika und

spürte wieder den dumpfen Zorn, den sie nicht mehr loswurde. Denn dass Janos überhaupt zurück nach Budapest gegangen war, hatte sie auch ihrer Mutter zu verdanken.

»Sie war die tapferste Frau, die ich zu kennen die Ehre hatte«, so schrieb er ihr, in diesem leicht geschwollenen Ton, der verriet, dass er sein Deutsch in der Budapester Oberschicht gelernt hatte. »Sie hat uns Mut gemacht, sie hat ihre Prinzipien nie verraten. Sie hat so vielen von uns das Leben gerettet. Und den zwei Männern im Wald sowieso. Sie hat darauf geachtet, dass das Licht nicht verlöscht. Sie hat uns allen gezeigt, was man im Kleinen verändern kann, wenn man mutig ist. Wie kann ich nun hier im geretteten Österreich bleiben, wenn daheim so viel zu richten und aufzubauen ist? Wie kannst du von mir verlangen, dass ich unser privates Glück vor jede Verpflichtung stelle? Wie kannst du das mit dieser Mutter als Vorbild?«

Er hatte nichts kapiert! Er war ein lieber, begabter dummer Träumer. Ja, ihre Mutter war eine Heldin. Dafür waren sie und Walter nun mutterlos und der Vater ein trauernder Stein.

Der Wagen setzte sich rumpelnd in Bewegung. Sie saßen dicht gedrängt auf Säcken. Die Plane hatte Risse, durch die der Fahrtwind blies. Es war ein eisiger Märztag, die erstickenden Schneemassen, die noch vor zwei Wochen alles in Wien und Umgebung lahmgelegt hatten, waren zwar schon verschwunden, aber der bittere Winter, der so viele Tote gefordert hatte, war noch nicht zu Ende. Was wohl die anderen Passagiere nach Budapest zog? Essen gab es dort sicher genauso wenig wie in Wien. Angeblich hungerten in ganz Europa Menschen, und alle Vorratslager waren leer. Nur an Essen zu denken, ließ ihren Magen schon schmerzen. Erika hatte in ihrem Rucksack gut versteckt drei hart gekochte Eier, ein paar Erdäpfel und ein halbes Kilo Brot. Falls Janos nichts zu essen hatte, konnte sie ihm wenigstens damit dienen. In ihrer Manteltasche steckte ein runzeliger Apfel, noch von Weihnachten übrig, als der Vater sie mit einem vollen Rucksack nach Wien begleitet hatte.

Erika schloss ihre Augen. Neben ihr redeten zwei Männer über die Schneeverwehungen nördlich der Donau und dass noch am Tag zuvor über 600 Männer die Schneehaufen auf der Brünner Straße beseitigt hatten.

»Mindestens hundert Gfangene warn a dabei«, sagte der Mann direkt neben ihr, »warn sicher welche vom Schwarzmarkt, dies dawischt ham.«

»Und die andern warn oide Nazis«, fügte der andere hinzu.

»Glaubst?«

»So wia bei de Trümmerfraun. Jetzt lernans dazua.«

»Oba net olle.«

»Olle lernan nia.«

Erika dachte an das Dorf, nur einen Moment erlaubte sie sich das. Alle die Menschen, die zu Rosas Begräbnis gekommen waren. Die vielen Frauen, die Männer, die Büroleitung, das Fabrikantenpaar. Der Pfarrer hatte die Seelenmesse gehalten und sichtlich um Worte gerungen. Der russische Kommandant hatte vier Soldaten aufmarschieren lassen, die einen Salut schossen, der alle zusammenzucken ließ. Der Vater mit seinem Granitgesicht, das erst Monate später weicher werden sollte. Walter, heftig rasiert, weil er so gut wie nur möglich aussehen wollte, und der nun drei blutige Flecken auf Wange und Kinn hatte. Rosas Geschwister, Matthäus aus Salzburg mit seiner kleinen Familie, Josefine ohne Paolo, aber dafür mit allen drei Töchtern, Marie Theres, die damals noch in Prag lebte, mit ihrem Matisku und dem kleinen Marek; die einzigen drei der zwölf Geschwister, die noch lebten und die die Großeltern stützten. Und mitten zwischen den Dorfleuten Manfred Silberbauer, haltlos schluchzend, alleine.

Tote überall, dachte Erika und konzentrierte sich wieder auf das, was Janos vor vielen Wochen geschrieben hatte, fein ziselierte Sätze voll Geist und Eros, beschwor Erinnerungen, die nicht schmerzten, die tröstlich und liebevoll waren, die sie mit niemandem teilen mochte, weil sie kostbar waren, nicht einmal mit Hanni, mit der sie doch sonst alles teilte.

Janos hatte zu Silvester das letzte Mal geschrieben. Das lange Schweigen hatte sie zuerst auf den extremen Winter, die Schneemassen geschoben, die jeden Verkehr lahmlegten. Janos hatte enttäuscht geklungen, enttäuschter als noch im Herbst. Seine Sehnsucht nach ihr war gewachsen, als ob sie wettmachen könnte, was ihm sein Land, die so rigoros vorgehende Partei versagte. Vermutlich, dachte Erika, würde er nun leicht zu überzeugen sein, brauchte nur jemanden, der ihm half, einen Platz auf einer Ladefläche zurück nach Wien zu ergattern, vielleicht auch noch einen Koffer, eine Kiste zusätzlich im Lastwagen verstauen zu können. Sein Klavier würde er nicht mitnehmen können. Aber das machte nichts.

Mamas Flügel stand ungenützt in Vaters neuem Wohnzimmer in dem Holzhäuschen, das er im Herbst bezogen hatte, weil er es in der Villa nicht mehr ausgehalten hatte. Erikas eigener Flügel war nach der Übersiedlung über die Donau zu den Großeltern gebracht worden. Zwei Instrumente, die sie immer noch nicht mit den neuen Orten, an denen sie nun standen, verbinden konnte. Nur die Bitterkeit fühlte sie, wenn sie daheim im Dorf zu Vaters neuer Bleibe, einem schmalen Holzhaus dicht am Bach oberhalb der Arbeitersiedlung und der Fabrik, ging, an der Kirche, der Schule, dem Wirt vorbei, in dessen Gasthaus jetzt die Russen untergebracht waren, an der Villa der Pumhösls vorbei, am Hang, an dessen oberen Ende der langsam verwildernde Garten und das ehemalige Elternhaus lagen.

Niemand wohnte dort jetzt. Der Vater hatte die schönsten Möbel, den Teppich, den Onkel Oskar seiner Schwester vor Jahren aus der Türkei mitgebracht hatte, die Bücher der Mutter zum Teil in seinem neuen Zuhause, zum Teil bei den Großeltern untergebracht. Nicht, ohne beiden Kindern zu versichern, dass sie sich jederzeit nehmen könnten, was sie wollten, wenn sie es in Zukunft brauchten. In seinem dämmrigen Wohnzimmer hingen zwei Fotos einander gegenüber, der letzte Kaiser und Rosa. Das Bild zeigte sie als junge Frau in einem dekolletierten Abendkleid mit dunklen Stoppellocken, fein gemacht für die Oper, lächelnd. Im Rahmen hatte der Vater getrocknete Erika eingeklemmt.

»Ihr Lieblingskraut«, hatte er seiner Tochter gesagt, »und deshalb heißt du so.«

Erika hatte das nicht getröstet.

Nein, es brachte nichts, an daheim zu denken. Viel wichtiger war es, Janos nach Wien zu lotsen, wo er als Musiker sofort Arbeit bekommen würde, egal, ob er unterrichtete oder auftrat oder beides machte. Schluss mit der Politik, Schluss mit den Parteiprogrammen und den Versprechungen für die Massen. Hauptsache, sie waren endlich zusammen. Jetzt hatte der Vater nichts mehr gegen eine Heirat, er hatte es ihr deutlich zu verstehen gegeben.

Was war das doch für ein seltsamer Nachmittag gewesen, als Janos, kurz bevor er das Dorf Richtung Heimat verließ, mit ihren Eltern gesprochen hatte. Die Septembersonne hatte auf Äpfel und späte Zwetschgen in den noch grünen Bäumen geleuchtet, auf den mit Blumen hübsch gedeckten Tisch auf der Veranda. Das gute Geschirr stand da, auch wenn der Kuchen trocken schmeckte und der Kaffee natürlich nicht echt war. Walter war bei Freunden in Linz, den Eltern war es nur recht, dass der aufgeweckte Jugendliche in der westlichen Besatzungszone zur Schule ging. Zu viele der Halbwüchsigen waren noch beim Volkssturm vor einem halben Jahr eingesetzt worden und entweder erschossen oder in den letzten Kriegstagen gefangen genommen worden.

Janos hatte Erikas Hand gehalten, wie er sie in letzter Zeit so gern in aller Öffentlichkeit hielt. Hatte die Mutter angeschaut und beide Eltern darum gebeten, ihm zu glauben, dass er es ernst meinte mit seinem Antrag, obwohl er um ihre Vorbehalte wisse. Janos war 1945 genau doppelt so alt gewesen wie Erika, vierunddreißig Jahre. Vier davon hatte er in Gefangenschaft verbracht, und der Vater hatte mitgeholfen, ihm das Leben zu erhalten, und vor allem seine Pianistenhände. Ob sie verstünden, warum er jetzt so schnell wie möglich nach Hause, zurück nach Budapest müsste, mithelfen beim Wiederaufbau? Natürlich, hatte die Mutter gesagt, auch wenn sie ihre Zweifel hätte, denn über Stalin habe sie ihre eigene Meinung. Und dass Ungarn es schwerer haben würde als Österreich, die Russen wieder loszuwerden. Janos hatte nur gelächelt. Er war nie Kommunist gewesen, aber als eingefleischter Sozialist hatte er bereits eine Vorgeschichte, die ihm 1942 die Zeit im Lager von Gusen eingebracht hatte.

»Und uns«, hatte Erika vorwitzig eingeworfen.

»Und euch. Ich werde nie den Appell vor der Fabrik vergessen, als wir dastanden, nicht wussten, wo wir hingebracht worden waren, die Leute uns anstarrten und der Regen plötzlich aufhörte und ich hinter den Arbeitern auf dem Platz am unteren Wiesenhang Rosa sah, wie sie dastand und zuhörte und die Luft wie verdichtet rund um sie schien. Als wäre sie von weit weg«, jetzt wandte er sich an Erika, »eine Lichtgestalt mitten im düsteren Grau, so war deine Mutter immer.«

Erika hatte ihre Eltern angestrahlt, hingerissen von seiner altmodischen Eloquenz.

Natürlich hatte Janos sie gleich heiraten wollen, schnell, bevor er heimkehrte. Erika hatte davon gewusst, aber insgeheim Angst davor gehabt. Noch lag das letzte Schuljahr vor ihr, sie wollte maturieren, sie wollte studieren. Sie hatte einen Plan; verheiratet zu sein in einem Land, dessen Sprache sie nicht konnte, gehörte nicht dazu, trotz aller jugendlichen Verliebtheit. Erika dachte an die ersten Küsse. Janos hatte erst nach der Befreiung gewagt, sie zu umarmen, erst, als keine Gefahr mehr damit verbunden war, hatte er sich ihr erklärt. Und wie dumm und unerfahren sie sich angestellt hatte! Erika konnte sich das Lächeln nicht verkneifen. Keine Ahnung hatte sie gehabt, von nichts.

Dass er sie anhimmelte, hatte sie zuerst gar nicht bemerkt. Hanni hatte sie darauf gebracht, als sie in den letzten Kriegstagen mit ihr heimgekommen war. Piano hatten sie ihn genannt, wenn sie über ihn redeten. Und Erika war jedes Mal errötet. Piano dies, Piano das. Aber vor allem beschäftigte Hanni, dass Piano so alt war.

»Du bist die Erste aus der Klasse, die einen Verehrer hat«, war Hannis oft wiederholter Kommentar, »vor allen anderen, die dauernd über Schwärme und Freunde reden und irgendwelchen Soldaten Briefe schreiben, die sie gar nicht kennen. Wer da draußen im Dreck will denn von einer Sechzehnjährigen lesen, dass sie Angst vor einer Prüfung hat oder dass unten auf der Straße die ersten Flüchtlingstrecks durchkommen und wir Idiotinnen den dürren Pferden unsere Semmeln verfüttern wollten, bis die Frauen von den Wagen sie uns aus der Hand gerissen haben für ihre Kinder. Wir haben von nichts eine Ahnung, Rikki, von gar nichts.«

»Und die alten Leute auf den Wagen, die so komisch redeten.«

»Deutsche aus dem Banat oder Schlesien oder von sonst wo. Ich möcht nicht wissen, was die alles gesehen haben. Wir kennen bloß die amerikanischen Tiefflieger und wie ein Schlafsaal ausschaut, wenn durch die Fenster auf die Tuchenten geschossen worden ist und alles voll mit Federn ist.«

»Das haben wir doch erst nach dem Alarm und dem Unterricht im Bombenkeller festgestellt.«

»Sag ich ja. Wir haben wie auf einer Insel in den letzten Jahren gelebt, und nur zum Erntedienst oder in den Ferien haben wir was vom richtigen Leben im Krieg mitbekommen. Und gerade da findest du einen Prinzen.«

»Geh, hör auf, er ist kein Prinz!«

»Nein, er ist ein Klavierspieler. Und steinalt!«

»Er ist ein bissl über dreißig.«

»Und schaut verwittert aus wegen der Gefangenschaft. Dabei ist es denen bei euch gut gegangen.«

»Die im Holz oder in den Hallen haben trotzdem viel zu schwer gearbeitet für das wenige Essen. Außerdem hat man sie gezwungen. Die haben das ja nicht freiwillig gemacht.«

»Ich möcht' nicht wissen, was wer in diesem Krieg freiwillig macht.«

Und dann hatten sie wieder geschwiegen, Erika, weil sie wusste, was ihre Mutter tat und wovon niemand wissen durfte, jetzt, nach der Erschießung Elfis im Februar erst gar nicht, und Hanni, weil sie von ihrem Vater schon lange nichts mehr gehört hatte und ihr Elternhaus im Böhmischen Wald verlassen war und weil ihr außerdem auf die Nerven ging, dass sie immer »Ich möcht nicht wissen« sagte, weil ihr nichts Besseres einfiel, um es ihrer Angst entgegenzuhalten.

Erika auf dem Lastwagen nach Budapest dachte an diese chaotischen Wochen Ende April 1945. Sie dachte an die Gerüchte im Tal, die nervösen Soldaten, immer noch dieselben acht, die seit Jahren auf die ungarischen Zwangsarbeiter aufpassten, heilfroh mittlerweile, dass sie nie in den Osten abkommandiert oder an der Balkanfront verloren gegangen waren. Sie dachte an die letzten Tage in der Schule, bevor man alle Mädchen, so weit es ging, nach Hause geschickt hatte, weil die Amerikaner immer näher rückten und Städte und Dörfer voll mit Flüchtenden waren. Sie dachte an die von Leiterwagen, Gespannen und Menschen verstopften Straßen und mittendrin das Militär und die SS, die Fahnenflüchtige suchte oder sonstige Menschenjagden veranstaltete. Sie dachte an ihren Bruder Walter, der bei den Großeltern versteckt worden war, um jedem Landsturmaufgebot zu entgehen. Sie dachte an die schmal gewordenen Gesichter ihrer Eltern, an Ilonka, die in ihrem Zimmer gemeinsam mit Hanni und ihr geschlafen und ihnen nachts, bevor sie erschöpft wegdrifteten, erzählt hatte, welche Gerüchte unter den Gefangenen die Runde machten. Sie dachte an ihren Vater, dessen Haare weiß geworden war und der von Janos nach der Befreiung und dessen Antrag strikt eine lange Verlobungszeit gefordert hatte, damit Erika ihr

Studium beenden und sich darüber klar werden konnte, ob sie ihn wirklich heiraten wollte.

Sie dachte an Janos mit den grauen Schläfen und dem Lächeln, das sie nicht mehr missen wollte. Sie dachte an den Fabrikanten Pumhösl, dessen Frau seit einem Jahr laut betete, wenn sie über die Wiesen oder im Wald spazieren ging. Sie dachte an den Pfarrer, der in letzter Zeit manchmal beim Predigen zu weinen begann.

Und sie erinnerte sich wieder an das Lehrerpaar im Krieg, das verbittert im Schulhaus hockte, obwohl er nie hatte einrücken müssen. Sie dachte an die zwei Männer, die sich im Wald versteckt hatten und zu denen die Mutter bis zum Schluss gegangen war, nachts, wenn alles schlief, oder bei Nebel, wenn von der Donau die Schwaden hochzogen. Und sie dachte an Elfi, den guten Geist des Hauses, und darüber, wie sie gestorben war, und dass der Pfarrer daran fast verzweifelt war, weil er nicht gewusst hatte, wofür die arme Frau halb totgeprügelt und erschossen worden war.

Ganz zum Schluss verbot Erika sich, an ihre Mutter zu denken, denn sie wollte nicht weinend und wütend in Budapest ankommen.

Sie wollte lächelnd die Straße entlanggehen, in der Janos wohnte. Sie wollte ihm mit klaren Augen begegnen, so wie es sich für eine Liebende gehörte. Oh, er würde sich so freuen! Er würde mit ihr kommen. Und all die alten traurigen Geschichten würden langsam versinken.

Erika musste eingeschlafen sein, denn jemand rüttelte sie und rief ihr ins Ohr. »Aussteigen! Aussteigen!«

Die Ersten sprangen schon vom Wagen, der in einer Seitenstraße hielt, irgendwo in dieser fremden Stadt. Erika schob die Brille auf der Nase zurecht, rappelte sich hoch, schulterte den Rucksack, jemand reichte ihr eine Hand, zog sie herunter. Sie musste dringend aufs Klo.

»Kennen Sie sich hier aus?«, fragte sie die Frau, die neben ihr gesessen war und nun ihre Taschen aufnahm.

»Wieso?«

»Ich brauche eine Toilette und ich muss wissen, wo wir sind. Ich habe einen Stadtplan, einen groben zumindest.«

»Komm mit mir. Was fällt deinen Eltern ein, dich alleine hierherzuschicken?«

Erika antwortete darauf nicht. Wenn ihr Vater wüsste, wo sie sich gerade herumtrieb, würde er vor Sorge platzen.

»Sprichst du Ungarisch?«

»Nur ein paar Wörter.«

»Na, wenigstens etwas. Suchst du Verwandte?«

»Meinen Verlobten.«

»Herrje, eine Liebesgeschichte. Schau, da vorn in dem Beisl, da kannst du aufs Klo. Ich geh auch gleich. Ich kenn den Wirt. Zeig mir, wo du hinmusst. Ah ja, schau, wir sind hier auf deinem Plan. Und da ist das, wohin du musst. Musst ein ordentliches Stück gehen. Hinten raus beim Beisl kommen wir durch den Garten in die nächste Straße, und ich zeig dir, wo du noch etwas abkürzen kannst. Aber dann musst du dich alleine durchschlagen. Und du hast dir gemerkt, wo der Lastwagen stehen wird zum Zurückfahren? Du willst doch nicht hierbleiben, oder? So verrückt wirst du doch nicht sein, oder?«

Die Frau redete ununterbrochen, wechselte ins Ungarische, als sie das Lokal betraten, durchmarschierten, als ob es selbstverständlich wäre, winkte dem Mann hinter dem Tresen zu, rief etwas, verschwand in einen dunklen Gang, öffnete eine Tür. Erika stand in einem winzigen Innenhof mit hölzernem Abtritt.

»Du zuerst«, sagte die Frau und stellte ihre Taschen ab, während Erika in dem stinkenden Verschlag verschwand.

Nichts kommt dieser Art von Erleichterung nahe, dachte sie, während ein heißer Strahl dampfend im Holzloch über dem gefrorenen Boden verschwand. Was für ein Glück sie hatte mit dieser hilfsbereiten Frau! Ob sie Familie hier hatte? Ob auch sie versuchte, ihre Liebsten noch rechtzeitig nach Österreich zu bekommen? Denn die Grenze würde man sicher schließen. Nicht umsonst benutzten die Fahrer Schleichwege, um sich an den Milizen vorbeizuschwindeln.

Die Frau trällerte, während sie auf dem Abtritt hockte, und Erika versuchte, das Blubbern und Krachen auszublenden. Der Wirt schaute ums Eck und winkte lächelnd mit einem kleinen Stoß geschnittenen Zeitungspapiers. Noch heute früh, dachte Erika später, als sie bereits im richtigen Bezirk unterwegs war, hätte ich niemandem geglaubt, dass ich einmal einer Fremden so viel tröstliche und tatkräftige Hilfe rund um ein Klo verdanke; noch heute früh hätte ich nicht gedacht, dass es tatsächlich so unkompliziert sein würde, anzukommen und die richtige Straße zu finden.

Es war ruhig hier. Häuser aus der Jahrhundertwende, ein bisschen heruntergekommen, aber ohne Einschüsse. Keine Bombentrichter, keine leeren Stellen, die verrieten, dass hier Menschen verschüttet worden waren unter einstürzenden Mauern. Friedlich auf seltsame Art sah es aus. Erika vermied jeden Blickkontakt und ging rasch. Dort musste es sein. Eine schwere dunkle Holztüre. Viele Namen, teilweise handgeschrieben, auf den Schildchen. Janos war der sechste von unten, wohnte im zweiten Stock.

Erika schob die Tür auf. Der Gang war mit Holzfliesen ausgelegt, wie in den alten Häusern in Wien. Geradeaus führte eine Tür hinaus in einen Hinterhof, links ging es in den Keller, rechts schwang sich in einer weiten Spirale eine Treppe hinauf. Die Mauern waren voller Flecken, aber das Geländer war fest, und die schmiedeeisernen Stangen wirkten vollkommen in ihrer Eleganz. Schritt für Schritt näherte sie sich ihrem Ziel. Ob er zu Hause sein würde oder doch in der Musikakademie? Sie würde sich einfach auf seine Türschwelle setzen und warten. Und freundlich den Nachbarn zulächeln und hoffen, dass sie keiner ansprach. Sie hätte mehr Ungarisch lernen sollen.

Da! Da stand Janos Burda, mit Tusche handgeschrieben auf einen Karton, in den vertrauten steilen schmalen Buchstaben. Erika hob die Hand, um auf den elfenbeinfarbenen Klingelknopf zu drücken.

Eine Tür gleich daneben wurde geöffnet, und eine Frau packte sie am ausgestreckten Arm, zog sie in den dunklen Wohnungsgang und verrammelte die Tür sofort wieder. Es ging so schnell, dass Erika gar nicht dazu kam, sich zur Wehr zu setzen. Sie rieb sich die schmerzende Stelle, was hatte die Frau doch für einen herzhaften Griff! Nun deutete sie auf die Füße. Erika zögerte kurz, dann knüpfte sie die Maschen auf und schlüpfte aus ihren feuchten Schuhen. Die Frau nickte und winkte sie ums Eck in eine winzige Küche. Ein blanker Tisch direkt vor der Fensterbank, zwei Stühle, ein Herd, eine Abwasch, ein Schrank. An der Wand Haken mit Schöpfern und einer Pfanne, einem löchrigen Tuch, einem Kalender mit einem Blumenbild, das die dritte Augustwoche 1937 zeigte.

Die Frau verfolgte stumm, wie Erikas Blicke wanderten und bei dem Datum stockten.

»Da ist Mann, mein Mann gestorben«, sagte sie.

Dann öffnete sie eine Lade, kramte zwischen Besteck, hob eine Serviette hoch, holte einen Stoß Papier, mit einem blauen Band zusammengehalten, heraus und schob ihn Erika auf der Holzplatte entgegen. Janos Burda, darunter seine Adresse, alle Kuverts in dem cremefarbenen Ton, den ihr Vater für ihre Privatpost ausgesucht hatte. Alle von ihr adressiert, alle noch verschlossen. Erika spürte, wie ihre Beine nachließen und wie die Frau ihr einen Sessel unterschob. Sie griff nach dem Päckchen, öffnete die Masche, fächerte die Post auf. Alle ihre Briefe der letzten Wochen. Auf jeder Rückseite eine Zahl mit einem Herz darum, sodass sie immer wussten, ob etwas abhandengekommen war oder nicht. Hier lagen die letzten siebzehn Kuverts. Sie schaute hoch und erkannte das Mitleid im Blick der anderen.

»Briefträger ist mein Freund. Hat im Offiss Augen und Hand offen und bringt mir. Ist gute Mann. Wie Doktor Burda.«

»Wo ist, was ist mit Janos?«

»Nix gute Zeit mit Philosophie. Musik ja, Ideen nein. Doktor Burda ist groß mit Vision, aber ganz schlecht mit praktische Leben. Spielt auf Klavier für Genossen, alles schön, aber leider er redet auch.«

»Wo ist Janos?«

Die Frau kochte Wasser, schüttete Kräuter in eine Kanne, schnitt von einem Kanten eine Scheibe Brot ab, ließ den Tee ziehen, stellte einen Teller mit etwas Salami und dem Brot vor Erika hin, dazu zwei dickwandige Keramikbecher, schenkte ein, setzte sich Erika gegenüber, alles ohne ein Wort.

»Iss!«

»Wo ist Janos?«

»Iss! Trink!«

»Ich will aber wissen, wo Janos ist.«

Die Frau verschränkte die Arme unter der Brust, lehnte sich zurück und sah Erika stumm an. Wartete. Es war ein mitfühlendes Schweigen, eines, das Erika schon viel zu viel enthüllte und das sie immer verzagter werden ließ. Sie trank einen Schluck, stellte die Tasse wieder hin und griff mit zitternden Fingern nach dem Brot.

»Den Janos«, fing die Frau an, »den Janos haben sie geholt, gleich nach Silvester. Sie sind früh gekommen, war finster. Ich habe Läuten gehört. Sie haben nix getan. Ich war wach. Ich hab gehört Janos seine Schritte und hab gebetet. Aber Gott hat wieder nicht gehört. Gott ist geworden taub in diese vielen Jahre.«

Erika legte das Brot zurück.

»Sie haben in Wohnung alles aufgemacht und so viel kaputt. Und Janos hat gerufen Nein. War aber nicht gut. Sie haben Schläge gegeben. Haben geschrien. Viel Krach. Haben ihn hinaus. Muss er gewusst haben, dass sie ihn bringen weg in Lager. Nix retour.«

Sie schwieg.

»Und dann?«, flüsterte Erika und kannte die Antwort doch schon.

»Dann sie treten ihn Stiege hinunter und er nimmt seine Kraft und wirft Körper über Eisengitter. Ich sehe durch Spionloch in meine Tür und ich halte Mund zu. Und sie laufen hinunter voll Wut und sie schießen in arme Janos, was ist sicher schon tot. Tot und im Frieden. Und ich sitze am Boden hinter meine Tür und weine, weil Janos nicht mehr wird spielen Klavier und essen Palatschinken und reden von Zukunft mit Freunde, die was alle weg sind.«

»Haben sie ihn mitgenommen?«

»Ja.«

»Und niemand weiß?«

»Alle wissen.«

»Wo ist er begraben?«

»Irgendwo. Ist ungarische Boden. Bluterde.«

»Aber …«

»Ist wie bei eure KZ. Tote im Staub. Tote in Mauer. Tote im Ofen. Tote unter uns.«

Die Erde kann zum Stillstand kommen, dachte Erika und wunderte sich gleichzeitig, dass sie noch weiter atmete. Als ob es selbstverständlich wäre, zu leben mit solch einer Nachricht. Zu wissen, dass der Kuss vor vielen Monaten der letzte Kuss gewesen war, obwohl sie damals diesem Kuss keine solche Bedeutung hatte geben können oder wollen.

Wie war er gewesen? Besonders? Die Narbe an seiner Oberlippe, die er dem ersten Verhör durch die SS verdankte. Ein feiner Strich und doch fühlbar als winzige Naht, die mit den Jahren heller wurde. Die weiche Mitte seiner Unterlippe, die sich wie eine pralle Zwetschge zwischen ihre Lippen schob, bevor er den Mund öffnete. Nie würde sie jemanden auf diese spezielle Art mehr küssen können. Nie mehr.

Sein Wiener Akzent, den er sich während des Studiums angewöhnt hatte; ein weiches Auf und Ab, in dem sich die harten Kanten des Ungarischen wiegten. Sein dichtes Haar, das sich sofort lockte, wenn er nicht rechtzeitig zum Frisör ging. Er wollte es akkurat, aber sie liebte es, wenn es ungebärdig hochstand oder sie die Strähnchen zwischen ihren Fingern zwirbeln konnte. Die Nase, die so schmal war, ganz anders als der Habichtszinken im Gesicht ihres Vaters. Und wie er sich bewegte, ein Gleiten, als wäre er ein tanzender Schatten, voller Leichtigkeit trotz des winzigen Nachschleifens, mit dem sein linkes Bein eine spezielle Erinnerung an Mauthausen nach außen hin zeigte.

Die Art, wie er aß, wenn er zu schaufeln begann, als würde er verhungern, und plötzlich innehielt, weil er schmeckte, dass es etwas zu schmecken gab. Sein Gesicht dann. Die Verwunderung eines Kindes. Spätestens dann vergaß sie die Jahre, die zwischen ihnen lagen. Die Art, wie er ihr von seiner Arbeit erzählte, nicht das Musizieren oder das Unterrichten, sondern das Diskutieren, das Feilen an Entwürfen, die Darstellung einer Vision, die Hinterfragung von zukünftigen Strukturen, sein politisches Engagement, seine Liebe für philosophischen Disput.

Er erzählte, er erklärte nicht. Es war ein Beschwören von realen Zuständen, die doch so leicht zu erreichen wären. Er verglich die Vorstellungen der Griechen mit den anderen Staatsformen der Antike, der Neuzeit, den Utopien der Schriftsteller und analysierte mit dem Feuer des begeisterten Denkers. Ihm zuzuhören, war einem Schöpfungsgesang zu folgen. Als ob etwas Wahres an dem Mythos wäre, dass das Universum seinen eigenen Klang erzeugte, eine Harmonie, der sich der Mensch nur beugen musste, um endlich das Paradies auf Erden zu schaffen.

Was Erika in diesen ersten betäubenden Minuten wirklich verstand, war, dass die Musik, aus der Janos' Leben bestand, verklungen war. Nicht ausgelöscht, weil zu viele Menschen die Erinnerung daran behalten würden. Aber sie war unterbrochen, zerrissen worden.

Das, was ihr als Nächstes klar wurde, war, dass alle ihre Zukunftspläne zerstört waren. Keine Reise gemeinsam zurück, keine Hochzeit, keine Kinder. Wo immer und was immer Janos nun war, bei ihr konnte er nie mehr sein. Die Stille, die diese Erkenntnis trug, glich einer Schockwelle nach einer Detonation. Sie wurde für die Ewigkeit dieser Minuten blind und taub. Und das Echo dieser Explosion würde für immer ein Teil von ihr sein.

Erika saß da im Ticken der Wanduhr, und die Finger ihrer Rechten zerkrümelten die Scheibe Brot in unendlich viele Brösel. Das bin ich, dachte sie. Ich zerfalle in Bestandteile.

Sie dachte an Janos, als sie ihn zum ersten Mal im Büro des Vaters gesehen hatte, gebeugt über einen Tisch, in dieser fürchterlichen Lageruniform. Sie erinnerte sich an seinen Blick, erst ein flackerndes Wegschauen, dann ein zögerndes Anschauen. Sie hatte diesen Blick gefühlt, der sie als Frau wahrnahm, zum ersten Mal. Und sofort hatte ihr Kopf reagiert, diktiert: Es ist verboten.

Wir leben in einer Gesellschaft voller Unsichtbarer, hatte ihre Mutter einmal gesagt, wir riechen sie, manchmal hören wir sie auch. Nicht alle tragen ein Zeichen oder die Gräuellumpen. Und trotzdem weißt du, dass sie da sind. Und deshalb ist es lächerlich, von einem tausendjährigen Reich zu sprechen, denn Diktaturen sind kurzlebig. Das ist das einzig Gute an ihnen.

Und ihr Vater hatte Schsch gesagt.

Wochen später, als sie die Sommerferien wieder mit Hanni daheim verbrachte und sie beide Ilonka bei der Einkocharbeit und im Gemüsegarten halfen, eine Arbeit, die die Mutter für die Siebzehnjährige erfunden hatte, um sie aus der Fabrik zu bekommen, hatte ihr Vater Erika zur Seite genommen: »Redest du mit Janos?«

»Mit wem?«

»Mit dem Pianisten in meinem Büro.«

»Nein!«

»Schickst du ihm Zeichen? Botschaften?«

»Nein. Wie kommst du darauf?«

»Weil er an dich denkt.«

»Sagt er das?«

»Hm.«

»Was, Papa?«

»Ich möchte nicht, dass du ihn ermutigst.«

»Dass ich was?«

»Du verstehst schon.«

»Nein, tu ich nicht.«

»Die haben es schwer genug, diese Männer. Die brauchen nicht noch eine Siebzehnjährige, die ihnen Flausen in den Kopf setzt.«

»Ich weiß nicht, wovon du sprichst.«

Sie hatte darauf geachtet, Janos nie direkt anzusehen, geschweige denn mit ihm zu reden. Natürlich sah sie ihn, wenn die Gefangenen sich versammelten, um zu essen oder nach dem Appell in ihren Verschlag zum Schlafen verschwanden. Eine dürre Gestalt zwischen anderen dürren Gestalten war er. Der Pianist, nannte ihn der Vater. Seinen richtigen Namen erfuhr sie erst Weihnachten 1945 von Ilonka. Bis dahin war er ein vager Traum in ihren Vorstellungen, die zunehmend von Bombenalarmen, Tieffliegern und Flüchtlingen rund um das Internat gefärbt wurden. Während dieser Weihnachtsfesttage entdeckte sie auch das Geheimnis ihrer Mutter, und die Angst um sie vermischte sich seltsam mit der Verliebtheit, die sie schleichend befallen hatte.

Jetzt saß sie hier in dieser schäbigen, sauberen Küche und vermied es, einer Unbekannten in die feuchten Augen zu schauen und zu begreifen, dass Janos tatsächlich so tot wie ihre Mutter war, unwiderruflich. Getötet von Menschen mit politischen Überzeugungen und vergifteten Herzen. Ermuntert, hier zu arbeiten, von ihrer Mutter, der die Politik so wichtig war wie ihm, die ebenso wie er ihre Gesinnung über alles stellte. Wenn Mutter bloß nicht so gelächelt hätte, als er erklärte, in Budapest noch einiges erledigen zu müssen. Voller Verständnis, voller Zuspruch.

Er habe es sichtbar vorgezogen, sich über das Geländer zu werfen, erzählte die Frau, und die Männer hätten ihn entweder nicht hindern wollen oder können.

Ein geprügelter Körper, der sich über das Geländer schwingt oder wälzt, je nachdem, wie sie ihn geschlagen und getreten haben. Ob er an mich gedacht hat, als er fiel? Erika spürte den brennenden Klumpen in ihr immer heißer werden.

»Ich hab deine Briefe, alle, die gekommen sind nachher«, sagte die Frau. »Die in die Wohnung hat Polizei. Deshalb nicht gut, hierkommen. Nicht gut, schreiben. Ist sich Schluss jetzt.« Und das Drängen in ihrer Stimme wurde stärker.

Erika stand auf, fragte, ob sie das Gesicht waschen und die Toilette benutzen durfte, und legte der Frau den Proviant, den sie für Janos mitgenommen hatte, auf den Tisch. Sie nahm das Briefpäckchen und ließ es in ihren Rucksack gleiten. Sie stellte fest, dass ihre Finger dabei nicht zitterten. Der heiße Klumpen in ihr verdickte sich und wurde immer schwerer. Wenn sie sich beeilte, konnte sie den Lastwagen nach Wien noch erreichen, brauchte den Ersatztreffpunkt nicht. Sie ließ sich von der Frau umarmen und dachte dabei: Sie hat Janos als Letzte gesehen und gehört; und sie schämte sich einen Moment lang für den rasenden Neid, der sie durchfuhr.

Dann glitt sie die Treppe hinunter. Stockte kurz dort, wo er aufgeschlagen sein musste, gestorben war. Verließ das Haus und ging los, ohne sich ein einziges Mal umzudrehen.

Zwei Stunden später war sie an dem vereinbarten Ort und stieg hinauf in den Laster, in dem lauter Unbekannte saßen, dicht an dicht. Es war stockfinster mittlerweile und sehr kalt. Sie saß da zwischen den schlafenden Körpern mit brennenden Augen.

Die Dunkelheit ringsum war ein riesiges Verlies, durch das sie bewegt wurde.

Ein Ersticken von Zeit, ein Verharren im Schmerz.

Zeitig in der Früh fuhren sie an den vertrauten Bombentrichtern vorbei ins Zentrum Wiens, und Erika verließ die Reisegesellschaft, ohne mit irgendjemandem ein Wort gewechselt zu haben. In ihrem klammen Zimmer zog sie sich aus, zog frisches Gewand an, stieg damit in ihr eiskaltes Bett, deckte sich zu, betrachtete abwesend, wie das Morgenlicht über die Decke wanderte, allen Gegenständen Form und Farbe verlieh. Irgendwann schlief sie ein. Später redete sie nie über diese Tage und Nächte, in denen die Kälte von außen in sie hineinkroch und ihr trauerndes Herz erstarren ließ.

Sie erzählte ihrem Vater nicht, dass Janos getötet worden war, sondern dass es keine Zukunft mit ihm geben würde. Der Vater ging mit ihr in den Wald, weil das der einzige Trost war, der ihm immer geholfen hatte.

Sie brach das Medizinstudium ab, bevor sie dazu gezwungen wurde, und ließ sich zur Lehrerin ausbilden. Auf diese Idee brachte sie Hanni, mit der sie sich immer noch traf. Hanni war und blieb ihre beste Freundin. Aber auch mit ihr redete sie nicht über die Umstände, wie sie verlassen worden war, über Janos' Prinzipien, die sie zur Witwe gemacht hatten, bevor sie von der Braut in eine Ehefrau hatte verwandelt werden können.

»Die Liebe ist eine tödliche Falle«, sagte sie einmal, Monate später, völlig ansatzlos zu Hanni, und dass sie sich den nächsten Mann genau aussuchen würde, denn Kinder wollte sie unbedingt. Kinder verdienten alle Liebe und bekämen viel zu selten genug. Und dafür würde sie einen Mann finden, den sie mochte. Mit Liebe rechnete sie nicht mehr.

Janos wurde in ihrem Schweigen begraben.

Ihre Briefe hatte sie zerrissen und der Donau mitgegeben. Dem Fluss, an dessen Ufer schon die verratene Mutter, das Licht so vieler, ermordet worden war.

Viel später, in der australischen Fremde, die nie ihre Heimat wurde, sagte sie manchmal Kryptisches wie »Ach, Budapest!« oder »Ach, die Ungarn und ihre Art!«, und niemand konnte etwas damit anfangen. Und als sie knapp vor ihrem Tod den verschütteten Janos wieder zum Leben erweckte, indem sie ihrer Tochter von ihrer vergeblichen Liebe erzählte, schien der Schmerz, nicht an erster Stelle für ihn gestanden zu haben, genauso frisch und ätzend wie im Frühling 1947.

ÜBER DIE LIEBE

I Mary
2012

Ende November musste ich meinem Chef via Mail erklären, dass ich noch nicht zurückkehren würde. Mamas Zustand hatte sich verschlimmert, aber immer noch wehrte sie sich gegen eine Übersiedlung in ein Heim. Mir waren die Hände gebunden. Stundenlang hatte ich mit Sozialamt und Caritas Modelle ausgerechnet, die eine Betreuung in Mamas Wohnung ermöglichten. Abgesehen davon, dass sie niemand anderen bei sich wohnen lassen wollte, ängstigte sie die Vorstellung, mit jemand Wildfremden alles zu teilen. Außerdem war ihre finanzielle Lage nicht wirklich rosig. Ihre Pension schwankte mit den Kursänderungen des australischen Dollars. Obwohl das Leben in Melbourne meiner Ansicht nach zumindest gleich teuer war, musste sie hier richtig und vor allem viel länger heizen.

Ich hatte mir über das Wetter nie den Kopf zerbrochen. Jetzt jedoch entdeckte ich, dass mein Gewand zu dünn war. Selbst Pullover und Sommermantel reichten nicht mehr. Ich musste mich neu einkleiden, und gleichzeitig erfuhr ich, dass ohne meine finanzielle Beteiligung eine Rundumbetreuung nicht möglich war.

»Was ist eigentlich mit dem Geld für das Haus, das du damals in Melbourne verkauft hast?«, fragte ich sie. »Hast du irgendwo Aufzeichnungen? Ein Bankkonto? Aktien? Wer hat dich beraten?«

»Joey«, strahlte sie.

»Joey habe ich schon gefragt. Er hat dich beraten, aber er hat nichts für dich abgewickelt.«

»Abgewickelt?«

»Du hast den Kontrakt ohne ihn unterschrieben. Wir wissen nur, dass es ein Paar aus Kroatien war. Kannst du dich noch erinnern? Sie sind vor dem Krieg in ihrem Land geflüchtet. Du hast es wie eine Fügung des Schicksals betrachtet, dass dein Zuhause ein Zuhause für andere Kriegsvertriebene wird. Du hast sie allen Nachbarn vorgestellt.«

»Josip? Ja, Josip und – ich weiß nicht, wie sie heißt. Sie hatte die braunen Haare zu einem Knoten gebunden. Ich habe ihr meine Englischgrammatik geschenkt. Sie hatte eine lausige Vorstellung von den Zeiten und dem Gerundium.«

»Genau, Mama. Sie waren glücklich, du warst zufrieden. Sie haben das Haus genommen, obwohl es einiges zu reparieren gab.«

»Raunze nicht, dein Vater hat es immer gut in Schuss gehalten.«

Daddy hatte in den letzten Jahren vor seinem Tod faktisch nichts mehr in Ordnung bringen können. Ihm ging die Luft aus, er konnte nichts Schweres mehr heben. An manchen Tagen saß er nur auf der Veranda, tätschelte die Zeitung und wartete darauf, dass jemand am Gartenzaun stehen blieb und mit ihm tratschte oder dass ich anrief. Joey trieb sich auf den pazifischen Inseln herum und achtete bloß darauf, sich weder Hepatitis noch HIV zu holen.

»Was hast du also mit dem Geld gemacht, Mama?«

Sie schaute durch mich hindurch.

»Diese Wohnung gekauft?«

Sie nickte erleichtert.

»Gibt es Papiere?«

Sie stand auf, sah sich um, als stünde sie zum ersten Mal hier. Aber plötzlich ging ein Ruck durch sie, ich staunte immer wieder, wie die Krankheit sie manchmal aus ihrem Griff entließ und aus dem Hinterhalt wieder überfiel.

Ihre Augen waren völlig klar, sie lächelte, als sie zu ihrem hübschen Sekretär ging, die obere schwere Lade aufschob, eine rote Mappe hob, eine verblichene rosa Schachtel hervorholte.

»Die hat dein Großvater deiner Großmutter geschenkt. Damals war sie voller cremefarbenem Büttenpapier mit rosa Kuverts und ihrem Namen auf allem drauf. Es war Vorkriegsware aus seiner Fabrik. Ich hab dann die letzten Bögen verwendet, um ihm zu schreiben. Nie wieder hatte ich so feines Briefpapier. Dein Papa hatte kein Gespür dafür. Er verwendete dünne Luftpost, diese Seidenfetzerl, um seinen Schwestern zu schreiben. Seltsame Frauen, fand ich. Ich hab sie niemals besucht, seitdem ich wieder hier bin. Kannst du dich an seine schräge, ausufernde Schrift erinnern? Zwanzig Wörter und eine Seite war voll.«

Die schreibfaulen Tanten! Älter als Daddy, verliebt in ihren kleinen Bruder, den der Krieg so verändert hatte, dass er nur auswandern wollte. Manchmal hatte er von ihnen erzählt, Geschäftsfrauen allesamt, unglücklich verheiratet oder gar geschieden, mit Kindern, die schon Erwachsene waren, bevor ich geboren wurde.

Mama öffnete die Schachtel auf ihrem Wohnzimmertisch, der zum Zentrum unserer Gespräche geworden war. Hier hortete sie zerschnittene Zeitungsartikel, Fotos von den Enkeln, Briefe ihrer Freundinnen, Socken und Stopfwolle, Zuckersäckchen. Wenn es etwas zu besprechen gab, setzten wir uns nie aufs Sofa, sondern immer hierhin. Manchmal schaute sie kurz unter den Tisch, um sichergehen zu können, dass niemand darunter hockte. Aber nicht jetzt. In diesem Moment war sie völlig klar und eine Frau, die keiner für pflegebedürftig gehalten hätte.

Fein säuberlich verschnürt lagen in der Schachtel Kontobücher, alte Pässe, Dokumente, die ich in den letzten Monaten immer wieder gesucht hatte. Die Laden in ihrem Sekretär hatte ich öfter durchwühlt, doch diese Schachtel sah ich nun das erste Mal. Keine Ahnung, in welchem Versteck sie bisher verborgen worden war.

Mama fächerte alles auf. Geburtsurkunden, die Bestätigung ihrer Einbürgerung in Australien, das bewilligte Ansuchen für eine doppelte Staatsbürgerschaft – im Gegensatz zu Daddy, der nur Australier sein wollte und alle Verbindungen zu Österreich kappte. Sie zeigte mir das erste gemeinsame Sparbuch, das sie und Daddy acht Monate nach ihrer Ankunft angelegt hatten, mit lächerlich geringen Einzahlungen zu Beginn.

Warum hatte sie mir das nie gezeigt, als Iannis und ich mühsam versuchten, über die Runden zu kommen? Es hätte mich mit ihr verbunden. Ach, dieses Sparen an allen Ecken und Enden. Und immer wuchsen die Buben viel zu schnell, und wir mussten wieder Neues kaufen und dachten, wir würden es nie aus unserem dunklen Wohnungsloch herausschaffen. Oder später, nach der Scheidung, als die Eltern mir zum Monatsende Geld zusteckten, in den ersten Jahren per Post nach Kangaroo Island überwiesen. Mama verband es mit erzieherisch gemeinten Vorwürfen. Warum hatte sie damals nie meine Partei ergriffen, mir erzählt, dass es ihnen ähnlich ergangen war?

Da lag der Kaufvertrag des Hauses, unterschrieben 1996, in dem Jahr, in dem Daddy gestorben war, und wenige Wochen, bevor Mama Australien für immer verließ und zurückemigrierte. Josip und Dragica Babić hatten beide unterschrieben, die Summe sollte in zwei Teilen auf Mamas Pensionskonto eingezahlt werden. Ich suchte nach dem betreffenden Buch. Ja. Alles war da. Außerdem fand ich heraus, dass Freundin Hanni diese Wohnung für Mama gefunden und den Kauf eingefädelt hatte. Als Mama in Wien mit zwei Koffern landete, wartete Hanni auf sie, brachte sie in ihrem Auto nach Linz, in ihr neues Zuhause. Zwei Schlafzimmer, ein Wohnzimmer mit Loggia, Nebenräume, Blick gegen Süden über die Donau, über die Stadt hin zu den Alpen. Sie verließ uns im Hochsommer und landete im Schnee, endlich wieder in Jahreszeiten, die zu den Monaten passten, wie sie es in ihrer Jugend gewohnt gewesen war. Eine große Wohnung für eine Person, die ihr erlaubte, jederzeit Gäste beherbergen zu können, sich nicht einschränken zu müssen mit allem, was sie aus Melbourne mitgenommen hatte. Sie hätte ihre Enkel gerne zu Besuch gehabt, Hanni und andere Freundinnen hatten früher öfter hier genächtigt.

»Ich war sofort wieder daheim«, sagte Mama, und wieder irritierte mich, wie sie intuitiv erriet, woran ich gerade gedacht hatte. »Die Übersiedlungskisten kamen ein paar Wochen später per Schiff, kannst du dir das vorstellen? Die hatten denselben Weg wie wir in die andere Richtung vierzig Jahre zuvor zurückgelegt. Nein, vierundvierzig Jahre. Viel zu lange für mein Gespür. Und stell dir vor, dann komm ich in ein Land voller Flüchtlinge, überall waren Kroaten, Serben, Montenegriner. Sarajevo. Kannst du dich an die Olympischen Spiele erinnern, die wir im Fernsehen verfolgt haben? Kaputt, die Stadt, wie alles im ehemaligen Jugoslawien. Es muss grauenhaft gewesen sein. Im Nachhinein bin ich noch froh, dass ich das Haus den beiden in Melbourne wirklich günstig verkauft habe. Muss ich kein schlechtes Gewissen haben. Aber ist das nicht seltsam? Ich verlasse ein Land, weil alles ruiniert ist und desolat und voller Kriegsschäden und fremder Soldaten, und komme nach so langer Zeit zurück in dasselbe Land, das nun reich ist und in das Flüchtlinge zu Tausenden strömen. Wir hätten bleiben können. Wir hätten uns das ganze Abenteuer mit dem Auswandern sparen können.«

»Aber dann wäre ich nicht in Melbourne aufgewachsen. Dann hättest du nicht diese zwei wunderbaren Enkel.«

»Ich hätte andere. Du hättest hier auch einen Mann fürs Kinderkriegen finden können. Vielleicht wärst du dann nicht geschieden worden.«

»Ich bin aber froh, dass es ist, wie es ist.«

»Das hätte dein Vater auch gesagt.«

»Ich vermisse ihn.«

»Ich auch. Er war ein guter Mann.«

»Aber er war nicht Janos.«

»Nein.«

»Den hast du wohl sehr geliebt?«

»Du darfst nicht glauben, dein Vater wäre nur Ersatz gewesen. Er hat mich verführt mit seiner Redlichkeit, seinem Verantwortungsgefühl, seiner Treue, seiner unverbrüchlichen Zärtlichkeit. Und er konnte sehr komisch sein.«

»Das sind alles Charaktereigenschaften, die man erst mit der Zeit zu schätzen lernt.«

»Genau.«

»Weshalb hast du ihn geheiratet?«

»Weil ich Janos so sehr vermisste, dass es mir immer wieder den Atem nahm. Und weil da jemand war, der mich liebte, so wie ich war. Und der das Beste für mich wollte, eine sichere Zukunft.«

»Daddy ahnte nie etwas von Janos?«

»Nein, mein Vater und Hanni haben dichtgehalten. Auf meinen ausdrücklichen Wunsch hin.«

»Er hat nichts gespürt?«

»Das weiß ich nicht. Er wusste, dass der Tod in der Familie gewütet hatte. Wie bei den meisten. Er muss gemerkt haben, dass er nicht mein erster Mann war, aber er hat nicht gefragt. Ich hätte auch nicht geantwortet. Vergiss nicht, dass damals so viele Frauen vergewaltigt worden waren. Man hat nicht geredet darüber. Man hat keine Fragen gestellt. Wie es war, war es eben. Ein Anfang von etwas Neuem. Vielleicht hat er sich was gedacht. Vielleicht auch nicht. Es war ein Tabu für mich, darüber zu reden, und er spürte das intuitiv. Er hat ja auch nicht über das geredet, was ihm im Krieg widerfahren ist. Ach, diese schrecklichen Träume, er hat ja manchmal geschrien im Schlaf. Keiner wollte reden. Jeder ist verändert worden, hat etwas verloren.«

»Aber –«

»Er wusste, dass Mama denunziert worden war. Das hab ich ihm erzählt. Wahrscheinlich war es der einzige wirkliche Grund, warum ich Österreich verlassen wollte. Wegen dieser Schlechtigkeit. Der zweite Grund war, dass sie Janos beeinflusst hat.«

»Wie denn?«

»Mit ihren Ideen, mit ihrer Art.«

»Es haben sie doch so viele geliebt.«

»Genau.«

»Die Lichtsammlerin –«

»Eine Heldin. Er wollte unbedingt sein wie sie.«

»Und Daddy?«

»Dein Vater wollte nur das Beste für mich. Und er wusste, dass ich mir bei vielen Leuten überlegte, was sie während des Krieges gemacht hatten, ob sie auch Menschen verraten und ausgeliefert hatten. Das machte mich krank.«

»Hast du mit Daddy über Oma gesprochen?«

»Ein wenig.«

»Mit mir nie.«

»Du hast mich an sie erinnert. Immer mit dem Kopf durch die Wand. Du und deine Ideen. Nie angepasst, nie in der gesunden Mitte. Ein Sturschädel. Und was hat es dir gebracht? Den falschen Mann, ein schwieriges Leben, viele Tränen.«

»Warum hast du das nie offen gesagt?«

»Weil es mich wütend machte.«

Sie sah mich an, plötzlich breitete sie die Arme aus und fing zu weinen an, hing plötzlich an meinem Hals, weinte so bitterlich, wie ich sie noch nie gehört hatte. Sie ließ zu, dass ich sie hielt, dass ich ihr Taschentücher reichte, dass ich sie vorsichtig zum Sofa lotste, damit sie bequem sitzen konnte. Als sie ruhiger wurde, nahm sie die Brille ab, legte sich richtig hin und schlief innerhalb von Sekunden ein. Ihr Gesicht sah plötzlich grau aus, und ich wusste, wenn sie aufwachte, würde sie sich wieder weit entfernt haben und verwirrt in ungeordneten Erinnerungen stochern.

Ich ging den Inhalt der rosa Schachtel durch. Fotos meiner Söhne, ein Bild, das Daddy und mich zeigte am Tag der Verleihung meines Masters. Er hatte sich meinen schwarzen Hut schräg aufgesetzt, lachte. Das Foto hatte Angie aufgenommen. Sie hatte mich auch mit beiden Eltern fotografiert, ich zwischen Mutter und Vater, den Hut noch selber auf und die Rolle mit dem Zeugnis in der Hand, während wir ins Auge der Kamera strahlten. Momentaufnahmen, die nicht die Wirklichkeit zeigten, die Wahrheit, die meine Jugend geprägt hatte, dieses Gefühl, bestraft zu werden für etwas, an dem ich nicht Schuld trug.

Ich fand einige Kontoauszüge und eine Vermögensaufstellung, die Mama mit der Hand 2010 geschrieben hatte. Ihre Pension war knapp, aber ausreichend. Für extra Ausgaben wie den hübschen Perserteppich, den sie sich kurz nach ihrer Übersiedlung und nach der Küchenrenovierung geleistet hatte, musste sie natürlich ihre Ersparnisse anknabbern. Urlaube, die sie vor wenigen Jahren noch mit Hanni gemeinsam unternommen hatte, hatten kein großes Loch gerissen. Trotzdem war klar, dass private Versorgung auf Dauer nicht infrage kam. Ihre Wohnung würde an den Staat gehen, der Großteil ihrer Pension ebenfalls; im Gegenzug würde man sie versorgen, auch wenn ihr Erspartes aufgebraucht war. Die österreichische Staatsbürgerschaft, Jahrzehnte eisern von ihr verteidigt, half ihr nun.

Es war ein einleuchtendes System, ich fand es gut. Das Problem war nur, dass ich Mama nicht gegen ihren Willen in ein Heim bringen durfte, dass man sie einfach nicht nehmen würde, solange sie noch keine Gefährdung für sich selbst darstellte. Das musste ein Amtsarzt bestätigen oder die Polizei; ich durfte das nicht. Während ich lernte, meine distanzierte Mutter zu lieben, wurde ich immer wütender, denn mein eigenes Leben ging derweil in Brüche.

In der rosa Schachtel fand ich nichts zu Janos. Nirgendwo fand ich etwas zu ihm. Er existierte nur noch in Mamas Kopf, in dem von Hanni und nun auch in meinem Gedächtnis. Ich begann, Jerry von ihm zu erzählen. Anfangs interessierte es ihn. Zumindest reagierte er auf alle Familiengeschichten, die sich enthüllten.

Aber als er mir mitteilte, dass er zu Weihnachten doch nicht kommen, sondern die Einladung seiner Tochter nach Adelaide annehmen und dann Richtung Nordwesten ins Outback fahren würde, wurde mir klar, dass sich Familienbande zwischen uns drängten, anstatt uns enger aneinander zu binden. Während ich Mama behütete, meldete sich Jerry oft, seine Briefe glichen Reiseberichten, als gewöhnte er sich wieder an das Leben alleine; erinnerte es ihn an die Jahre, die uns schon einmal getrennt hatten? Als er mir von dieser Reise schrieb, war er schon im Camper unterwegs und leistete sich das Vergnügen, an der Küste entlangzubummeln, mit der Fähre nach Kangaroo Island überzusetzen und dort drei Wochen zu verbringen.

Eigentlich hatten wir das zu zweit geplant gehabt. Es war meine Insel, die ich ihm hatte zeigen wollen!

Ich hatte von einem Quartier direkt an einer der Buchten geträumt, von der Seelöwenstation, einem ausgiebigen Besuch bei den Mellings, Wanderungen durch die knorrigen Eukalyptuswälder bis zu dem strahlenden Sand der Serpent Bay, hin zu dem antarktischen Meer, dem ich mich nur in meinen Träumen nähern konnte. Dieses Grau, in dem die Spiegelung der Sonne verwirrend golden aufblitzen konnte, dessen windgekämmte Oberfläche immer wieder vom Buckel eines Wales zerschnitten wurde. Diese wilde Weite, mit der kein Europäer vertraut ist. Dieser Blick zum südlichen Horizont, der mir so oft Kraft gegeben hat. Es wäre ein Ausflug in meine Vergangenheit gewesen, ich hätte Jerry alles zeigen können, das mich mit Gertrud Melling, mit ihrer Familie, mit allem, was sie für mich getan hatte, verband. Wir hatten es uns so schön ausgemalt – und nun wartete er nicht auf mich. Er erzählte mir alles. Er besuchte sogar Gertruds Enkelin, die sich vage an mich erinnerte. Ich empfand es wie einen Verrat. Ich fühlte mich bestohlen. Wütend auf meine Mutter und dieses vermaledeite Pflichtgefühl, wütend auf Jerry, der fand, ohne mich leben zu müssen, wäre schon Verzicht genug, wütend auf meinen fröhlichen Bruder, der sich aus der Mitverantwortung schlich, wütend auf die Umstände. Meine Nachrichten wurden harscher, mein Ton veränderte sich. Ich spürte, wie ich mich in eine griesgrämige, nachtragende Person verwandelte. Das nasskalte Silvesterwetter gab mir den Rest.

An einem trüben Vormittag läutete es. Mama war damit beschäftigt, Geschirr aus der Vitrine zu räumen und jedes Stück in die Hand zu nehmen. Sie wirkte ruhig. Ohne auf die Stimme zu achten, sagte ich »Fünfter Stock, Nummer acht«, betätigte den Türöffner, ging zurück ins Wohnzimmer, warf einen Blick auf die immer noch ruhige Frau, drehte mich um, hörte das Quietschen der haltenden Liftkabine und öffnete die Tür.

Vor mir stand Scott.

Mama warf nur einen Blick auf ihn und wandte sich wieder ihrem Geschirr zu. Sie ignorierte seine ausgestreckte Hand. Scotts Gesicht wurde weich. Er hatte sie seit Daddys Begräbnis nicht mehr gesehen, vermutlich war in seinem Hirn immer noch die Mutter mit den braunen Locken gespeichert, die sie mit Spangen hinter den Ohren festhielt, bis das Grau überhandnahm und sie sich einen Bubikopf schneiden ließ.

»Du gehörst zu den Männern, die im Alter interessanter wirken«, sagte ich und kredenzte ihm Wasser.

»Und du überrascht mich«, konterte er. »Angie hat mir verraten, dass du noch immer hier steckst.«

»Ich hatte nicht vor, länger als zwei, drei Monate zu bleiben.«

»Gibt es die Möglichkeit, mit mir wegzugehen?«

»Nachts, sobald sie schläft.«

»Ich verstehe Englisch«, mischte sich Mama plötzlich auf Englisch mit kräftiger Stimme ein. Ihr Gesicht war rosig, ihr Blick auf den Mann gerichtet.

»Sie sind nicht aus Alberts Firma«, fuhr sie fort, ich kenne alle seine Kollegen, die auch beim Begräbnis waren.«

»Scott MacPherson, vielleicht erinnern Sie sich noch an mich oder an Angie?«

»Natürlich. Die quicklebendige Angie und ihr undurchsichtiger Bruder. Wie geht es euren Eltern?«

»Sie sind tot. Mutter ist im Sommer gestorben.«

»Das erspart Scherereien.« Sie winkte ihn an den Tisch, nahm eine winzige Mokkatasse in die Hand. »Das habe ich meinen Eltern geschenkt. Das Service. Für sechs Personen mit Zuckerdose und Kanne. Meine Großmutter hat etwas dazugezahlt, aber nach Linz gefahren und ausgesucht habe ich es. Meine Mutter fand es wunderhübsch. Sie bekamen es zum Hochzeitstag 1944. Billiges Porzellan. Vati war so gerührt. Und Elfi hat jedes Stück einzeln verpackt in Seidenpapier und in einer Schachtel verwahrt, damit es ja den Krieg übersteht. Elfi rechnete damals jeden Tag mit amerikanischen Bombern.«

»Wer ist Elfi?« Scott war eindeutig überfordert. Ich wusste immer noch nicht, warum er in Europa, warum er hier war.

»Elfi war Mutters Freundin und Helferin. Dafür wurde sie von den Nazis zu Tode getreten.«

»Was?« Das hatte ich noch nicht gewusst.

»Sie wurde vernadert, verraten«, Mama wechselte ins Deutsche, und Scott starrte uns nur mehr verständnislos an. »Jemand muss über Mutter geplaudert haben, und sie dachten, sie kämen durch sie an Informationen. Sie haben sie aus dem Haus geschleppt, wollten sie nach Linz zum Verhör bringen. Mutter war gerade bei ihren Eltern, Vater in der Fabrik, Walter in der Schule in Linz. Elfi hat geschrien. Als man aufmerksam wurde, lag sie schon am Boden. Alle sind von der Fabrik hinaufgerannt, hat Vater erzählt. Alle. Und er hat gesehen, wie die SS-Soldaten auf ihr trampelten und wie sie still wurde, und einer schrie immer nur: Du Trutschn, du wirst scho no redn. Aber sie redete nicht mehr. Einer ist ihr auf den Kehlkopf gestiegen, dann ging es schnell. Trotzdem hat ein anderer die Pistole gezogen und in ihren toten Bauch geschossen.«

»Mama!«

»So haben sie es mir erzählt. Sie hat ein schönes Begräbnis bekommen. Aber Mutter war danach anders. Noch strikter. Noch gefährlicher in ihren Ansichten. Ich hab immer nur Angst gehabt, sie redet so mit den falschen Leuten. Vater hat mir gesagt, die SS hat den Tipp bekommen, Mutter hätte ein Radio oder Schriften. Er wusste gar nicht, wo ihre verbotenen Bücher waren, das wusste außer ihr nur Elfi, und wir erfuhren es erst nach der Befreiung. Mir ist im Nachhinein noch schlecht geworden vor Angst.«

Sie nahm Scott die Tasse aus der Hand und stellte sie zurück, ließ alles liegen und ging in ihr Schlafzimmer. Als ich ihr verwirrt nachlief, sah ich, dass sie weinte und ihr Gesicht sich wieder verschloss. Ich half ihr ins Bett, streichelte ihr Haar. Innerhalb weniger Minuten war sie eingeschlafen.

Scott stand am Fenster und schaute über die Hausdächer, über die Donau zu den weißen Alpen am Horizont.

»Wovon hat sie geredet?«

»Von meiner Großmutter und deren Hausmädchen.«

»Etwas Schlimmes?«

»Ja.«

»Wusstest du davon?«

»Nein. Ich erfahre, seitdem ich hier bin, ständig Neues. Über Gräueltaten und alte Lieben. So zusammenhängend hat sie schon seit Tagen nicht mehr gesprochen.«

»Alzheimer?«

»Ja. Es ist grausam. Es dauert. Sie ist eine Gefangene mittlerweile.«

»Und Jerry?«

»Jerry ist im Moment auf Tour. Auf Tour! Er bummelt die Küste entlang, und wann immer er im Bereich eines Senders ist, versuchen wir zu skypen oder zu mailen. Ich kann ihn im Moment nicht ausstehen. Ich bin einfach nur neidig. Neidig und verlassen. Hauptsächlich schreibt er mir altmodische Briefe.«

»Mag deine Mutter ihn immer noch nicht?«

»Nein. Aber ich glaube, mittlerweile würde sie ihn nicht mehr erkennen. Sie mochte doch keinen von meinen Männern und Iannis erst nach der Scheidung. Aber dich mag sie jetzt.«

»Da hab ich ja Glück gehabt.«

»Allerdings.« Und dann umarmte ich ihn und hielt ihn fest und war so glücklich über seine Gegenwart.

Angie hatte ihn informiert. Also hatte er nach einem beruflichen Termin in London einen Stopp in Wien eingelegt und war hierhergekommen.

»Freunde tun so etwas«, sagte er.

Und dann wechselte er abrupt das Thema, weil ihm vermutlich das einfiel, was ich mir dachte: Und warum tut es Jerry nicht?

In den nächsten drei Tagen wohnte er bei uns. Er versuchte, eine Lösung für mein Dilemma zu finden, und scheiterte. Er versuchte, meinen Chef zu einer Rücknahme der Kündigung zu bewegen, und erreichte wenigstens die Zusage, ich könnte mich nach meiner Rückkehr, wann immer auch, bei ihm melden und mich wieder bewerben. Vielleicht würde sich etwas ergeben; kein Versprechen, aber doch zumindest eine angelehnte und keine verschlossene Tür. Er brachte mich zum Lachen und Mama, die natürlich permanent vergaß, wer er wirklich war – sie hielt ihn für einen Freund Daddys, weil Scott mittlerweile weißhaarig war.

Immer diese versetzten Zeitebenen, durch die wir von ihr getrieben wurden. Ihre Vergangenheiten vermischten sich mit unserer Gegenwart, nahmen den Platz all dessen ein, was die Krankheit auslöschte.

Scott schlief neben mir im Doppelbett, und Mama störte es nicht, wenn er aus diesem Zimmer kam. Er wiederum störte sich nicht an den akkurat aneinandergereihten Zahnputzbechern und Seifen auf dem Regal im Bad, die sie für unsichtbare Mitbewohner bereithielt und von denen sie behauptete, dass sie ihr manchmal an die Wäsche wollten oder Essen stahlen. Unangenehme Besucher, die Scott und ich nicht unter Kontrolle halten konnten.

Scott umarmte mich abends und morgens. Wenn ein Anruf via Skype kam, verließ er das Zimmer. Aber es waren meine Söhne, die wissen wollten, wie es mir ging, nie Jerry. Von Jerry hörte ich nichts. Er war im Outback verschwunden, und selbst Cathy wusste nur ungefähr, wo sich ihr Vater herumtrieb. So wie mein Job verschwunden war, meine ganze Zukunft sich auflöste. Ich verriet den Kindern nicht, dass Scott hier war. Es war kompliziert genug.

Angie meldete sich ebenfalls. Ihr Leben war ein ruhiger Fluss. Immer noch leitete sie ihre Geschäfte, mittlerweile waren es fünf Filialen in Melbourne und Sydney, eine Eröffnung in Perth stand bevor. Ihre Haare waren blau-weiß gefärbt, sie sah aus wie eine Mischung aus britischer Königinmutter und schräger, betuchter Pensionistin aus Las Vegas. Sie war noch mit ihrem Dermatologen Ray verheiratet, Großmutter einer entzückenden Enkelin. Eilean hatte sich vor wenigen Jahren geoutet und mit ihrer Partnerin ein Baby bekommen. Mir schien, Angie hatte mit siebzehn beschlossen, wie ihr Leben zu verlaufen hatte, und das Universum oder der Große Geist oder was auch immer hatte entschieden, sich in diesem Fall ganz nach ihren Plänen zu richten. Angie war ein Mensch, dem Tragödien einfach nicht passierten. Sie plätscherte in einem ruhigen Teich voller Licht. Sie wusste es. Ich glaube, sie war deshalb auch all die Jahre so liebenswert für mich, weil sie teilte und sorgte und ihr stets bereites Lachen mich in jedem dunklen Winkel erreichte und umhüllte. Manchmal fragte ich mich, was ich ihr zu bieten hatte. Aber sie schien die Unterschiede in unseren Biografien gar nicht richtig zu bemerken oder wollte sie nicht wahrhaben.

Und während ich hoffte, dass Jerry sich endlich meldete, mich nicht vergaß auf seinen Wanderungen, ich nicht langsam auch aus seinem Herzen verschwand, wurde mir klar, dass das Geschwisterpaar, das mich zu seiner Freundin vor vielen Jahrzehnten auserkoren hatte, tatsächlich das Geheimnis schrankenloser Verbundenheit kannte. Wenn mir jemand jederzeit Liebe gezeigt hatte, dann waren es Angie und Scott.

Und Scott war es, der nach seiner Rückkehr nach Sydney Jerry fand, bevor seine Tochter und meine Söhne von ihm hörten. Er war in einer Gorge im Karijini-Nationalpark gestürzt und hatte sich einen komplizierten Bruch zugezogen. Noch hatten die Ferien nicht begonnen, und so dauerte es, bis man ihn fand. Scott erzählte es mir, bevor Jerry wieder reden konnte.

Ich stellte ihn mir vor im Geröll dicht am Fuß der Felswand. Die flirrenden Schatten wanderten über seinen Körper, es war heiß, Fliegen sammelten sich auf seinen Abschürfungen. Er hörte vielleicht den Bach. Hatte er zu trinken dabei? Konnte er an die Flasche gelangen? Für wie lange reichte es? Jerry sagte, die Ranger hätten sich aufgemacht, um ihn zu suchen, weil er sich am angegebenen Abfahrtstag nicht abgemeldet hatte und das Vorzelt seines Wagens sehr verlassen wirkte. Kein frischer Müll in dem Sack, den er in den Bäumen hängen hatte, alles staubig, keine neuen Fußspuren. Als sie ihn entdeckten, war er schwer dehydriert und ohne Bewusstsein.

Es dauerte, bis der Helikopter da war. Die Ranger gaben seine Daten an, wie er sie ihnen Tage zuvor gegeben hatte. Er hatte Cathy als Notfalladresse genannt; ich war ja zu weit weg; Kontinente und Ozeane, eine halbe Welt lag zwischen uns. Es dauerte, bis die Polizei alles beisammenhatte. Als sie bei seiner Tochter anzurufen versuchten, war sie gerade selbst unterwegs, im Flugzeug, und hatte ihr Handy abgeschaltet. Zeit verging.

Scott mit seinen Verbindungen zu Gerichten und Behörden fand heraus, wer ihm im Spital von Tom Price widerwillig Auskunft geben würde. Als er mich anrief, war Jerry bereits über den Berg. Er würde Wochen brauchen, bis er wieder ohne Krücken gehen konnte. Eine Frage der Zeit. Er würde Therapien brauchen, aber nach Melbourne verlegt werden. Sein Wunsch. Er wollte nicht zu Cathy. Er wollte in unser Haus. Er war alleine. Scott organisierte mithilfe der Kinder alles.

Von diesem Moment an hielt ich es bei meiner Mutter fast nicht mehr aus. Keine Verpflichtung, keine Konvention durfte mich jetzt noch halten. Meine Mutter würde irgendwie betreut werden, nun war Jerry wichtiger.

ÜBER DIE LIEBE

II ROSA
1945

An dem Tag, an dem die Amerikaner über die Hügel kamen und Gerüchte vorausliefen, Mauthausen wäre befreit worden, gingen Felix Pumhösl und Maschineningenieur Josef Brettschneider in die große Halle und ließen die Produktion stoppen. Plötzliche Stille umfing sie, und vermutlich wussten alle intuitiv, was sie bedeutete.

Der Fabrikant rief die Soldaten, die in den letzten Tagen noch nicht desertiert waren, auf, ihre Waffen niederzulegen und nach Hause zu gehen. In das beginnende Raunen und schüttere Lachen und heisere Schluchzen hinein riet er den Gefangenen, einfach zu bleiben, es gebe keine Arbeit mehr, aber was an Lebensmittel vorhanden wäre, würde geteilt wie immer. Solange Versprengte des Volkssturms in den Wäldern und Siedlungen unterwegs waren, sollten sie auf jeden Fall die Anlage nicht verlassen. Außerdem wären in den Donauauen auf der Südseite des Flusses genügend Deserteure versteckt, die sicher noch nichts vom Kriegsende wüssten und daher gefährlich in ihrer Angst wären und unberechenbar wegen des Hungers. Solange der Krieg nicht offiziell in Linz für beendet erklärt war, wären sie sicherer hier. Die Lage wäre noch sehr verworren und gefährlich, und man müsste zusammenhalten, nun erst recht. Alle wussten, dass er damit die Soldaten und die überzeugten Nazis meinte, die sich hintergangen von allen fühlten und wahrscheinlich mit ihrer wachsenden Angst vor der Zukunft nicht zurechtkamen.

Wenige Stunden später erschienen Truppen und Panzer auf der Straße. Viele warteten gemeinsam auf dem Platz vor der Fabrik. Nur die Bauern blieben auf ihren Höfen, hatten Angst um ihr Vieh, um ihre Vorräte. Der Pfarrer stand mit Ministranten vor der Kirche, neben ihnen zwei Männer mit den Prozessionskreuzen in den breiten Hüftgurten. Aus den Fenstern hingen weiße Laken und Fetzen. Manfred Silberbauer, der Lehrer, hatte seine Schüler um sich geschart. Als die Fahrzeuge um die Ecke bogen, schimmernd grau, umrahmt vom dunklen Wald, stimmte er Großer Gott, wir loben dich an, in das die Kinder einfielen.

Die Zwangsarbeiter trugen ihre Gräuellumpen, aber viele trugen auch Holzpantoffel, gestrickte Tücher und Hauben, die gebraucht aussahen. Die Mädchen, deren Haar nachgewachsen war (die letzte Schur hatte der bereits desertierte Unteroffizier im Herbst veranlasst), trugen Röcke aus schwerem Tuch, die Rosa genäht hatte, dunkelblaue Wolle, und einfach geschnittene Blusen aus Leintüchern, die Hilde Pumhösl im Februar aus ihren Wäscheschränken geholt hatte – trotz der Vorhaltungen der Lehrerin, die sie erst zum Schweigen gebracht hatten, als sie Ilonka und die anderen ihre gestreiften Fetzen vorführen ließen, die in den drei Jahren nie erneuert worden waren.

»Sie arbeiten für uns und wir lassen sie frieren und stellen ihr Fleisch zur Schau«, hatte Rosa geschrien, »das ist eine Schande, die uns alle trifft.«

Barbara Silberbauer hatte daraufhin kehrtgemacht und war im Schulhaus verschwunden. Auch jetzt war sie nicht zu sehen.

Rosa stand auf der Wiese, die vom Fabrikvorplatz hinauf zum Haus führte. Der Flieder würde bald blühen. In Wien, dachte sie, wird er schon offen sein und die Rote Armee einhüllen mit seinem Duft. Ihre Aufmerksamkeit wandte sich wieder den Amerikanern zu. Sie sah die Gesichter dieser jungen Männer, sah, wie sie die Bewohner anschauten, die müden Arbeiter, die erschöpften Frauen; sah, wie ihr Blick zu den Gefangenen glitt und wie sie erstarrten. Sie waren noch nicht dabei, ein KZ zu befreien, dachte Rosa, sonst wären sie erleichtert, wie gut es den Unsrigen gegangen ist. Sie sehen nur, was ich sehe: zu wenig, es war trotz allem zu wenig.

Sie wandte sich um und ging hinauf, an ihrem Haus vorbei hinein in den Wald. Josef würde ihr schon alles Wichtige erzählen. Jetzt war etwas anderes dringend. So entging ihr die Art, wie der Lehrer ihr nachblickte, wie immer auf diese träumerische, weltverlorene Art, die seine Frau zum Kochen brachte.

Rosa ging den Weg, den sie in den letzten Jahren nur nachts zurückgelegt hatte, das erste Mal bei Tageslicht, und es kümmerte sie nicht, ob irgendwer sie beobachtete oder sehen konnte. Sie benutzte sogar eine Güterstraße der Holzfäller. Sie trug nichts bei sich. Alles an diesem Spaziergang war etwas Neues, etwas wunderbar Aufregendes. Eigentlich hätte Elfi an ihrer Seite sein sollen. Aber Elfi lag seit dem 18. Feber 1945 auf dem Friedhof.

Niemand hatte den SS-lern und den zwei Gestapomännern verraten, dass sich die ganz jungen Frauen normalerweise bei Pumhösls und Brettschneiders aufhielten und dass die Schichten für die Zwangsarbeiter genauso abliefen wie die der Angestellten. Das hatte nichts mit der abnehmenden Auftragslage zu tun, sondern einfach damit, dass sie seit Jahren Seite an Seite an den Maschinen standen und die schweren Papierrollen in die Lagerregale hievten, die Bögen zerschnitten, die von den Frauen sortiert und verpackt wurden. Dass sie seit Jahren miteinander den Wald schlägerten, die Bäume entrindeten, die Karren beluden, die Holzstämme aus dem Wasser des Kanals wuchteten, die Sägen bedienten. Ihre älteren Söhne, Männer und Väter, hatten bis vor wenigen Tagen immer noch Angst gehabt vor der Einberufung, manche hatten ihre Halbwüchsigen eingesperrt, um sie von dummen Ideen abzuhalten.

Und diese Angst hatte sie zu widerwilligen Verbündeten gemacht, je länger der Krieg dauerte, je schlimmer die Lage wurde. In all den

Jahren hatte es keinen Erschossenen bei ihnen gegeben, nur Verwundete und im Wald drei Ungarn, die von fallenden Bäumen erschlagen worden waren. Verbündet hatte sie auch die Angst vor den seltenen Visiten der vorgesetzten Schergen, die ein paar Stunden herumbrüllten, sich fett fraßen an den Vorräten, die Pumhösl extra dafür hortete.

Diejenigen, die immer noch an einen Sieg glaubten, waren an einer Hand abzuzählen. Nicht einmal Barbara Silberbauer wollte an einem Tisch mit den Offizieren sitzen. Allerdings war Rosa nicht sicher, aus welchen Gründen die Frau das nicht tat. Vermutlich litt sie nicht nur darunter, dass ihre Träume sich als trügerisch herausgestellt hatten, sondern auch unter der Brutalität dieser Vormittage, die ihnen alle paar Monate Licht und Ruhe nahmen. Vergangen, vergangen, dachte Rosa, und die Freude ließ sie schneller gehen.

Dieser Ort, ihr Dorf war keine der Schreckenskammern gewesen, wie sie an anderen Plätzen im Land gepflegt worden waren. Trotzdem war niemand von ihnen frei von Schuld. Nur Elfi, dachte Rosa. Und dass sie den Amerikanern von ihr erzählen musste, dass sie darauf bestehen musste, dass der Pfarrer an ihrem Todestag eine Messe hielt und allen Kirchgängern einbläute, wen sie verloren hatten.

Dieses verhuschte Mädchen, das sie vor so vielen Jahren zu sich geholt hatte! Wie schnell sie gelernt hatte, was anders von Rosa im Haushalt gehandhabt wurde als in der Keusche ihres Vaters. Wie geschickt ihre Hände waren. Wie gern sie sich Geschichten aus Büchern erzählen hatte lassen, ohne jemals eines selbst zu Ende zu lesen. Wie geradlinig sie war, gerecht bis zu sturer Verbohrtheit. Wie plump sie wirken konnte, obwohl sie sich flink bewegte und geschickt kletterte. Wie gütig sie war und trotzdem an ihren Vorurteilen geradezu erbittert festhielt: Italienern durften man nicht trauen, nur Uniformierte der Marine taugten etwas; sie kannte allerdings keinen einzigen, und Frauen, die auf Bühnen tanzten, mussten ihrer Meinung nach charakterlos sein.

Rosa hatte schnell erfasst, dass Elfi sie bedingungslos liebte, auf eine Art, die ihr manchmal fast besessen erschien und derer sie sich nicht zu wehren wusste. Aber je älter sie wurde und je mehr ihr klar war, dass sie hier keine Freundin finden würde, desto eher war sie bereit, Elfis Hingabe zu akzeptieren und sachte zu erwidern. Die Kinder veränderten das Verhältnis wiederum, weil Elfi sie in einer sehr selbstverständlichen Art auch als die Ihren betrachtete und behandelte.

Es gab Tage, an denen Rosa sich fast als Eindringling fühlte, wenn sie zusah, wie Rikki mit Elfi herumbalgte oder auf ihrem Schoß einschlief. Walter schien sich sowieso am wohlsten in der Küche zu fühlen, spielte unter dem Tisch, während Elfi Marmeladen einkochte, Gemüse einlegte, Liköre zauberte oder einfach auch einmal die Füße auf einem Schemel platzierte, scheußlichen Feigenkaffee mit einer Prise Kakao trank und kicherte, wenn Walter seine kleinen Spielzeugautos an ihrer Wade entlang hochfuhr und auf ihrem Schoß einparkte. Heimatgerüche. Heimatgeräusche. Heimatfarben.

Und dann waren sie zu ihr ins Haus gekommen, während Rosa nicht anwesend war. Hatten versucht, Elfi einzuschüchtern, hatten gefragt, was es zu verbergen gäbe, sie wüssten von »Einigem«. Irgendjemand musste geredet haben, und es machte Rosa so wütend, dass sie nicht wusste, wer es gewesen war.

Die vier SS-ler hatten Möbel umgeschmissen, Laden herausgerissen, Porzellan zerschlagen. Als sie mit Elfi endlich aus dem Haus kamen, konnte sie nicht mehr alleine gehen. Das hatten ihr Arbeiter erzählt, die von unten aus dem Fabrikhof hinaufgeschaut hatten. Die vier wurden beobachtet. Man wusste ja nie, was solche wie die vorhatten. Und dann war die Neuigkeit ins Büro vorgedrungen, Josef und Pumhösl und alle anderen waren hinausgelaufen, waren den Weg über die Wiese hinauf und hatten gehört, was die Männer schrien, und hatten gesehen, wie Elfi den Mund hielt und den Kopf schüttelte und wie sie sie niederzwangen und mit den Stiefeln drangsalierten und wie sie sie traten.

Als sie oben waren und Josef und Pumhösl protestierten und brüllten, wurden sie beiseitegedrängt. Einer drückte Josef die Pistole gegen die Brust, der Anführer ohrfeigte Pumhösl, dass ihm die Brille in den Dreck flog. Die anderen zwei traten weiter.

Und dann hörten sie alle das Brechen des Schädels, und die Männer ließen ab und gingen ruhig, einer lachte sogar, als ob nichts geschehen wäre, drehte sich noch um und schoss ihr in den reglosen Bauch.

Als Rosa endlich aus dem Wald kam, war alles erstickend ruhig, und Elfi lag auf einem fleckigen Leintuch auf dem Wohnzimmerboden, einen Polster unter dem verformten Kopf und die Augen geschlossen. Der Priester betete, Josef weinte. Felix Pumhösl saß wortlos am Tisch und sah zu, wie seine Frau jedem ein Glas Schnaps einschenkte, während andere versuchten, Zerstörtes aufzustapeln, Laden wieder in ihre Schienen einzuführen, Bücher einzuräumen, Scherben zusammenzukehren.

Spät in der Nacht, als sie alleine waren, hatte ihr Josef weinend alles haarklein geschildert. Beide wussten sie, dass Elfi ein Schutzwall gewesen war, dass sie deshalb noch hier und lebendig waren, weil Elfi, nun von Rosa gewaschen und hergerichtet, in einem offenen Sarg im Salon lag.

»Ihr Leben für unseres«, sagte Josef.

»Und das der Kinder und das der zwei im Wald.«

»Wirst du es ihnen sagen?«

»Erst nach der Befreiung. Erst, wenn sie keine Angst mehr haben müssen.«

»Hast du denn nie Angst?«, fragte Josef zitternd.

»Ich habe keinen Moment ohne Angst mehr gelebt, seitdem ich sie gefunden und ins Versteck gebracht habe. Schau meine grauen

Haare an, schau meine Falten an. Aber ich kann doch nicht leben und mich daran freuen, wenn ich wüsste, dass ich sie am Gewissen hätte.«

»Und Elfi?«

»Elfi hat alles von Anfang gewusst, noch lange vor dir und viel mehr, als du je wissen wirst.«

»Mein Gott.«

»Josef, weißt du, dass sie mich geliebt hat?«

»Du meinst, sie hat für dich geschwärmt und dich bewundert. Du warst aber auch so nett zu ihr.«

»Nein, Josef. Das war vielleicht im ersten Jahr. Als ich ihren Vater weggewiesen und ihm gedroht hab, der Polizei zu berichten, was er mit dem armen Kind alles angestellt hat, da hat sie mich zu lieben begonnen. Er hat sie benutzt, seitdem sie zwölf war. So ein Schwein war der.«

»Ich weiß.«

»Gar nichts weißt du. Er hat sie nicht nur geprügelt und ihr kein Essen gegeben –«

»Doch, ich weiß, was er gemacht hat. Alle haben es vermutet. Deshalb hab ich sie ja gefragt, ob sie nicht bei uns das Haushalten lernen will. Ich wusste, du würdest auf sie achten und sie mögen.«

»Warum hat keiner von den Männern –«

»Er ist vermöbelt worden, nachdem du ihn vom Haus vertrieben hast, weil er sie zurückhaben wollte. Die Arbeiter haben schon auf ihn gewartet. Er ist nicht zurückgekommen, weil er Angst vor dir hatte. Er konnte eine Zeit lang wegen der vielen blauen Flecken nicht aus seiner Hütte, und danach ist er weg. Ich hab gehört, er ging nach Linz, kam zum Militär und ist später gefallen. Keinem ist er abgegangen.«

»Sie hat mich geliebt.«

Josef hatte sie im Arm gehalten und nichts gesagt, während ihr die Tränen aus den Augen quollen und das Kissen nass wurde.

»Sie hat die Kinder vergöttert, und mich hat sie geliebt. Und ich konnte sie nie so lieben, weil ich dich doch liebe. Aber es hat ihr gereicht. Sie wollte einfach bei mir sein und den Tag mit mir teilen. Die Nächte sollten dir gehören, hat sie gesagt. Solange sie bleiben durfte und ich sie als meine Freundin betrachtete, würde das genug sein. Denn im Herzen trüge ich sie sowieso auch, selbst wenn ich das nicht wahrhaben wollte. Sie hätte sich schon eingeschlichen, zu dir und den Kindern und den Eltern und den Geschwistern und all denen, die ich liebe.«

Rosa stieg hinter die Felsen, folgte dem Bach, kam zu den ersten Grotten, die jeder im Dorf immer wieder aufsuchte, wenn ihn im Wald ein Unwetter überraschte. Der Steig führte von hier offensichtlich weiter hinauf, aber Rosa verschwand hinter einem Busch, kletterte über verrottendes Unterholz immer weiter hinein ins Dickicht, den Kopf eingezogen zwischen den Schultern, die schweren Schuhe klebten im Morast. Das hier war Moorboden, und man musste genau wissen, wohin man treten konnte.

Überall gab es solche Stellen, weshalb den Kindern das Verlassen der Wege strikt verboten war. Sie wuchsen mit den Geschichten von versunkenen Hütten und ertrunkenen Menschen auf. Es waren nicht nur Märchen voller Schimmelgeruch, Moosfarben, Wassergeistern. Immer wieder waren Unfälle passiert, und der vollgesogene Boden trug tatsächlich oft nicht. Rosa hatte dieses Gebiet gewählt, um auch die Hunde der Häscher loszuwerden, falls man ihr einmal auf die Schliche kommen würde. Duftfährten ertranken schneller im Moor. Jetzt war es wenigstens nicht mehr so beschwerlich wie im Winter, wenn sie schwere Zweige hinter sich immer wieder herschleifte, um Spuren zu verwischen, oder Futter für die Tiere streute, um sie auf ihren Weg zu locken, sodass ihre Tritte unter den Abdrücken der Vierbeiner verschwanden.

An der üblichen Stelle blieb sie kurz stehen und pfiff den Ruf des

Hähers dreimal. Hinter einem der Granitfindlinge tauchte ein Mann auf. Sie winkte und lachte laut. Lachte das erste Mal, seitdem sie ihnen vor einem halben Jahr das Quartier gezeigt hatte. Ein zweiter Kopf erschien. Sie sah die irritierten Gesichter, aber da war sie schon bei ihnen, drückte ihre Hände, umarmte sie, weinte und lachte zugleich.

»Der Krieg ist vorbei! Ihr habt es geschafft!«, rief sie auf Englisch.

Die Männer öffneten ihre Münder, aber es kam kein Laut heraus. Sie begannen zu zittern, sie hielten sich an Rosa fest, an der Felswand.

»Es ist wahr! Es ist wahr! Die Amerikaner sind gerade ins Dorf gekommen. Ihr kommt jetzt mit mir zu uns ins Haus. Josef weiß schon Bescheid und will euch endlich kennenlernen. Niemand kann euch mehr etwas tun. Niemand.«

Die Männer blickten einander an. Sechs Monate und zwei Wochen hatten sie in dem Unterschlupf zwischen den Findlingen gehaust, ohne Feuer, ohne Licht. Mit Holzplanken hatten sie einen Boden geschaffen, Rosa hatte Decken geschleppt, die dicken Schafwollpullover hatte noch Elfi gestrickt. Zwei Mal pro Woche hatte Rosa heiße Suppe hochgetragen, Brot, Speck, gedörrtes Obst, gekochte Erdäpfel, hin und wieder ein gekochtes Ei. Alles, was sie beiseiteschaffen konnte, und doch war es ihr immer zu wenig erschienen. Selbst Rikki hatte zu Weihnachten geholfen, nachdem sie ihre Mutter überrascht hatte. Was hatte sich das Mädchen aufgeregt! Wütend war sie gewesen, weil Rosa sie im Wald warten ließ, sie nicht bis ans Versteck heranführte, zu ihrem eigenen Schutz.

Die Männer waren Skelette in Lumpen gewesen, als Rosa ihnen im Wald über den Weg gelaufen war. Der eine trug noch die gestreiften Hosen, die ihr verrieten, wer sie waren. Sie hatten sich offensichtlich bei Bauern und deren auf der Leine trocknenden Wäsche bedient, aber ihre Füße waren von erdverkrusteten Stofffetzen umhüllt, mit denen sie nicht schnell laufen konnten. Sie hätten auch mit Schuhen nicht mehr laufen können, so erschöpft waren sie. Rosa hatte sie angesprochen, zuerst in den wenigen Wörtern Tschechisch, die ihr ihre Schwester und Matej beigebracht hatten, dann auf Englisch und Französisch. Sie hatte ihnen die gesammelten Preiselbeeren gegeben, die sie in tierischer Gier verschlangen, um sie kurz später zu erbrechen.

Sie hatte schnell entscheiden müssen, denn sie war sicher, nicht die einzige Frau heroben zu sein, die die letzten Früchte für den Winter einsammelte. Wann war das gewesen? Mitte Oktober. Vier Monate später war Elfi ermordet worden.

Rosa hatte die Männer durch den Bach geführt. Wie mühselig war das gewesen. Aber sie dachte an die Hunde der Menschenjäger und die Hunde der Förster. Was sie am meisten verwunderte, war, dass ihr die Männer ohne Widerspruch folgten.

»Sie haben gesehen, wer du bist«, hatte Elfi später gesagt.

Und Josef hatte, als sie ihn eines Nachts einweihte, nur herausgebracht: »Du und dein Herz. Ich hoffe, sie verraten dich nicht, wenn sie erwischt werden.«

»Sie kennen meinen Namen nicht.«

»Liebste, jeder wird dich nach der Beschreibung erkennen. Jeder. In der Fabrik nennen sie dich die Lichtsammlerin.«

»Ich konnte nicht anders.«

»Ich weiß. Bloß erzähl mir nicht, wo sie sind. Und achte darauf, dass dir niemand folgt. Bin ich froh, dass Walter in der Schule in Linz ist. Zu Weihnachten wirst du extra aufpassen müssen, wenn die Kinder und Hanni da sind.«

»Da geh ich in der Nacht.«

»Brich dir keine Beine da draußen. Ich weiß ja nicht, wo ich dich suchen soll, wenn dir was passiert.«

Rosa erinnerte sich, wie er sie umarmt hatte, jeder umhüllt von seinen Ängsten und getragen von der Sicherheit, geliebt zu werden, egal, was kam und wie sie darauf reagierten.

Und jetzt stand sie hier vor diesem Loch und sah zu, wie die stinkenden Männer alles packten, was sie ihnen im Verlauf der Zeit gebracht hatte.

Ja, sie waren immer noch mager, aber sie trugen den Tod nicht mehr im Gesicht. Sie gaben ihr die zwei Bücher zurück, die sie ihnen das letzte Mal geborgt hatte, Nahrung für den Geist aus den Bücherverstecken, die Elfi mit ihrem Leben verteidigt hatte. Sie nahmen ihr Deckenbündel auf. Sie folgten ihr und sahen sich an der Kante des Felsen noch einmal um. Wie oft mochten sie hier gehockt und hinaus in die grünschwarze Wand gestarrt, gelauscht haben, ob sich in das Ästeknarzen, Vogelgezwitscher, Farngeflüster ein menschlicher Laut schob?

Wie finster dieser Wald war, dachte sie. Fast keine Lichtungen, Lichtinseln nur über den Mooren und Sümpfen, Mauern aus tiefgrünen Nadeln und Schattenflecken, die das Schwarz zwischen den Stämmen in offene Schlünde verwandelte.

Sie ging vor ihnen. Ihr Herz war voll Leichtigkeit, voll von der Gewissheit, dass die Freundin bei ihr war, sich mit ihr freute. Befreit von Schmerzen, von Angst. Wohin gehen die Toten?, fragte sie sich kurz. Wohin gehen die Ungeborenen, die, die zu früh sterben? Waren das Phantome, die sie manchmal im Wald zu sehen glaubte? Schattenbilder. Elfi war Rosa auf eine Weise nahe, wie es keine ihrer Schwestern je gewesen war.

Die Männer keuchten. Sie waren keine langen Wege mehr gewohnt. Die Angst, das Wissen, sich unbedingt versteckt halten zu müssen, hatte sie zwischen den Felsen gehalten, ein Gefängnis unter freiem Himmel.

»Bergab geht es schneller«, ermunterte sie sie. »Bald wird der Wald licht. Bald seht ihr die ersten Häuser. Nicht erschrecken. Die

Uniformierten sind aus Amerika. Und niemand wird euch etwas tun. Ich bin bei euch.«

Die Männer lächelten. Auf ihren Gesichtern spiegelten sich Müdigkeit, Erwartung, Angst. Hoffentlich dreht im Dorf keiner durch, dachte Rosa. Als sie zwischen den Bäumen hervorkamen, blieb sie kurz stehen. Die Männer standen neben ihr.

Da war rechts am Hang die Villa der Pumhösls, darunter, oberhalb der Wiese, die an der Straße zur Fabrik endete, leuchteten die Narzissen in Rosas Garten rund um ihr Haus. Wie ein eigener Leib, kompakt, mit Veranda, angebautem Gang zum Erdkeller, dem Kaninchenstall, der durch den Holzschuppen ein Teil des Hauses wurde. Ein Haus voller Leben, voller Geheimnisse. Ihr Heim. Ach, wenn Elfi das sehen könnte, dachte sie. Aber wahrscheinlich hatte Elfi das Wesen des Hauses viel früher als sie begriffen.

Sie sah, während sie langsam den Wiesenpfad hinuntergingen, dass man auf sie aufmerksam wurde, sie hörte Rufe und Pfiffe und sie sah, wie Josef sich aus einer Gruppe löste und auf Soldaten einredete, wie er winkte, wie sich die Männer ihnen zuwandten mit freundlichen Gesichtern. Sie nahm ihre beiden Begleiter an der Hand und spürte am verkrampften Festhalten, dass die Angst nicht gewichen war.

»Richard, Gerrit. Ihr werdet bei uns in diesem Haus wohnen, solange es notwendig ist, bis die Amerikaner euch weiterhelfen können. Ich bin froh, dass ich euch begegnet bin, trotz allem. Oder wegen allem, was darauf folgte. Ich will wissen, wohin ihr geht von hier, ob ihr eure Familien wiederfindet. Egal, was auf euch wartet und wie groß der Schrecken oder die Freude sein werden: Ihr habt hier ein Heim, das wartet, solange ich lebe, solange mein Josef lebt.«

Und dann waren sie unten und lösten langsam ihre Hände.

»Darf ich Ihnen meine Frau vorstellen?«, sagte Josef zu dem amerikanischen Offizier, »Rosa Brettschneider und ihre Schützlinge.«

»Richard Silverman, in einem anderen Leben war ich Buchhändler in Leeds.«

»Gerrit van der Laan aus Amsterdam, ich war einmal im Büro einer Kompanie, die mit Gewürzen handelte. Es ist lange her.«

Die Soldaten rückten näher, starrten sie ungläubig an. Die Fabrikarbeiter spitzten die Ohren, obwohl sie kein Englisch verstanden. Sie murmelten, und Rosa wusste genau, dass sie das Aussehen, das Gewand, den Geruch der Männer besprachen, dass sie mutmaßten, wo ihre Begleiter versteckt gewesen waren da oben im Tannenwirrwarr, den sie alle bis in den hintersten Winkel zu kennen glaubten.

Josef hat immer recht gehabt, dachte Rosa. Kein Arbeiter geht spazieren, kein Bauer geht ohne Grund in den Wald. Selbst die Jäger gehen nur zu den Futterplätzen und den Lichtungen und lassen das Dickicht und die Felsen und Moore links liegen. Der Wald ist ein Arbeitsplatz, und dieser schwarze Wald ist für sie das Einfallstor für alles Unsichtbare. Mein Versteck war gut gewählt.

Noch während sie die Fragen der Befreier beantwortete und voll Erleichterung sah, dass Pumhösl Wasser und Bier bringen ließ, dass man sie alle in die große Verkaufshalle dirigierte, wo Tische und Bänke schnell zusammengeschoben wurden, spürte sie die Veränderung. Die Gesichter waren offener, man schaute sich direkt an mit entspanntem Körper, das Lachen wurde lauter, die Zwangsarbeiter saßen neben den Einheimischen, Kinder wagten sich heran. Der Pfarrer segnete das Brot, die Amerikaner legten Essensrationen auf die Tische. Nur die Bewacher aus dem KZ waren fort.

Dann sah sie in der Tür zur Maschinenhalle Manfred Silberbauer lehnen, freundlich lächelnd mit einem Schüler reden, aber über die sitzenden Menschen hinweg, all die einander zugewandten Köpfe sie, nur sie anschauen. Es war ein so unverhüllter Ausdruck von Bewunderung, von Verehrung und noch etwas anderem in seinem Gesicht, dass Rosa erschrak und hoffte, seine Frau würde es nicht auch entdecken.

In den kommenden Wochen würde sie immer wieder daran denken müssen. Kurz nur, wie ein Blitzlicht würde die Erinnerung da sein. Es passierte so vieles fast gleichzeitig. Die Mädchen kamen aus dem Internat, Walter war wieder da, die Ungarn verließen das Dorf, Janos machte Erika einen Heiratsantrag, der sie mehr bedrückte, als sie zuzugeben bereit war.

Wie romantisch und naiv ihre Tochter doch war. Wie viel sie noch lernen musste. Als Janos sie um ihre Meinung zu seiner geplanten Rückkehr nach Budapest fragte, redete sie ihm zu, bestärkte ihn in seinem Enthusiasmus, seiner Geradlinigkeit, seinem Engagement. Trotz Erikas Kummer war sie froh über Josefs Entscheidung für eine Wartezeit. Das Kind war einfach noch zu jung zum Heiraten! Liebe musste in Ruhe wachsen können, davon war sie überzeugt.

Und sie betrachtete sich als besonders gesegneten Menschen: Sie wurde so sehr geliebt; Josef, Elfi, die Eltern, die Geschwister, die Kinder, Ilonka. Dass viele Menschen sie jetzt verehrten, wischte sie irritiert beiseite. Sie glaubte der Dankbarkeit der Zwangsarbeiter, aber sie misstraute der plötzlichen Bewunderung der Dorfbewohner. Und dass Manfred Silberbauer seine Zuneigung nicht verbergen konnte, machte ihr Sorgen.

Aber da waren die Amerikaner schon weg, und die Russen hatten das Gebiet übernommen. Die Atmosphäre änderte sich schlagartig. Rosas Schützlinge waren längst in ihren Heimatländern, eine Karte aus Leeds trudelte ein.

Wenn die Sowjets vor dem Bürogebäude vorfuhren, sickerte Furcht aus den Häusern. Man hörte von Fürchterlichkeiten, glaubte alles, auch wenn hier noch keine Übergriffe stattgefunden hatten. Es fühlte sich nicht mehr nach Befreiung an.

Barbara Silberbauer hatte aufgehört, mit Rosa zu reden. Kein Gruß wurde erwidert, später wich sie Rosa offen aus. Sie fuhr mehrmals ins zweigeteilte Linz, obwohl die Russen an der Zonengrenze unangenehm und zeitfressend agierten. Keiner wusste, was sie dort tat, ohne ihren Mann, der alleine in der Schule unterrichtete, weil es sonst keiner getan hätte; er versuchte, das neue Leben zu verstehen.

ÜBER DIE LIEBE

III RICKY
1990

Ihr Leben fühlte sich falsch an. Nichts passte mehr. An manchen Tagen wäre sie am liebsten im Bett geblieben, hätte das Gesicht zur Wand gedreht und die Augen für Wochen geschlossen. Aber dieses verdammte Pflichtgefühl ließ sie nicht los. Verdammt, verdammt, verdammt, dachte Ricky, und dass sie sich nicht dabei erwischen lassen durfte, das laut auszusprechen. Sie kroch ins Bad und versuchte, wach zu werden. Dienstag. Vier Stunden Unterricht, zwei Stunden Lernbegleitung, eine Stunde Vorbereitung für den nächsten Tag, danach noch ein Elterngespräch. In zwei Jahren würde sie in Pension gehen, ihren Platz Jüngeren überlassen. Trotzdem würde ihr Leben nicht richtiger werden. Sie hatte den falschen Beruf, sie lebte am falschen Ort.

Das einzig beständig Gute war Albert, und selbst er war ihre zweite Wahl. Ihr Leben, dessen war sie sicher, sollte anders sein, sich anders anfühlen, und vor allem sollte es nicht hier stattfinden, in diesem Melbourner Vorort, der mittlerweile von der Stadt verschluckt worden war und in dessen Zentrum in den letzten Jahren tatsächlich Skyscraper errichtet worden waren. Nur in ihrer Straße war noch alles beim Alten. Die Bäume waren gewachsen, ihre Schatten legten sich im Sommer tröstlich auf die Dächer. Die Gärten wirkten kleiner, weil die Büsche undurchdringlicher geworden waren. Es gab runde, aufblasbare Pools. Die Spielkameraden ihrer Kinder waren weggezogen, zumindest die meisten.

Das Problem mit manchen Lügen, dachte Ricky, ist, dass sie mit der Zeit so wahr werden. Sie war, um einer schmerzenden Wahrheit auszuweichen, bereit gewesen, ihre Heimat zu verlassen. War Albert auch so oft so unglücklich gewesen wie sie? Sie zog sich an; wie in all den Jahren zuvor hatte sie am Abend schon ihr Gewand im Badezimmer zurechtgelegt, um Albert nicht zu wecken. Jeder Handgriff war Gewohnheit, ihr Alltag veränderte sich nie. Es war tröstlich, auch wenn es langweilig schien. Sie konnte sich daran festhalten.

In der Küche richtete sie das Frühstück, holte die Zeitung herein, begann zu lesen. Es war ihr recht, dass Albert im Bett blieb. Sie wollte vor dem Unterricht nicht reden, nicht verstecken müssen, dass sie eigentlich ein Morgenmuffel war. Seit Alberts Pensionierung lebten sie mit weniger Zwängen, und ihr gefiel das. Wenn sie einmal nicht mehr arbeiten würde, würde sie ebenfalls liegen bleiben, egal, ob die Sonne schien, egal, ob sich die Nachbarn das Maul darüber zerrissen. Wenn sie am späten Nachmittag aus der Schule heimkam, hatte er schon eingekauft, ein wenig geputzt, hatte einen Freund getroffen, den Garten gegossen. Sie kochten gemeinsam, sie aßen, sie redeten. Selten gingen sie weg, selten waren sie eingeladen.

Sie selbst mochte keine Gäste bekochen. Eigentlich hatte sie das nie gewollt. Alle Frauen in ihrer Familie hatten es geliebt. Massenverköstigungen und schmutzige Küchen, verschwitzte Körper, in Unordnung gebrachte Räume, Gärten, in denen man später überall leere Flaschen und Gläser fand, plärrende übermüdete Kinder und Verwandte, die zu viel getrunken hatten. Ausgeplauderte Geheimnisse, Streitgespräche oder langweilige Monologe; sie hatte nie verstanden, warum die Großmutter und Tanten und ihre Mutter darauf so erpicht waren. Das war eigentlich gut an der Auswanderung gewesen: Sie war diesen Verpflichtungen der Verwandtschaft gegenüber entkommen.

Manchmal redeten Albert und sie über die ersten Monate in diesem Land, ihre Erwartungen nach den Einweisungskursen auf dem

Schiff, als man ihnen beibrachte, was typisch australisch war, welche Redensarten sie unbedingt benutzen sollten, welche Gerichte sie kochen mussten, weil sie mit lokalen Traditionen oder Feiertagen verbunden waren. Wie man sich zu benehmen hatte. Das war besonders wichtig für alle jene, die nicht aus englischsprachigen Ländern, aus dem Königreich, kamen. Und noch wichtiger für die Griechisch- oder Russisch-Orthodoxen, oder für die Juden, von denen es nur drei Familien auf dem Schiff gab.

Später, in dem ersten Camp, in dem Albert Arbeit fand, gab es bloß wenige Frauen und Kinder, die Ricky in einer Sammelklasse unterrichten sollte. Sie war hoffnungslos überfordert, weil zu viele Sprachen gesprochen wurden, und sie abends oft von den Erwachsenen gebeten wurde, mit der Lagerleitung oder den Bauingenieuren zu reden und für die Einwanderer zu dolmetschen.

Sie lachten darüber, aber Ricky erinnerte sich gut an die Verzweiflung, die sie nachts spürte, an die Wut über den ewigen roten Staub, der über den Baracken hing, über die Silberblätter der grauen Eukalyptusbäume, die ihre Sehnsucht nach den grünen Nadelwäldern Europas nur steigerten, diese endlose Ebene, aus der immer wieder Rauchsäulen stiegen und nachts die roten Feuerschlangen sichtbar wurden. Es war ein Geisterland, in das es sie verschlagen hatte. Ihre Haare fühlten sich an wie Drahtnester, ihre Beine wurden schwer und schwollen an. Und wenn der Eukalyptus zu blühen begann und gelbe Bälle neben weißen Knitterblättern auf den angebrannten Astgittern aufbrachen, vermisste sie ihre Freundinnen. Kein Brief konnte sie darüber hinwegtrösten, dass Hanni einfach nicht zu umarmen war.

Ihre Einsamkeit ließ sie schroff werden. Manchmal tauchten dann die Bilder von Mamas Beerdigung auf, und ihre Wut flammte genauso heftig auf wie damals.

Alle Dörfler in Schwarz, die Kinder mit den schwarzen Armbinden, grünes Tannenreisig auf dem angefrorenen Boden; Das Grab auszuheben, war Schwerarbeit gewesen. Walter hatte haltlos geweint, der Vater hatte kaum stehen können, so schüttelte es ihn. Er konnte nicht laut beten, er konnte nicht reden, er konnte nicht singen, nur sein Körper wiegte vor und zurück, und manchmal durchfuhr ihn ein Krampf, und seine Försterfreunde, die hinter ihnen standen, traten vor und hielten ihn, bis er zu schwanken aufhörte.

Der Pfarrer redete. Seine Worte segelten über der offenen Grube mit dem billigen Holzsarg, ziellosen Vögeln gleich. Erika erinnerte sich an das kollektive Schluchzen, den zitternden Sopran, der einen Gott anrief, von dem sie sich schmählich im Stich gelassen fühlte. Sie sah das Fabrikantenehepaar mit weißen, spitzenbesetzten Taschentüchern, die Blasmusik, deren Blech nicht einmal schimmerte, weil die Sonne hinter den Novemberwolken verborgen lag.

Alle, alle waren gekommen, um Abschied von Rosa zu nehmen, deren zerschossenen Leib Erika trotz des Widerstandes der Frauen geholfen hatte zu waschen und einzukleiden. Das Gesicht war unversehrt gewesen. Das Gesicht hatte der Vater wieder und wieder geküsst und nicht freigeben wollen, bis der Pfarrer sachte seine Hände gelöst und zwischen die eigenen genommen hatte.

Der Sowjetkommandant war beim Friedhofstor gestanden, umgeben von seinen schweigenden Männern, die salutierten, während der Pfarrer den Segen sprach. Alle wussten, dass die vier russischen Soldaten aus der Kommandatur in Linz-Urfahr, die Rosa erschossen hatten, schon bestraft und verschickt worden waren. Alle wussten, dass Rosa dort verleumdet und als Naziagentin denunziert worden war. Alle wussten, dass es Barbara Silberbauer gewesen war, die nun von den Sowjets gesucht wurde.

Ein fürchterlicher Irrtum, ein bedauernswertes Missverständnis, hieß es. Doch es war Mord und konnte nicht schöngeredet werden.

Ricky erinnerte sich mit Schaudern, wie sie Vater am nächsten Tag auf seine eigene Bitte hin zum Lehrerhaus begleitet hatte. Die Tür war offen gewesen, niemand sperrte hier zu. Manfred Silberbauer fanden sie besinnungslos betrunken auf dem Küchenboden, es stank nach Urin und Erbrochenem. Erika hatte gewusst, dass der Vater eine Erklärung von Manfred haben wollte, verstehen wollte, was die Frau zu dieser Lüge, zu dieser Gemeinheit getrieben hatte, obwohl ihm der Pfarrer schon die Augen über die unglückliche, die unerfüllte, die Besitz ergreifende Sehnsucht des Lehrers geöffnet hatte.

Als der Vater den Lehrer daliegen sah, verschwand die Härte aus seinem Gesicht. Er bückte sich, versicherte sich, dass der Mann noch atmete, schob ihm einen Polster unters Gesicht und ging wieder. Irgendwann einmal, Wochen später, tranken sie zusammen, Versehrte ihrer Liebe.

Erika hatte dieses Mitleid nie verstanden. Ihre Wut saß so tief, aber selbst nach so vielen Jahren konnte sie sich noch nicht eingestehen, dass dieser Zorn nicht nur der eifersüchtigen Lehrerin galt, sondern auch der Mutter, die das alles herausgefordert hatte. Darüber aber konnte sie natürlich nicht mit Albert sprechen. Albert hätte versucht, sie zu beruhigen, als ob Worte etwas ausrichten konnten. Er hätte mit ihr geschlafen in der irrigen Annahme, Sex könnte nicht nur trösten, sondern auch Dinge ungeschehen machen.

Ricky erstaunte es immer noch, wie einfach Männer sich Zustände erklärten oder glaubten, dass Sex Schwierigkeiten zum Verschwinden brachten. Dabei liebte sie, wie er sie liebte. Und sie gestand sich ein, dass ihr der Albert, der er in Australien geworden war, noch viel besser gefiel als der Mann in Österreich, der davon besessen war, dem Land den Rücken zu kehren.

Wie ihr Herz überquoll, wenn er damals zu Beginn von der Erdarbeit am Staudamm heimkam. Eigentlich war er im Lohnbüro angestellt, aber wenn Not am Mann war, half er mit und zeigte ihr dann seine verwundeten Hände und die gekrümmten Schultern. Sie bewohnten ein Zimmer und teilten Küche, Bad und Toilette mit anderen Familien. Das Wasser war zu Beginn noch rationiert. Jahre später erzählten sie den Kindern davon, die sich ein solches Leben nicht vorstellen konnten oder wollten. Sie haben den Krieg nicht erlebt, sagte Albert dann, die Glücklichen. Ricky dachte, dass der Mangel sie nie gestört hatte. Es war ein Mangel ohne Ängste gewesen, ohne Furcht vor Bomben, vor Bewaffneten, vor unerwarteter Gewalt.

Sie räumte ihr leeres Frühstücksgeschirr weg. Albert schlief noch immer. Sie würde ihn erst spätabends sehen: Dienstags fuhr er meist hinein ins Zentrum, traf ehemalige Kollegen, ging bummeln, beobachtete die Baustellen und wie sich alles veränderte, holte manchmal Mary von ihrer Arbeit ab und lud sie auf einen Imbiss ein, wenn sie ihn nicht als Chauffeur für die Buben brauchte.

Die zwei hatten ein eigenes Verhältnis, immer schon gehabt. So unterschiedlich sie dachten und argumentierten, sosehr Mary ihren Vater wütend machte mit der offensichtlichen Verschleuderung ihrer Talente, sosehr teilten sie ihre Liebe zu diesem Land. Obwohl, dieser neue Job, diese Arbeit als Sprecherin, das schien etwas anderes zu sein. Geld zu verdienen, weil man reden konnte. Geld zu verdienen damit, dass die Stimme etwas vorspiegelte, was vielleicht gar nicht da war. Oder anders war. Seltsame Welt.

Natürlich freute sich Ricky darüber, dass Mary ihren Weg einigermaßen gefunden hatte. Ein schwieriges Mädchen, immer darauf bedacht, keine geraden Wege zu gehen. Eine Frau mit Prinzipien, fand Albert. Eine Frau, die verletzt wird und verletzend ist, konterte dann Ricky. Seit Marys Scheidung bemühte sie sich, das Leben ihrer Tochter nicht mehr so hörbar verärgert zu kommentieren. Mary hatte genau so einen Dickschädel wie ihre Großmutter Rosa. Wenn sie sich etwas einbildete, dann hielt sie daran fest. Zuerst dieser seltsame Freund Scott, dann Iannis, der genau der richtige Studentenflirt gewesen wäre. Aber nein, Mary musste ihn unbedingt heiraten, fand für jedes triftige Argument eine Widerrede. Nie vorher und nie nachher hatten sie sich solche Wortgefechte geliefert. Der arme Albert war in den Garten oder ins Pub geflohen.

Einmal hatte Ricky voller Wut geschrien: »Siehst du nicht, was du uns antust? Und was du dir antust? Hab eine Affäre mit ihm, hab es lustig mit ihm, ich bin ja nicht von gestern. Aber heirate ihn um Gottes willen nicht. Es wird nicht gut gehen. Du wirst alle verletzen.«

Sie vergaß nie Marys Gesichtsausdruck. Es war der absolute Tiefpunkt ihrer Beziehung gewesen. Hanni hatte ihr geschrieben, dass die meisten Töchter eine Abnabelung von ihren Müttern bräuchten, dass es auch bei ihr in der Familie hoch herging, dass alle jammerten über die aufmüpfigen jungen Frauen, die so viel für selbstverständlich hielten und Regeln brachen. An Hanni musste sie dringend wieder schreiben. Es hatte schon seine Gründe, warum sie hier keine solche Freundin gefunden hatte. Hanni besetzte diesen Platz. Wie hätte sie sich einer anderen Frau so öffnen können, ohne einen Verrat an Hanni zu begehen? Ricky seufzte. Sie war ein treuer Mensch. Sie hielt sich an Gebote und Prinzipien. Das nannte man Charakterstärke. Man konnte auch im Verborgenen mutig sein. Man musste sich dabei nicht so gefährden, wie es ihre Mutter getan hatte. Den Schnabel so aufsperren, wie es Mary seit ihrer Kindheit tat.

Ach, Mary!

Später, als die Enkel schon auf der Welt waren und Ricky sah, wie sehr Mary um ihre Ehe kämpfte, hätte sie ihr gern mehr geholfen als nur mit praktischen Handgriffen. Aber Mary ließ kein richtiges Gespräch mehr zu. Irgendetwas war zwischen ihnen zu Bruch gegangen.

»Weißt du, auch der Schmerz kann ein guter Lehrmeister sein«, hatte Ricky sie stärken wollen, als Mary den dritten Sohn verlor.

Wie hatten sie ihn genannt? Ach ja, Georgie. Ein winziges Baby ohne Chancen. Wie ihr Karl, den sie in ihrem Geburtsort begraben hatten. Vater hatte sich um das kleine Grab gekümmert, das neben dem Erinnerungsstein für ihre Mutter lag. Einmal hatte er ihr ein

Foto geschickt; Chrysanthemen und Tannenzweige vor dem hübschen gehämmerten Eisenkreuz. Karl Brettschneider und daneben das Datum, das bezeugte, dass er nur wenige Tage alt geworden war; in verblassendem Weiß auf der schwarz lackierten Plakette.

Sie hatte das Foto betrachtet und dann in einem plötzlichen Anfall von Wut zerrissen und weggeworfen. Karls Tod war der Grund ihres Nachgebens gewesen. Seinetwegen hatte sie Europa verlassen und Alberts Beteuerungen geglaubt, dass in Australien alles besser werden würde.

Wenigstens hatten Mary und Joey überlebt. Ihr süßer verrückter lebensfroher Joey. Kein Wunder, dass die Frauen es ihm so leicht machten; ein Reisender war ihr Sohn, ein schillernder Kolibri. Manchmal erinnerte er sie an Onkel Oskar, wenn er von seinen Reisen berichtete, von Orten, die vermutlich erst durch seine Art des Erzählens in exotisches Licht gerückt wurden, Inseln aufflammenden Glücks. Schade, dass Joey nun so weit weg wohnte.

Söhne muss man gehen lassen, hatte Albert gesagt. So eine blöde Platitude, hatte sie unhörbar gekontert.

Ricky betrat das Schulgebäude. Unterrichten bereitete ihr immer noch Freude. Zu beobachten, wie sich die Kinder veränderten, was Wissen aus ihnen machte, wie sie miteinander umgingen, wie sie ihren Platz in der Gruppe fanden oder von den anderen dazu verdonnert wurden, war jedes Mal spannend für sie. Manchmal wurden ihre Erwartungen erfüllt, manchmal geschah Erschreckendes, manchmal war es beglückend. Ricky war zufrieden in der Schule, viel zufriedener, als sie je als Mutter gewesen war. Kinder waren wie Bücher. Man konnte sie aufschlagen und wurde meistens überrascht, egal, welche Seite man erwischte.

Nur zu ihrer Tochter hatte sie nie den Zugang gefunden. Die hatte sich gewehrt. Gewehrt trotz aller liebevoller Zuneigung. Es war zu schade.

Albert hatte ihr oft gesagt, dass er sie für eine gute Lehrerin hielt. Sie hatte ihm einmal von ihrem einen Jahr Medizinstudium erzählt, und er hatte sie bewundernd angeblickt, mit dieser Ergebenheit, die sie früher nicht aushalten wollte. In letzter Zeit überraschte sie sich öfter dabei, sich ein Leben ohne ihn vorzustellen. Der Gedanke der eigenen Endlichkeit machte sie wütend, wie der Tod sie immer zornig werden ließ.

Aber Albert zu verlieren bedeutete, den einzigen Menschen hier zu verlieren, der sich noch erinnerte, wie sie früher, daheim gewesen war. In seinen Augen war sie nicht nur die mittlerweile grauhaarige Lehrerin, die Mutter seiner Kinder, die Pionierin im Barackenlager, die junge Braut in der besetzten Heimat. Sie war nicht nur seine Frau, sondern die Unbekannte, die ihn faszinierte, auch wenn er nie alles über sie erfuhr. Sie blieb seine Schöne, trotz der schlechter werdenden Augen, trotz der unterschiedlich dicken Brillengläser.

Es gab noch Hanni, die die frühe Erika kannte, und manchmal dachte Ricky, dass selbst die zusammengelegten Puzzles kein Gesamtbild von ihr ergaben. Denn der unstillbare Zorn auf ihre Mutter war ihr Geheimnis geblieben. Und von der Fahrt nach Budapest wusste nur noch Hanni, mit der sie seit damals nie mehr darüber hatte sprechen wollen. Die Liebe hatte Lücken wie Bombentrichter geschaffen. Ein Verlust nach dem anderen. Sie war dankbar, dass sie Albert trotzdem lieben konnte. Er verdiente es so sehr, geliebt zu werden.

Mary mit ihrem katastrophalen Geschmack für die falschen Männer hatte keine Ahnung, was es bedeutete, eine große Liebe zu verlieren.

Sie sollte aufhören, sich um Mary Gedanken zu machen. Eine erwachsene Frau, die sich von ihrer Mutter nichts beibringen lassen wollte. Wenigstens hatte sie sich das Sorgerecht für ihre Söhne erkämpft. Dazu war Scott eigentlich gut gewesen. Hatte sie Geldsorgen? Sie halfen doch, wo sie konnten. Hatte sie sie nicht davor gewarnt? Geschiedene Frauen hatten es schwer, da mochten die Zeiten noch so modern sein.

Ob Philipp tatsächlich einmal so berühmt werden würde, wie seine Lehrer glaubten? Ein Musiker. Begabter, als sie je gewesen war. Doch, auf ihn war sie stolz. Irgendwann einmal würde er noch mehr aussehen wie Onkel Oskar, strahlend auf jeder Bühne, aber durchschaubarer, einfacher im Umgang, auf keinen Fall so gefährlich. Und John? Albert hielt viel von ihm. Ein Kind, das wissen will, wie die Dinge funktionieren, was die Welt am Drehen hält, hatte er einmal gesagt, und Ricky hatte an ihren Vater gedacht.

Mary hatte alles richtig gemacht mit ihren Kindern. Trotz ihres Dickschädels. Man muss zu seinen Überzeugungen stehen. Wenn sie das nur hörte! Wie Mama. Und alle anderen mussten die Zeche dafür mitbezahlen.

Sie sollte sich nicht so aufregen. Abends würde ihr Albert erzählen, dass es Mary gut ginge und dass sich die Jungen wunderbar entwickelten. Alles andere war egal. Sie musste lernen, Mary ihre Liebe zu zeigen. Es fiel ihr doch bei den anderen leicht.

MELBOURNE

2002

Das Dreikönigsfest stand kurz bevor, als Mary ihr Diensthandy in die Hosentasche steckte und Luigi Morettis Laden betrat. Bei Luigi kaufte sie seit ihrer Übersiedlung ein; tatsächlich war sein Geschäft das erste gewesen, an das sie sich an einem Abend erinnerte, völlig erschöpft vom Schleppen feuchter Schachteln, ein Regenguss hatte sie erwischt, während ihre Söhne hungrig die neuen Zimmer aufräumten. Sie hatte im Vorbeifahren die italienischen Fähnchen gesehen und hoffte auf Antipasti und Brot, um keine Zeit zu verlieren. Luigi hatte, während er ihre Bestellung erledigte, Fragen gestellt, ob sie neu wäre, ob es ihr gefiele, ob er weiterhin mit ihr rechnen könnte, und ihr ein Fläschchen Olivenöl in die Tasche gesteckt. Sie hatte sich wie in einem Dorf gefühlt, auf einem Marktplatz, wo jeder und alles vertraut ist. Außerdem waren es nur wenige Minuten, zweimal ums Eck und schon war diese Einkaufsstraße da; viele Häuser heruntergekommen, manche gerade eingerüstet, die Gehsteige von Baumwurzeln aufgerissen, mittendrin fünf schäbige Blechgaragen. Scott hatte recht gehabt, noch steckte St. Kilda im Dornröschenschlaf, aber die Preise zogen schon an.

In den folgenden Jahren hatte sich einiges verändert. Luigi jedoch blieb, kaufte das zweistöckige Art-déco-Haus neben seinem Laden, ließ restaurieren, vergrößerte und wurde der angesagte Italiener des Bezirks. In seiner Gartenbar feierte Mary oft, was immer es gerade zu feiern gab. Als sie an einem Feature über Immigranten arbeitete, interviewte sie ihn als Ersten, denn er war das einzige Mitglied seiner

Familie, das in Australien geblieben war. Seine Eltern waren das erste Mal ausgewandert, als er noch ein kleiner Junge gewesen war, hatten das Heimweh nicht ertragen und waren mit Sack und Pack wieder nach Europa zurückgekehrt. Acht Jahre später verließen sie Brindisi ein zweites Mal, um dreizehn Jahre lang in Sydney eine Zukunft aufzubauen. Luigi und zwei Schwestern blieben, als sie mit zwei Nachzüglern endgültig zurückflogen, geschlagen von der Einsicht, das wahre Glück weder hier noch dort gefunden zu haben. Luigi aber verließ Sydney und baute in Melbourne genau zum richtigen Zeitpunkt sein Geschäft auf.

Wie bei allen Themen, die Mary in den letzten Jahren für ihre Arbeit gewählt hatte, hatte sie auch diesmal mittendrin gefunden, warum es etwas mit ihr zu tun hatte. Sie würde nie die großartigen Gespräche mit den Hebammen im Outback oder den trostlosen Siedlungen an brütend heißen sumpfigen Flusstälern vergessen. Oder die Frau in dem Bauernhaus am Rande des nördlichsten Weingebietes Australiens, die vom Küchenfenster auf einen winzigen jüdischen Friedhof schaute und ihr nicht erzählen wollte, wie es zu dieser Ansammlung von Gräbern im Nirgendwo gekommen war.

Bei Luigi fühlte sich Mary so daheim, dass sie manchmal ihren Laptop aufschlug und zu arbeiten begann, während er ihr immer wieder frisches Wasser, einen Espresso, einen Happen zu essen servierte, ohne sie anzusprechen.

»Ich fürchte, ich habe dein Geschäft zu meinem Wohnzimmer gemacht«, hatte sie schon nach einem Jahr gesagt.

»Das wird sich geben, wenn du endlich den richtigen Mann gefunden hast, Bella.«

Darüber wollte Mary nicht reden, aber sie tauschten sich über Familientratsch aus, zwei verlassene Kinder von fernen Müttern, die gemeinsam hatten, dass sie gerne gut aßen und gut zuhören konnten.

Eine Zeit lang hatte Johnny jeden Samstagvormittag bei Luigi gearbeitet, hatten Kisten geschleppt, Regale befüllt, das Lager sortiert;

Taschengeld für seine Freizeitausrüstung, ein bestimmtes Rad, spezielle Wanderschuhe, ein ultraleichtes Zelt, ein Surfbrett, das die Wellen von selbst ritt.

»Ein ordentlicher Junge«, versicherte Luigi jedem damals, denn natürlich redete man über die zugezogene alleinerziehende Mutter mit den unregelmäßigen Arbeitszeiten, die selten Besuch bekam, aber ein offenes Haus für die Freunde ihrer Söhne führte, und über das geigende Wunderkind.

»Ich brauche etwas Sensationelles«, sagte Mary, »John und Philly kommen morgen aus Sydney von einem Konzert zurück.«

»Wird es im Radio übertragen?«

»Nicht live, aber sie nehmen es auf für später. Heute Abend im großen Konzertsaal der Oper. Rachmaninov, Bartók, Britten und Ravel.«

Sie sah zu, wie Luigi Fisch, eingelegten Fenchel, Oliven, Orangen, italienischen Risotto, Salate, Zucchini und Pilze auswählte und einpackte. In den letzten Jahren hatte sie von ihm mehr über Kochen gelernt als in den Jahrzehnten davor, und er wusste das.

»Eine Cassata zum Feiern? Ich habe einen neuen Lieferanten, ehemals Sizilien. Er ist unverschämt gierig, aber seine Frau erschafft den Himmel neu mit ihrem Eis.«

»Aber ja!«

»Ein ziemlich modernes Programm, findest du nicht?«

»Nicht wirklich.«

»Ich mag Barock. Und schmalzige Volkslieder.«

»Und Verdi schmetterst du nur, wenn du betrunken bist.«

»Schrecklich! Warum erinnerst du mich daran? Jeder grölt Verdi unter der Dusche oder?«

»Also, Verdi habe ich während meiner Beziehungen nie gehört.«

»Verstehst du, warum man an Klischees hängt? An Kitsch?«

»Vermutlich, weil es tröstet. Wie Schokoladeneis.«

»Hört sich Johnny das Konzert an?«

»Keine Ahnung. Er wollte auf jeden Fall am Bondi Beach surfen, während Philly probte. Sah lustig aus am Flughafen: der eine mit dem Geigenkasten, der andere mit dem Brett.«

»Sag mir rechtzeitig, wenn es im Radio gesendet wird.«

Mary zahlte lächelnd und schleppte ihre Einkäufe heim. Ein Tag noch und beide Kinder würden wieder unter ihrem Dach schlafen, auf der Terrasse sitzen und bis tief in die Nacht reden, solange sie Abstand hielt. Sie wussten, dass sie zuhörte. Das Haus war viel zu klein für drei Bewohner und die Wahrung ihrer Geheimnisse; meist standen Fenster und Türen offen, um den Meerwind durchziehen zu lassen. Wenn die Burschen klarmachten, dass sie ungestört sein wollten, saß Mary oben in ihrem winzigen Büro, versunken in das Gemurmel und Lachen auf der Terrasse, Anekdoten folgend, die vom unterschiedlichen Leben der Söhne zeugten, glücklich, weil sie einander immer noch so verbunden waren. Seit zwei Tagen waren sie nun in Sydney, und sie vermisste sie bereits.

Gegen zehn Uhr kam der Anruf von John aus dem Konzertsaal. Mary konnte den Beifall hören, die Bravorufe.

»Das nächste Mal musst du wieder mitkommen, Mom. Es ist gigantisch, im Foyer sieht man draußen die Schiffe vorbeigleiten. All die Lichter! Philly war toll. Diesmal hat er sich schon richtig leger verbeugt. Die Frauen kreischen. Echt! Hörst du es?«

Mary lachte nur.

»Wir gehen jetzt mit den anderen kurz feiern und morgen Vormittag an den Strand. Abends sind wir daheim.«

»Hat es dir gefallen?«

»Ging. Ist nicht wirklich meins. Aber Philly beobachten war super. Er hatte die Arme faktisch stundenlang in der Luft und bewegte sie wie verrückt. Hochleistungssport, wenn du mich fragst.«

Glück. Pures Glück, dachte Mary und ging ins Bett.

Das Läuten passte in ihren Traum. Ein Schellen und Klingen, während sie in grünblauem Wasser trieb, dem Kollern der Steine am Ufer mit langen Zügen unendlich langsam entgegentauchte, die Finger spreizte, um das Meer zu kämmen.

Sie öffnete die Augen. Es war finster. Die einzige Leuchtquelle war ihr Handy, das immer noch läutete. Sie streckte die Hand aus, völlig leer im Kopf. Erst als sie es ans Ohr drückte, erschrak sie.

Es war John. Als sie seine Stimme hörte, wusste sie, dass sie alle Kraft brauchen würde.

Sie unterbrach ihn nicht, stellte ein, zwei Fragen, als seine Stimme zitternd abbrach, versuchte, ihn zu beruhigen, versprach, sofort loszufahren. Da stand sie schon, hatte das Licht eingeschaltet, ging hin und her und packte mit einer Hand, was sie an Notwendigem für die nächsten Tage brauchen würde.

Als John auflegte, rief sie Scott in Sydney an, instruierte ihn, rief im Radiostudio an, in dem rund um die Uhr gearbeitet wurde, bestellte ein Ticket auf der Frühmaschine, schrieb der Nachbarin eine Notiz, warf sie in deren Briefkasten, startete den Wagen und fuhr zum Flughafen. Am Gate sah sie den östlichen Himmel im Silberschimmer, und einen Moment lang dachte sie, ihre Beine würden sie nicht mehr tragen. Dann hatte sie sich wieder in der Gewalt. Sie zeigte ihr Ticket, sie ging die Gangway entlang, betrat die Boeing, nickte automatisch, fand ihren Platz am Fenster, verstaute die Tasche, setzte sich, schaute hinaus auf den nun schon hellen Beton, die Tragfläche, auf das verschwommene Rot, das am Horizont hochstieg. Die Stimme Johnnys füllte ihren Kopf aus, in einer Endlosschleife wiederholte sich Wort für Wort. Furcht hüllte sie ein.

Sie hatten gar nichts getrunken, oder zumindest ganz wenig, es wäre nicht ihre Schuld gewesen, hatte Johnny gesagt. Alle voller Euphorie, gleich in einem Restaurant am Pier und dann auf dem Weg zurück ins Hotel, vom Wasser weg an den Ticketschaltern für die Fähren vorbei hin zur Bahnstation auf dem Circular Quay, hatte

Philly vorgeschlagen, zu Fuß zu gehen. Vom langen Sitzen im Lokal hätte er schon Schwielen am Hintern, aber in Wirklichkeit wäre er immer noch so überdreht gewesen, so voller Freude. Es wäre wirklich nur eine kurze Strecke gewesen, wenig Verkehr, aber dann … Dieses Motorrad, vermutlich ein wenig zu schnell, jedenfalls nach links ausgebrochen und Philly ganz am Gehsteigrand …

Mary konnte sich vorstellen, wie ihr Sohn das Gleichgewicht verloren, eine Volte gedreht hatte, mitgeschliffen wurde, Maschine, Fahrer, Fußgänger ineinander verhakt, sich das Motorrad löste und vorwärtsdrängte und die zwei Menschen langsamer wurden, der eine mitten in der Straße, der andere immer wieder gegen die Gehsteigkante schlagend. Mary sah vor sich, was Johnny so plastisch geschildert hatte, wie der Geigenkasten sich in Phillys erster Drehung von der Schulter löste und Johnny sich nach dem Riemen streckte, das teure Instrument zu halten bekam, dem Bruder hinterherrannte, sah, wie dessen Hände gegen die Bordsteine krachten, das Rammen einer Schulter hörte, Knochen brechen.

Keine Schädelverletzung, eine leichte Gehirnerschütterung, eine aufgeschürfte Wange, eine Braue zur Hälfte abgesengt. Das hatte in Johnnys erster SMS aus dem Spital gestanden. Weniger als die 160 möglichen Zeichen. Aber es hatte Mary nicht getröstet. Die Finger, die Geigerhände, der Arm, der das Instrument hielt, der Arm, der den Bogen führte! Mary fürchtete, was auf ihren Sohn zukam, und sie hatte keine Ahnung, ob er es ertragen würde.

In Sydney wartete Scott bereits auf sie, begleitete sie ins Spital.

»Was mache ich, wenn du einmal nicht da bist, wenn ich dich brauche?«

»Angie anrufen.«

»Und wenn –«

»Vergiss es, Mary. Im schlimmsten Fall bist du alleine und du entscheidest selten falsch oder verlierst die Nerven. Schau dich doch an! Du bist wie Granit.«

»Ich habe im Flugzeug gebetet. Das erste Mal seit Georgies Tod, und du weißt, wie lange das her ist.«

Scott legte ihr den Arm um die Schulter und Mary schloss kurz die Augen. Sie würde Iannis anrufen müssen, sobald sie Genaueres wusste. Ihr graute davor. Das griechische Wunderkind gab es ab jetzt nicht mehr, und sie würde sich vor ihren Sohn stellen müssen, um überzogene Erwartungen, Vorwürfe, sinnlose Ratschläge abzuschmettern, dem Clan und vor allem dem Vater klarzumachen, dass sie mit ihrer Enttäuschung alleine fertigwerden mussten.

»Er war auf dem Heimweg vom Konzert in das Hotel, das für ihn gebucht worden ist. Ich habe mit seiner Agentur alles besprochen, er ist zusätzlich versichert, finanziell wird alles abgedeckt sein, das verspreche ich dir.«

»Das ist beruhigend, Scott, danke. Aber ich mache mir andere Sorgen.«

»Ich weiß.«

»Bleibst du bei Johnny, während ich mit den Ärzten rede? Und bei Philly? Ich will nicht, dass einer von ihnen hört, was ich frage und welche Antworten ich bekomme.«

Scott nickte, und Mary erinnerte sich einen Moment lang an sein ungewohnt weiches Gesicht damals vor vier Jahren, während er am Grab ihres Vaters einen Nachruf gehalten hatte, der nichts als eine freudige Fanfare voll Lebenslust und Hingabe war.

Natürlich wollten die Ärzte noch nichts ausschließen, aber sie nahmen erleichtert Marys Pragmatismus wahr und versuchten, nichts zu beschönigen. Philipp hatte bereits eine schwierige Operation hinter sich, und weitere würden notwendig sein, um das Ausmaß der Schäden so gering wie möglich zu halten. Das kleinste Problem wäre die Schulter.

»Glück im Unglück«, sagte der Neurologe, und Mary lachte bitter auf, während ihr einfiel, was ihre Mutter in schlimmen Situationen zitierte: Möge Gott uns behüten vor allem, was noch a Glück ist. Es war aus einer ihrer geliebten jüdischen Wiener Anekdotensammlungen, Friedrich Torbergs Tante Jolesch, aus der beide Eltern immer wieder den Alltag kommentierten, als wäre es der einzig gültige Ratgeber für ein Leben in der Fremde.

Die Ärzte wussten bereits, wer ihr Patient war, wo er am Abend zuvor aufgetreten war. Die Zeitungen mit den Kritiken waren schon ausgeliefert worden. Der Neurologe sprach mit aneinandergereihten Konjunktiven, und sie möge Erwartungen zulassen, dem Sohn nicht jede Hoffnung nehmen, solange seine Ärzte noch berechtigte Hoffnungen hätten.

Mary redete von den Schmerzen, die Philipp vermutlich litt, sobald die Betäubungen nachließen. Mehrfachbrüche, gerissene Sehnen, verletzte Nervenbahnen. Kein einziger Finger war unbeschädigt geblieben, Handgelenksknöchelchen waren verschoben, ein Unterarm geknickt worden. Sie verlangte alle Röntgenbilder, betrachtete sie stumm, während die Ärzte erklärten, besprachen, das Procedere der nächsten Wochen entwarfen. Keiner von ihnen, dachte sie, hatte eine Ahnung, was die teils winzigen Knochen und Sehnen beim täglichen Spieltraining leisteten. Wussten sie, dass Philipp seit fünfzehn Jahren Hochleistungen erbrachte, seit fünfzehn Jahren jeden Tag stundenlang dafür gearbeitet hatte, einmal, bald schon zu den besten Virtuosen der Erde zu gehören? Dass es damit vorbei war? Ein Lebensentwurf zu Ende.

Vermutlich würden sich alle schnell abwenden, sich auf die Suche nach dem nächsten Wunderkind begeben, ihr Geld, ihr Wissen, ihre Zeit in das nächste Gottesgeschenk investieren, um am kommenden Ruhm und Profit mitzunaschen. Am liebsten hätte Mary laut geschrien, gegen Wände geschlagen, hysterisch gekreischt, irgendjemandem wehgetan. Aber sie beherrschte sich. Es war ihr sehr kalt. Sie musste überlegen, was zu tun war, was ihren Söhnen half, ob sie einen Weg aus diesem Schmerz fand. Sie ließ die Ärzte mitten im

Satz stehen und ging zu ihren Kindern, der eine mit roten Augen, hängenden Schultern und einer Stimme, die zu keinem Großjährigen passte, der andere mit Verbänden, die seine langgliedrigen Hände in Paddelpfoten verwandelten, mit fixierter Schulter unter weißen Schichten, Blutergüssen im Gesicht – und ja, die linke Braue war zur Hälfte in einer Naht verschwunden. Das sah komisch aus, dachte Mary, jetzt wirkte er wie ein Pirat.

John und Scott starrten sie an. Hatte sie laut gesprochen? Philipps Augenlider zuckten, öffneten sich jedoch nicht. Mary versuchte ein Lächeln, setzte sich auf einen Stuhl, ließ ihre Hand unter die Decke verschwinden, fand einen Fuß und begann, ihn zu streicheln und zu massieren.

»Nimm du den anderen, Johnny, das wird ihm guttun. Nur nicht zu fest.«

»Mummy –«

»Ich weiß, es muss schrecklich für dich sein, all diese Bilder. Aber wir kriegen das hin.«

»Mummy, ich konnte ihn nicht halten. Ich hab nur die Geige erwischt –«

»Du hast wunderbar reagiert. Keiner hätte schneller sein können als du. Keiner.«

»Aber –«

»Keiner! Und ich werde dich jetzt brauchen, damit du mir mit Philly hilfst. Ohne dich wird es schwer für ihn. Glaubst du, dass du das kannst?«

»Ja, aber –«

»John, schau sein Gesicht an, siehst du, wie er spürt, was wir mit seinen Füßen machen? Ganz sachte, so wie du das tust. Wunderbar. Es wird Monate dauern, ich bin sicher, er wird Schmerzen haben, selbst wenn alles verheilt ist. Er wird einen großen Bruder brauchen, der ihn zum Lachen bringt, der ihn hin und wieder mitnimmt zu seinen Freunden. Wirst du das tun?«

»Das weißt du doch.«

»Keiner ist gern mit Kranken zusammen.«

»Er wird gesund, Mummy, er wird gesund.« Seine Stimme brach.

»Über die Geige reden wir später, John. Später –.«

»Und sein Spiel?«

»Später, Liebling. Jetzt streicheln wir ihn.«

Mary versuchte zu lächeln, aber an Johns Ausdruck erkannte sie, dass ihr wohl nur eine Grimasse gelang.

Sie war nicht alleine, dachte sie. Scott war verlässlich wie immer, Angie war greifbar, Luigi würde praktische Hilfe leisten, ihre Kollegen würden sie unterstützen. Sie wusste noch nicht, wie Iannis und seine Familie reagieren würden, aber es war ihr egal.

Sie blieb drei Wochen in Sydney, wohnte bei Scott in dessen von Büchern und CDs überquellender Wohnung, lernte den Mann kennen, den er im Moment als seinen Partner betrachtete, obwohl er nicht mit ihm zusammenziehen wollte, schickte John zurück nach Melbourne auf die Universität und um Iannis zu beruhigen, der sich den Verlauf des Unfalls so oft schildern ließ, bis John ihn als gefühllosen Freak beschimpfte und das Haus seines Vaters Türen schlagend verließ. Noch etwas, das irgendwann einmal repariert werden musste, dachte Mary und vergaß es wieder, denn Philipp wurde in die erste Reha geschickt.

Als er nach unzähligen Therapien, die aus seinen verkrümmten Klauen wieder menschliche Hände machen sollten, das erste Mal Geige und Bogen ergriff, war ein halbes Jahr vergangen, in dem viele von Marys Befürchtungen wahr geworden waren. Philipp konnte den Bogen halten, richtig auf die Saiten setzen und einen zitternden Ton erzeugen, bis er die Hand um den Geigenhals öffnen musste, weil sie sich vor Anspannung verkrampfte.

»Ich habe deiner Großmutter den Radiomitschnitt aus Sydney geschickt. Sie dankt dir für deine außerordentliche Interpretation«, sagte Mary und beobachtete die Schweißtropfen auf seiner Stirn.

Philipp antwortete nicht, aber das erwartete sie gar nicht. Ihre Mutter hatte jeden Monat eine Karte mit Genesungswünschen an ihn geschickt, voller Lob für seine Anstrengungen, ohne Ratschlag oder gut gemeinten Hinweis. Viele Wochen später, als er wieder regelmäßig übte, um als zukünftiger Geigenlehrer für Kinder die Prüfungen zu bestehen, kam ein dickes Kuvert aus Wien, vom berühmten Musikverlagshaus Doblinger mit neuester Violinliteratur aus Frankreich und den USA. Ein Jahr darauf begann Philipp, von einem eigenen Streichquartett zu träumen und sich in der Zukunft als brauchbarer Geiger zu sehen, vielleicht irgendwann einmal sogar besser als Durchschnitt. Mit Mary redete er über Fakten, mit seinem Bruder über Mädchen, Sport und Arbeitsplätze.

Mit wem er über sich und das Leben sprach, wusste Mary nicht. Sie sah nur, dass es ihm besser ging, dass er ohne sie zu leben lernte. Den ziehenden Schmerz darüber konnte sie erst spät zugeben, aber da war Jerry wieder in Australien gelandet, gründete seine Firma, arbeitete hart und schmuggelte sich in ihr Privatleben zurück. Mary entdeckte sich als Frau neu und verliebte sich, diesmal unwiderruflich, in ihn.

HEIMKOMMEN

An einem Tag Ende Jänner 2013, ich hatte bereits ein Rückflugticket, und das Sozialamt suchte fieberhaft ein freies Zimmer, meinen fixen Countdown fast unwidersprochen akzeptierend, rückte die Feuerwehr aus, um meine Mutter vom Balkon zu retten. Ich war gerade einkaufen gewesen und hatte von ihrem Hausarzt Rezepte besorgt, als ich das Folgetonhorn hörte und wenig später den roten Wagen um die Ecke biegen sah. Wieder ein Unfall, dachte ich. Aber es war Mama. Danach dauerte es nur mehr Stunden, bis ein Amtsarzt bescheinigte, dass eine Einweisung unumgänglich war.

Von: Mary Brettschneider Clark
An: John Pavlis, Philipp Pavlis
Betreff: Grandma in Linz

29.1.2013, 20:12

Meine Lieben,

Es ist so weit. Heute wurde eure Großmutter in die neurologische Abteilung gebracht. Als ich sie wenig später besuchte, war sie ein verwirrtes Häuflein Elend, das mich zu überreden versuchte, sie hinauszuschmuggeln. Nun werde ich ihre Lieblingsmöbel in ihr zukünftiges Zuhause bringen lassen, alles, was ihr meiner Ansicht nach vielleicht noch wichtig ist. Den Rest der Papiere und Fotos nehme ich mit.
Ich werde heimkommen.
Habt ihr mit Jerry gesprochen?
Ich bin so dankbar über eure vielen Mails der letzten Wochen, sie waren eine große Stütze für mich.
Ich liebe euch

Mummy

Zu wissen, dass meine Zeit in Österreich zu Ende ging, war gleichzeitig erleichternd und erschreckend. Mama würde ohne mich ihrem Tod entgegendämmern. Alles, was sie noch an Geheimnissen in ihrem Hirn versteckte, würde mit ihr erlöschen. Ich wusste genug, um leichten Herzens gehen zu können.

Ich war in ihrem Geburtsort gewesen, ich hatte das Grab meines Großvaters fotografiert, den Gedenkstein für meine Großmutter, die angeblich von einer Lehrerin aus dem Dorf bei den Russen verleumdet worden war. Ich hatte das Grab meines ältesten Bruders gesehen. Mir waren die vielen Halbsätze eingefallen, die Mama mir so oft und so gekonnt entgegengeschleudert hatte, um mich zu manipulieren. Es schmerzte nicht mehr.

Ich weiß, dass es richtig gewesen ist, hierherzukommen, auch wenn ich dadurch meine Arbeit verloren habe und meine Ehe in Schieflage rückte. Aber nun muss ich heim zu meinem Mann. Manche Tage hängen an mir, als schwämme ich unter dicker Milchhaut.

An dem Morgen, an dem ich Mama das letzte Mal in ihrem neuen Zuhause besuchte, erkannte sie mich erst nach einiger Zeit. Sie zeigte mir alle die vertrauten Möbel, die ich in ihr Zimmer hatte übersiedeln lassen, die Bilder an den Wänden, die Vorhänge mit den persischen Arabesken, die sie so liebte, den burgunderroten Teppich, die Schwarz-Weiß-Zeichnung aus der Galerie in Melbourne, die ihr Daddy vor vielen Jahrzehnten anlässlich eines Hochzeitstages geschenkt hatte. Eine moderne Aborigines-Grafik, die sie an pointillistische Spielereien erinnerte, frühe Arbeiten von Paul Klee, für den sie ein Faible hatte. Ein Foto von Daddy hing über ihrem Nachtkästchen, auf der Kommode stand ein silberner Rahmen mit einem Doppelporträt von Joey und mir, als wir noch jung waren.

Ihre Freundin Hanni war ebenfalls da, sie hatte um dieses Treffen gebeten. Es war rührend, die beiden alten Frauen zu beobachten. Mama wusste ganz genau, wer Hanni war. Sie hielten einander an den Händen, redeten gleichzeitig, weil Mama immer wieder unterbrach, sich wiederholte, zu stottern begann.

Ich besorgte Kaffee in der Caféteria im Erdgeschoß, Kekse, weil Mama in letzter Zeit Heißhunger auf Süßes entwickelt hatte, und als ich das Zimmer wieder betrat, saßen die Beiden einträchtig nebeneinander auf dem Bett, während Mama versuchte, die Knöpfe ihrer Bluse mit ungelenken Fingern zu öffnen. Sie lächelte entspannt, so entspannt, wie ich sie schon lange nicht mehr gesehen hatte. Hanni sah mich an und deutete auf den Tisch.

»Da, ein Umschlag für dich von mir. Mach ihn aber erst auf, wenn du weit weg bist.«

»Was ist es?«

»Fotos hauptsächlich. Du solltest Fotos von deinen Großeltern haben, deiner Mutter, als sie jung war. So ein strahlendes Mädchen mit ihren langen Stoppellocken. Ich hab verstanden, warum ihr die Männer gern nachblickten.«

»Tatsächlich?«

»Hat sie das nie erzählt? Ich glaube, sie hat es oft gar nicht bemerkt, sie war schrecklich naiv. Die US-Soldaten hätten ihr Strümpfe, Schokolade, alles Mögliche ohne Gegenleistung gegeben. Und der russische Offizier, der nach Rosas Ermordung die dafür Verantwortlichen dem Militärgericht übergab, der Rikki Bücher brachte und hin und wieder Extrarationen für Walter, der tat das sicher auch, weil sie ihm so gut gefiel. Hat sie gar nicht bemerkt.«

»War sie da nicht mit Janos verlobt?«

»Ja schon, aber der war ja weit weg. Und dann war er verschwunden. Ich sag's dir, wir waren alle so froh, als Albert auftauchte. Er war der Einzige, der sie aus ihrem Trauerloch ziehen konnte.«

»Ach Daddy!«

»Ein besonderer Mann. Ich hab auch ein Foto von ihm und deiner Mutter in den Umschlag gegeben, da siehst du, dass sie in ihn verliebt war.«

Mama hatte ihre Bluse nun offen und strahlte uns an.

»Findest du, dass die Auswanderung ein Fehler war?«, fragte ich Hanni und bemerkte, dass Mama unserer Unterhaltung überhaupt nicht folgen konnte.

»Ich weiß nicht. Die ersten Jahre, bis du auf der Welt warst, war es gut. Danach konnte sie das Heimweh nicht mehr unterdrücken.«

»Was hat sie gesagt, als sie 96 zurückkam?«

»Wir haben noch auf dem Flughafen mit einem Piccolo Sekt angestoßen und dann den ganzen langen Weg im Schneeregen nach Linz geredet, geredet, geredet. Ich glaube, ich bin noch nie im Leben so langsam gefahren wie damals. Aber sie hat nichts gesagt über das Wegsein. Nichts. Sie hat getan, als ob sie nie weg gewesen wäre. Und später hat sie selten von euch erzählt. Nur wenn es neue Fotos deiner Söhne gab. Ich glaube, sie hat Joey verübelt, dass er wie ein Hippie lebt, nichts aus sich gemacht hat.«

»Sie hat ihn mir immer vorgezogen!«

»Das glaube ich nicht. Sie hat dich bewundert, weil du trotz aller Schwierigkeiten nie aufgegeben hast. Sie fand großartig, wie du Philipp beigestanden bist, obwohl sie davon ja nur aus den Mails von John und Iannis erfuhr. Sie war stolz auf dich«, Hanni legte ihre Hand auf meinen Arm, und ich verstand, dass sie nie aufgehört hatte, Mamas Freundin zu sein, nie verlernte, sie zu lieben, in den vielen Jahren, als die halbe Welt zwischen ihnen lag.

Ich öffnete meine zur Banane gebundenen Haare und ließ sie sachte auf die Schultern fallen. Lockig ringelten sie sich wie in altmodischen Wasserwellen.

»Jetzt siehst du aus wie Rosa«, sagte Hanni, und Mama lachte.

»Aber ich bin nicht wie sie!«

»Du hättest das Zeug dazu. Du hast dich nie verbogen, um jemandem zu gefallen. Und genau das machte deiner Mutter Angst.«

»Aber meine Großmutter musste doch auch Verluste hinnehmen.«

»Im Gegensatz zu deiner Mutter konnte sie damit leben. Ich weiß, es gab ein Hausmädchen. Wie hieß sie nur? Rikki mochte sie auch. Als ich zu Ostern 1945 bei ihnen war, war sie schon tot. Deine Großmutter ging jeden Tag zu ihrem Grab, aber sie wollte nicht über sie reden. Rikki hat mir erzählt, dass – Elfi hieß sie! Elfi war die Vertraute deiner Großmutter. Genau! Und nur ein paar Monate vorher, zu Weihnachten, hat Rikki ihre Mutter dabei überrascht, wie sie im Finsteren mit einem schweren Rucksack aufgebrochen und in den Wald gegangen ist. Ich hab noch geschlafen, genauso wie Ilonka. Weißt du, wer Ilonka war?«

»Ja.«

»Rikki ist ihrer Mutter nachgeschlichen. Später, als der Krieg vorbei war, hat sie mir erzählt, was sie damals erfuhr. Und dass sie all diese Wochen hindurch Angst um die Eltern hatte. Dass sie sich fürchtete, sie würde im Traum reden und wir anderen im Internat würden auf die Art erfahren, dass ihre Mutter diesen Juden half. Sie war fast am Durchdrehen, als die Amerikaner in Wels einmarschierten. Die Bomber machten ihr nicht solche Angst wie die Vorstellung, sie würde unabsichtlich ihre Eltern ans Messer liefern. Furcht wurde zu ihrer zweiten Natur.«

Mama begann, mit den Fransen ihres Seidentuchs zu spielen. Ich würde nie erfahren, wer von uns in ihren letzten Monaten noch irgendeine Rolle spielen, irgendein Gefühl auslösen würde.

»Solange du lebst und durch die Welt schwirrst«, sagte Hanni zum Abschied, »lebt auch deine Großmutter. Du bist ihr Ebenbild, innen und außen.«

Bereits im Flugzeug auf dem Weg Richtung Südosten öffnete ich den Briefumschlag. Hanni hatte tatsächlich ein Foto Daddys hinzugefügt, das ich noch nicht kannte, außerdem ein Bild, das meine Eltern kurz vor der Hochzeit zeigte. Und ein Porträtbild meiner jungen Großmutter aus ihrer Wiener Modellzeit. Ich hatte es noch nie gesehen. Sie sah aus wie ich an meinem Hochzeitstag mit Iannis, vor den Schwangerschaften, den Enttäuschungen, den Jahren mit den Geldsorgen. Ein Phantom in Schwarz-Weiß, dessen Anblick mir kurz den Atem nahm.

Während des Zwischenstopps in Bangkok skypte ich mit meinen Söhnen, die mir eine Überraschung ankündigten und sich nicht überreden ließen, sie mir zu verraten. Von Jerry fand ich die Nachricht vor, dass seine Reha anstrengend verlaufen wäre und dass er es nicht erwarten konnte, mich endlich wiederzusehen, wo auch immer.

Und ich fand im Internet die Ausschreibung eines Jobs, der mich wirklich interessierte: Pressechefin für das Immigrationsmuseum in Melbourne. Chefin klang hochtrabend, im Grunde ging es um Vernetzung, Bewerbung, Kontaktpflege weltweit. Falls es mit der Rückkehr zum Radio doch nichts wird, dachte ich. Und was für ein Witz, wenn ich die Stelle bekäme, nach so vielen Monaten, in denen ich ständig mit dem Thema zu tun gehabt hatte.

Ich landete an einem schmutziggrauen Nachmittag. Es war warm, Sommergeruch lag in der Luft. Dürre und Eukalyptusfeuer. Die Felder waren abgeerntet, die Stadt war staubbedeckt, das Meer lag wie ein wollenes Tuch unter dem Dunst. Bald würden in den Gärten die Barbecues beginnen und der Duft von bratendem Fleisch über den Häusern hängen.

Ich ging durch die Passkontrolle und beobachtete mich dabei, wie bewusst ich meine Papiere zeigte und wieder einsteckte, als ob das Dokument tatsächlich etwas über meine Identität verriet. Ich wartete am Förderband auf meine Koffer, das Übergepäck voll mit Familienstücken, Dingen, von denen ich wollte, dass John und Philipp sie bekamen und alle Geschichten dazu kennenlernten. Ich zerrte meine Koffer weiter und ging durch die Tür. Hinaus in mein Land, in meine Stadt.

Und ich sah sie, John, Philipp, Cathy. Und Jerry. Er stand mithilfe zweier Krücken. Er stand! Und er lächelte. Seine Stimme klang kratzig, tiefer als in meiner Erinnerung. Aber er redete fast nichts. Schaute nur.

Wir fuhren heim. Das Haus wirkte kleiner, aber vertraut. Die Kinder öffneten die Tür, stellten das Gepäck in den Vorraum, ließen uns alleine, würden in einem der Strandhotels übernachten, am nächsten Tag wiederkommen.

Neun Monate! Ich sah Jerry an. Würde er die Veränderungen in mir sofort wahrnehmen? Der Kuss am Flughafen war von Vorsicht, Sorge und Furcht geprägt gewesen.

Jerry humpelte durchs Wohnzimmer, öffnete die Terrassentür. Sonne über dem Haus, Salz in der Luft, mein Südmeer zum Riechen nah. Wie auf Kangaroo Island, dachte ich und lächelte. Jetzt war ich so alt wie Gertrud Melling damals. Jerry oder die Kinder hatten den Tisch gedeckt, Salzwiesenblumen im Glas in die Mitte gestellt.

»Ich mache Kaffee«, sagte ich und schob für Jerry den Sessel zurecht. Er nickte. Wirkte müde.

In der Küche füllte ich unsere alte Bialetti, stellte sie auf den Herd, öffnete schnell einen Koffer, wühlte, bis ich den Seidenpapierwust fühlte. Wenig später war ich mit Espresso und Vase wieder draußen, bediente Jerry, transferierte sorgsam die Strandblüten der Kinder in Mummys Vase.

»Streublumen auf Streublumen«, sagte ich.

»Von deiner Mutter?« Mir fiel auf, dass ich seit dem Flughafen seine Stimme nicht mehr gehört hatte.

»Nein, von meiner Großmutter. Sie bekam das komplette Augartenservice zur Hochzeit von ihren Eltern, Juliane und Josef, in den Zwanzigern. Lange Geschichte.«

»Das war Rosa, von der du mir so viel geschrieben hast?«

»Ja, Rosa. Ich bin ihr ähnlich, sagt man.«

Jerry griff sehr langsam nach meiner Hand, und unsere Finger verschränkten sich. Auf dem obersten Ast der Banksia oblongifolia keckerte ein vorlauter Kookaburra.

»Ich bekomme die Nägel in einem Monat heraus. Die, die nicht drinbleiben müssen.«

Ich nickte abwartend.

»Wir könnten auf Tour gehen dann. Ein paar Wochen. Probeweise. Die Richtung bestimmst du. Vielleicht geht das mit deiner Arbeit?«

Arbeit würde ich wieder finden. Irgendetwas, wenn ich es wollte. Reisen mit Jerry. Unser Tempo entdecken und Australien gemeinsam. Keine Trennungen mehr, keine Umwege.

Es fühlt sich gut an, ich zu sein.

NACHWORT

Vor ungefähr zwanzig Jahren erzählte ich einer befreundeten Journalistin die Geschichte von meiner Großmutter mütterlicherseits, den Familienlegenden, die über sie im Umlauf waren, und dem Buch »Alice in Wonderland«. Das Buch hatte ich von einem Buchhändler aus Leeds bekommen, der scheinbar mit meiner Mutter befreundet war und meiner Großmutter sein Leben verdankte. Sie beschwor mich, die Fakten als Quelle für einen Roman zu verwenden. Kurze Zeit später teilte meine bereits lange verwitwete Mutter die Geschichte ihrer ersten Verlobung mit mir. Ich hatte bis dahin nichts von Janos geahnt. In den kommenden Jahren sammelte ich Erinnerungen meiner Großtanten, solange es ging, und beschäftigte mich immer wieder damit, die Quintessenz von Gerüchten, Tratsch, Brieferzählungen und mündlichen Berichten festzuhalten und herauszufinden, was davon in einen packenden Roman verwandelt werden konnte.

Meine Lebensthemen als Schriftstellerin waren immer schon Migration und Grenzziehungen aller Art gewesen. Die bereits in Angriff genommene Auswanderung meiner Eltern nach Australien 1954 wurde zu einer Initialzündung für die Strukturierung dieses Manuskripts. Ich reiste, ich recherchierte, ich erfand. Während ich noch andere Romane veröffentlichte, stellte ich in einem privaten Kreis international arbeitender Schriftstellerinnen in der süditalienischen Stadt Matera meine Ideen und Strukturen der »Lichtsammlerin« vor. Die Reaktion war so ermutigend, dass ich mich ab 2015 nur noch auf dieses Projekt konzentrierte. Als ich das Buch fast beendet hatte und meine wunderbaren Erstleserinnen (Übersetzerinnen und Autorinnen) Almuth Heuner, Marina Heib, Helga Murauer und Mary Tannert schon die erste Fassung mochten, passierte ein weiterer Glücksfall: Die Literaturagentin Nadja Kossack begeisterte sich für das Manuskript, bot es an und wurde zur unterstützenden Partnerin und Freundin. Sie fand im Hanser Verlag Ulrike von Stenglin, die Verlagsleiterin der neuen Reihe hanserblau, mit der sich sofort ein großartiger Dialog zu literarischen Fragen und Textarbeit ergab. In den letzten Monaten hatte ich ungemein animierende Arbeitsbedingungen, weil es all diese literaturbegeisterten Menschen rund um mich und meine sensible Lektorin Anna Riedel gibt.

Geschichten machen uns alle aus. Die wirklich guten Geschichten erreichen jedoch grenzübergreifend Menschen aus allen Weltgegenden, weil sich Lesende in ihnen wiederfinden, in fiktiven Figuren ein Alter Ego erkennen, in die Fülle dieser Welt eintauchen können. Schreibende kämpfen immer darum, dieses Glück zu erschaffen. Ich durfte auf Familiengeheimnisse zurückgreifen, habe die Unterstützung meiner Freunde, meines Mannes, meiner Kinder.

Die Vergangenheit ist der Nährboden für unsere Zukunft. Kein Wunder, dass Bücher und Geschichten wieder und wieder zu Lebensrettern werden.

Beatrix Kramlovsky, 2018

INHALT